故事会

校园版

第38辑

合订本

上海故事会文化传媒有限公司

上海文化出版社

图书在版编目（CIP）数据

故事会校园版合订本. 第38辑 /《故事会》编辑部
编. -- 上海：上海文化出版社, 2025. 1. -- ISBN 978-
7-5535-3116-8

Ⅰ.I247.81

中国国家版本馆CIP数据核字第202523G567号

主　　编：夏一鸣
副 主 编：高　健
责任编辑：蔡美凤
发稿编辑：胡　捷 吴　艳 杨怡君 高　健
装帧设计：孙　娌
责任督印：张　凯

故事会校园版合订本. 第38辑

出　　版：上海文化出版社
出　　品：上海故事会文化传媒有限公司
　　　　　（201101 上海市闵行区号景路159弄A座3楼　www.storychina.cn）
发　　行：上海文艺出版社发行中心
　　　　　（上海市闵行区号景路159弄A座2楼206室）
印　　刷：上海四维数字图文有限公司
开　　本：787×1092毫米　1/32
印　　张：9
版　　次：2025年1月第1版
印　　次：2025年1月第1次印刷
ISBN：978-7-5535-3116-8/I.1199
定　　价：25.00元

想看更多精彩故事？
扫码下载故事会APP

上海故事会文化传媒有限公司 出品（01203）

上海故事会文化传媒有限公司所有图书可办理邮购，免收邮费（挂号除外）
汇款地址：上海市闵行区号景路159弄A座2楼206室（201101）
收 款 人：上海故事会文化传媒有限公司出版发行部
联系电话：021-53204159
如发现本书有质量问题，请与印刷厂质量科联系　Tel：021-37212897

蔡美凤
故事会校园版编辑
Cai Meifeng Stories Editor

|橘络|

六岁那年，妈妈带我去医院看爸爸。他躺在病床上，右腿打了好几个钢钉，一动不能动。我喂爸爸吃橘子。爸爸说："甜！"却悄悄地躲进被子里，用手背抹去眼角的泪水。当时的我并没有注意到他的小动作，只是一瓣又一瓣地掰着橘子，连同那些白白的橘络，塞进爸爸嘴里。

我高三那年，爸爸准备开刀取钢钉。那天我下了晚自习，突然想去离学校不远的医院看看爸爸，没什么可带的，就带上了几个自家种的橘子。走进住院部时病房已经熄灯了，就在我犹豫要不要进去时，听见半掩的门里有两个熟悉的声音在低声交谈："催了你这么多年都推三阻四的，今年怎么想到来开刀了？""这不是小丫头要高考了嘛，万一她考上北大，我还想开车带全家去北京呢，钉子在腿里，长途开不动，得先拿掉……"我在门外静静地站了一会儿，决定回学校去。夜深了，一个人拎着那袋橘子走在小城的青石板路上，脚步声哒哒，我却一点儿都不害怕，好像爸妈就在我身后一样。回到宿舍，我剥了一瓣橘子，连同白白的橘络塞进嘴里，有点苦，但更多的是甜。

多年以后，当我和孩子一边读着朱自清的《背影》、一边剥橘子吃时，我会仔细地把上面的橘络一点点摘净，塞进孩子嘴里，听她说："真甜！"如果有机会，我多想对当年的橘络对爸爸说一句对不起，虽然我知道，他根本不介意；我想对爸妈说一声谢谢，谢谢你们为这个家所做的一切；我想对所有爱我和我爱的人大声说出那三个字，我们都知道的三个字，字字千钧。

本期锐话题聚焦"你的人生三句话"，爱的力量让这些话有了神奇的魔法，不妨都来看看话语背后的故事吧。

112

CONTENTS

扫二维码，可听全本故事。

2023
STORIES DIGEST
12 月 校 园 版

故事中国网：www.storychina.cn　邮发代号：4-900　国外代号：MO9178　定价：8.00

社 长、主 编：夏一鸣
副社长：张 凯
副主编：高 健
本期责任编辑：蔡美凤
发稿编辑：高 健 胡 捷
　　　　　杨怡君 吴 艳
美术编辑：孙 娳
责编电话：021-53204042
邮编：201101
地址：上海市闵行区号景路 159 弄
　　　A 座 3 楼
主管：上海文艺出版总社
主办：上海文艺出版总社
出版单位：《故事会》编辑部
发行范围：公开

出版、发行电话：021-53204159

发行业务：021-53204165
发行经理：钮 颖
媒介合作：021-53204090
广告业务：021-53204161
新媒体广告：021-53204191

国外发行：中国图书贸易总公司
印刷：上海四维数字图文有限公司
发行：上海邮政报刊发行局
邮发代号：4-900
国外代号：MO9178
定价：8.00 元

故事会公众号　　故事会 App 下载二维码

事会》微博：@ 故事会　《故事会》微信：story63

故事会校园版欢迎投稿

稿件要求：来自最新的报刊、图书或网络，故事性强，文字明快，主题健康，视野开放，纪实或虚构均可，体现"新、知、情、巧、趣、智"的特点，同时欢迎第一手的翻译作品。推荐作品须注明原文出处、原作者姓名，确保转载不存在侵害版权的行为，并请留下推荐者真实姓名及通信地址。作品一经采用，即致推荐者 50 至 200 元推荐费，并向作品著作权人支付稿酬。

故事会校园版 投稿信箱
wenzhaiban@126.com
故事中国网：www.storychina.cn

本刊所付作者的稿酬，已包括以纸质形态出版的故事会校园版、汇编出版、音像制品及相关内容数字化传播的费用。

部分作者因各种原因未能联系到，本刊已按法律规定将稿酬交由中国文字著作权协会转付，敬请作者与该协会联系领取。地址：北京市西城区珠市口西大街 120 号 1 号楼 太丰惠中大厦 1027-1036，邮编：100050，电话：010-65978917，传真：010-65978926，E-mail:wenzhuxie@126.com。

本刊未署名图片均由视觉中国提供

笑话与幽默 ▶

丸子的朋友圈

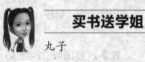

买书送学姐

丸子

又到期末，食堂门口有学姐卖书，标语写着："一元一本，买书送学姐啦！"

哲学系二师兄：哇！买书送女朋友？
丸子：我上去围观，有个新生装模作样地挑了一本书，指着标语问："送的学姐呢？"学姐自豪地回答："我们后天的火车，到时候记得来送我们啊。"

"不要插坏了"

哲学系二师兄

取钱的时候，ATM 机上贴着"不要插坏了"，心想我能有多大的劲儿啊，插银行卡还能把取款机插坏？我小心翼翼地把卡插进去，然后卡被吞了……

快递员小马：这是怎么回事？
丸子："插"字后面加个逗号，不行吗？！

本人成分

快递员小马

入职新公司，人事发了一张调查表，有一个栏目叫本人成分。到底应该填什么啊？

王大脸真的不是女汉子：这有什么难填的，本人成分干的是肉，稀的

非遗在中国（鼓乐篇）1.薅草锣鼓又名打闹歌，是一种流行于土家族聚居区的民间歌曲形式。

是水!

鸭子的种类

丸子

大家知道鸭子有哪些种类吗?

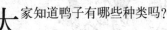

郭美眉:小黄鸭?唐老鸭?
王大脸真的不是女汉子:南京盐水鸭?北京烤鸭?
快递员小马:还有你喜不喜欢我"鸭"? @王大脸真的不是女汉子
王大脸真的不是女汉子:我只知道你好讨厌"鸭"! @快递员小马

福利

哲学系二师兄

刘思聪说他们年会最高奖是苹果16,真是让人羡慕嫉妒恨!

郭美眉:哪家公司,现在投简历还来得及吗?
金融小王子刘思聪:打错字了,是"苹果、石榴"。

贵妃待遇

金融小王子刘思聪

我妈在老年大学唱了几天京剧《贵妃醉酒》,回家忽然感慨:

"看看人家唐明皇,还知道从南方摘荔枝喂杨贵妃! 你爸呢?"

哲学系二师兄:要是杨贵妃知道如今用作饲料的大豆仅仅是为了喂猪就能横跨半个地球,又会怎么想呢?

水泥外卖

快递员小马

"老板你好,炒饼丝记得放辣,谢谢。顺道让小哥帮我带一包100斤的水泥扛到七楼。"你确定自己是在点外卖,不是在找水暖工? @王大脸真的不是女汉子

王大脸真的不是女汉子:快点哈,吃完饭我还要修房子呢。

最朴素的烹饪方式

大老板张富贵

高端的食材往往只需要采用最朴素的烹饪方式。

郭美眉:哇! 富贵在做什么好吃的?
大老板张富贵:为我司加班的全体同仁忙碌了两个小时,最后,张师傅决定请大家吃"康师傅"。
金融小王子刘思聪:老板,这就是你最朴素的烹饪方式?!

牛大姐家乐事多

主要人物：牛大姐（妈妈） 牛大哥（爸爸） 牛小美（女儿） 牛小宝（儿子）

钱多多（牛小美的男朋友） 刘姥姥（牛小美的外婆）

写作文

牛小宝写作文，老师要求不能少于300字。

牛小宝："我就写上次回村里看到一群羊在吃农民伯伯晒的红薯片吧！"

刘姥姥："那可有的写了，红薯怎么种的，怎么削的，怎么晒的……羊是谁家的，有没有吵起来，有没有赔钱……"

牛小宝："不用写那么多，羊吃了一片又一片，吃了一片又一片，等我数够300字，就把羊赶走。"

体检部位

牛大姐："老公，你上午体检的时候，有哪些部位不舒服，和医生说清楚了吗？"

牛大哥："说得清清楚楚。"

牛大姐："你怎么和医生说的？"

牛大哥："我对医生说，我最近排骨老是有点疼。"

牛大姐："哈哈，这是够清楚。妈你不是背疼吗？也去检查一下吧。"

刘姥姥："那我要告诉医生，我里脊有毛病吗？"

坚持到底

钱多多出了车祸，手臂打了石膏。

牛小美非常紧张地问医生："医生呀！我男朋友这样还能不能做饭呢？"

站在一旁的牛大哥幽幽地说："何止能做饭！他可以用手肘按电饭煲开关，可以用嘴咬着拖把拖地，可以用肩膀扛快递。上次我摔折了胳膊就是这么干的。"

我送你

牛小美："多多，我手机坏了，想去卖场买个新手机。"

钱多多："要是今晚你陪我下棋，我明天就送你。"

牛小美欣然接受。第二天一大早，钱多多把牛小美喊起来："走，小美，说好的我把你送到手机卖场。"

恰好

牛小美考了几次驾照都没考过，驾校死活都不让她再学了。牛小美无奈，只好和钱多多约好先去银行把退回来的学费存起来。

钱多多："小美，我们待会儿一起吃饭，我恰好要去取钱，你又恰好要去存钱，不如你把钱给我，我们就都不用去银行排队了。我请你吃大餐！"

牛小美："对哦，这样我们都省事了。"

回音

牛大姐全家到山里露营。牛小宝看到远处有个冰激凌自动售货机，激动地跑了过去。牛大姐大声喊："只可以买一个冰激凌！"

过了一会儿，牛小宝嘴里吃着一个，手上举着一个冰激凌回来了。牛大姐："我刚刚说你只能买一个！"

牛小宝："我听到你说了两次买一个，山里的回音可真大！"

三十六计

牛小宝感冒了，牛大姐让小宝吃药。

牛小宝："妈，不如我吃到嘴里再吐出来，给病毒来个欲擒故纵。"

牛小美在一旁说："不如一天不让小宝吃饭，给病毒来个空城计。"

只听牛大姐冷冷地说："我们一直在说吃药，病毒早知道了，小宝，我这就带你去打针，给病毒来个声东击西。"

哲学上有三个终极问题发人深省：我是谁？我从哪来？我要到哪去？在我们的人生道路上，也总有一些话盘旋在嘴边，有时脱口而出，有时却怎么也开不了口。想一想，你的人生被哪三句话影响至深？

对我来说，不论是面对亲人还是陌生人，不论他们在你身边还是远在他乡，有这么三句话总能让我们咫尺天涯，心在一起。

本期锐话题，让我们一起大声说出这三句话："对不起！""谢谢你！""我爱你！"

桃花源记

@ 杨子琳

生活中，你有没有和亲人发生过摩擦？想说"对不起"却总能找到借口逃避，话到嘴边又咽回去。要知道，不管过去多久，一句迟来的道歉依然弥足珍贵。

那天，二姐按照妈妈的要求，带我去田间打了满满一篓猪草，又去摘了蔬菜，还把吃不完的豆角晒在屋后水库旁的石板上。吃过中饭，二姐带我折纸船，折了一个又一个，放在屋前的池塘里。实在是闲得无聊，二姐提议，我们可以炒黄豆吃。我自然高声说好。她爬上木楼，很快就找到了装黄豆的坛子，用米筒装了一大筒下来。黄豆炒好了，真香，好吃。

晚饭前，妈妈回来了。二姐准备去挑水，她去取扁担的时候，我要她给我量身高，扁担上有我上次身高的印记。她一不小心把扁担砸在我头上，我当即蹲在地上哭起来。二姐没有哄我，竟然径直挑起水桶走了。我当时特别生气，立即跑到妈妈那里告状，顺便也把二姐炒黄豆的事告诉她，希望妈妈能把二姐骂一顿。凑巧被我们吃掉的黄豆是妈妈留做种的黄豆，妈妈勃然大怒。一会儿，二姐挑着满满的两桶水回来了，刚迈过灶屋，妈妈就破口大骂。

等到妈妈骂累了，二姐一声不吭，背上篓子去收早上晒在屋后石板上的豆角。把豆角送回来后，她面无表情地对我说，她要出去玩一下。我有点害怕，想跟她说对不起，可是用家乡话说对不起真的很拗口。

晚饭做好了，妈妈气也消了，她要我去喊二姐吃饭。我跑到晒豆角的石板上，她坐在那里，捡小石子一颗一颗朝水库里扔，我喊她回去吃饭，她冷冷地说知道了，马上回。

直到我把饭吃完，二姐还是没回来，妈妈再去石板那里时，二姐不见了。一个小时过去了，妈妈去院子挨家挨户问，还是没看到二姐。三个小时过去了，妈妈去隔壁院子挨家挨户问，还是没看到二姐。邻居们也慌了，打着手电筒，点着葵花秆，该找的地方都找遍了，还是不见二姐。

有个叔叔要妈妈带我回去等着，他说二姐说不定已经在家里了。

妈妈牵着我的手，回到屋里，还是没有看到二姐。妈妈呆呆地坐在灶前柴堆旁，要我把汤全喝了，我想等二姐回来，给她也喝几口。可是她一直没有回来。

第二天早上，奶奶把二姐送回屋里了，妈妈什么也没说，二姐也没说什么，我什么也不敢说。几天后二姐带我去屋后玩耍，我问她那个晚上她去哪里了。走到水库涵洞边时，她指着缓缓流动的溪流说："我从这里钻进去，走了好远好远，和去外婆家差不多远，然后就到了一个开满桃花的地方，那里有很多很多的桃花，那里的人非常客气，给了我很多好吃的，问我从哪里来的，他们要我留在那里生活。"我将信将疑，问："那你为什么还要回来？"二姐抱起我转圈，说："我要回来带你，我舍不得你。"我央求她，和她一起去钻涵洞，去找桃花林，她说不行，她记不清去的路了，这样很危险。

涵洞旁有个小坡，二姐曾在那儿种了三棵桃树，虽是毛桃，开花却好看极了。可惜桃树开了

两年花就被砍了。没有谁问问二姐是否同意，因为他们觉得种橘树更划算，有橘子吃。

寒假的时候大姐从学校回来了。妈妈让大姐带我去屋后山顶的地里挖蒿头。

经过水库堤岸时，大姐突然一把抓住我的衣领，恶狠狠地推了我一把，说："你吃了她炒的黄豆，你还去告状，你这个叛徒，你没良心，你再敢告状，信不信我把你扔水库里喂鱼。"

我站在那里，一种等待应有惩罚的轻松，任大姐吼骂，没有一点反抗的意思。大姐要我保证，我真的保证了。

后来家里决定让二姐去爸爸单位的子弟学校读书。那天早上，天还没亮，妈妈给二姐换了一套新衣服，红色格子的外套，很漂亮，梳了一条整齐的马尾。我想跟二姐说声要保重，要加油，话到嘴边又咽回去了。

每当我们姐妹聚在一起回忆从前那些糗事、趣事、伤心事的时候，因为愧疚，我从来没有勇气提起此事，我怕再被大姐揍一顿，也不好意思道歉。

有一回，我和二姐在电话里吹牛，吹得正起劲时，我话锋一转，来了一句"对不起"，二姐在电话那头哈哈大笑说："我早就原谅你了。"

离萧天摘自《永州日报》 图：豆薇

你被老师"冤枉"过吗?"沉冤昭雪"的那一天,是不是雪也化了,心也放晴了?想不到吧,大作家陈忠实小时候和你居然有相似的经历,他的老师又是怎样用行动打破僵局的?在人生道路上,所有对我们有过启示和帮助的人,都值得我们说一声:"谢谢你!"

我的伯乐车老师

@ 陈忠实

背着一周的粗粮馍馍,我从乡下跑到几十里远的城里去念书。

新来了一位语文老师,姓车,刚刚从师范学院毕业。第一次作文课,他让学生们自拟题目,想写什么就写什么。我来劲儿了,就把过去写在小本上的两首诗翻出来,修改一番,抄到作文本上。

我企盼尽快发回作文本来,自以为那两首诗是杰出的,会让老师震一下的。

车老师抱着厚厚一摞作文本走上讲台,我的心无端慌乱地跳起来。然而四十五分钟过去,要宣读的范文宣读了,甚至连某个同学作文里一两个生动的句子也被摘引出来表扬了,那些令人发笑的错句、病句以及因为一个错别字而致使语句含义全变的笑料也被点出来,终究没有提及我的那两首诗。离下课只剩下几分钟时,作文本发到我的手中。我迫不及待地翻看了车老师用红墨水写下的评语，倒有不少好话，而末尾却加上一句："以后要自己独立写作。"

好容易挨到下课，我拿着作文本赶到车老师的办公室门口，喊了一声："报告——"

获准进屋后，我扬起作文本，说："我想问问，您给我的评语是什么意思？"车老师说："那意思很明白，就是要自己独立写作。"我急了："凭什么说我抄别人的？"他冷静地说："不需要凭证，你不可能写出这样的诗歌……"

我失控了，一把从作文本上撕下那两首诗，再撕下他用红色墨水写下的评语。在要朝他摔出去的一刹那，我看见一双震怒的眼睛。我的心猛烈一颤，就把那些纸用双手一揉，塞到衣袋里去了，然后一转身，不辞而别。

晚自习开始了，我摊开了书本和作业本，却做不出一道习题来，捏着笔，盯着桌面，我不知做这些习题还有什么用。由于这件事，期末我的操行等级降到了"乙"。

打这以后，车老师的语文课上，我对于他的提问从不举手，他也不点名要我回答问题，在校园里或校外碰见时，我就远远地避开。

又一次作文课，又一次自选作文。我写下一篇小说——《桃园风波》，这是我平生写下的第一篇小说。随之又是作文评讲，车老师仍然没有提到我的作文。作文本发下来，我翻到末尾的评语栏，见连篇的好话竟然写满两页作文纸，最后的得分栏里，有一个神采飞扬的"5"，"5"的右上方，又加了一个"+"号——这就是说，比满分还要满了！

既然有如此好的评语和高分，为什么评讲时不提我一句呢？他大约意识到小视"乡下人"的难堪了，我这么猜想，心里也就膨胀了，充满了愉悦和报复后的快感——这下总该可以证明前头那场是说不清的冤案了吧？

僵局继续着。

入冬后的第一场大雪是夜间降落的，校园里一片白。早操改为扫雪，我们班清扫西边的篮球场。我正扫着，有人拍我的肩膀，我一扬头——是车老师，他笑着，笑得很不自然。他说："跟我到语文教研室去一下。"

走出篮球场，车老师就把一只胳膊搭到我肩上了。那只胳膊从我的右肩绕过脖颈，搂住我的左肩。这样一个超级亲昵友好的举动，顿时冰释了我心头的疑虑，却更使我局促不安。

走进教研室，里面坐着两位老师。车老师说："'二两壶''钱串子'来了。"两位老师看看我，哈哈笑了。我不知所以，脸上发烧。"二两壶"和"钱串子"是最近一次作文里我的又一篇小说中两个人物的绰号。

车老师从他的抽屉里取出我的作文本，告诉我，市里要搞中学生作文比赛，每个中学要选送两篇。本校已评选出两篇来，一篇是议论文，初三的一位同学写的，另一篇就是我的作文《堤》。

"我已经把错别字改正了，有些句子也修改了。"车老师说，"你看看，修改得合适不合适？"说着他又搂住我的肩头，搂得离他更近了，指着被他修改过的字句一一征询我的意见。我连忙点头，说修改得都很合适。

他说："你如果同意我的修改，就把它另外抄写一遍，周六以前交给我。"又说，"我想把这篇作品投给《延河》。你知道《延河》杂志吗？我看你的字儿不太硬气，学习也忙，就由我来抄写投寄吧。"

我那时还不知道投稿，第一次听说了《延河》。多年以后，当我走进《延河》编辑部的大门并且在《延河》上发表作品的时候，我都会情不自禁地想到车老师曾为我抄写并投寄的第一篇稿。

这天傍晚，我破例坐在书桌前，摊开了作文本和车老师送给我的一沓稿纸，心里怎么也平静不下来。我感到愧疚，想哭，却又说不清是什么情绪。

第二天的语文课，车老师的课前提问一提出，我就举起了左手——为了我可憎的狭隘而举起了忏悔的手，向车老师投诚……他一眼就看见了，欣喜地指定我回答。我站起来后，却说不出话来，喉头像塞了棉花似的。主动举手而又回答不出来，后排的同学哄笑起来，我窘急中涌出眼泪来……

我上到初三时，转学了。后来，当我再探问车老师时，只听说他早调回甘肃了。当我在报纸上发表处女作的时候，我想到了车老师，觉得应该寄一份报纸给他；当我的第一本小说集出版，我在开列给朋友们赠书的名单时又想到车老师，终不得音讯，这债就依然拖欠着……

秋水长天摘自《生命对我足够深情》

时代文艺出版社　图：陆小弟

中国式父母可能不会大声说"我爱你"，但他们做的一切都在用力爱你。

我妈用大葱蘸酱治好我的精神内耗 @刘小念

没有什么事，是大葱蘸酱解决不了的

2021年，北京的春天万物复苏，我却越活越无助。

那时，我每天起床都需要进行一番心理动员，内心特别抗拒社交。周末休息的两天，几乎就是不吃不喝地躺在出租屋。

有一个周六，爸妈例行跟我视频通话时，不知怎么，我一边说一边掉眼泪，最后几乎失控，甚至有些语无伦次："爸妈，对不起，你们一路供我读书，可是，我到现在也没能好好回报你们……"

我不记得那天是如何挂断电话的，只知道第二天中午，我妈给我打电话，说她到我公司楼下了。

原来，那晚接完电话后，她连夜启程，从老家吉林舒兰农村风尘仆仆赶到北京。再看她的行李，一个行李箱，两个半人高的编织袋子，我上去拎了一下，没提起来。

"闺女，妈种了一辈子地种腻歪了，准备借我闺女光，当把'北漂'，所以我把该带的都带来了。"我妈一边说，一边露出十二颗牙。

老妈来了，出租屋似乎塞进了十个人一般热闹。我妈手不闲着嘴也不闲着。杂乱的房间顿时清亮起来，餐桌上很快有了两菜一汤。她从始至终没提一句我昨晚为什么在电话里哭，只是在吃饭时说了一句："吃饱肚子，过好日子。"然后，她对着从老家带来的大葱一口咬下去，"没有什么事，是大葱蘸酱解决不了的。"说着，递给我一根。我接过来，蘸了点酱，跟我妈"干杯"："以葱代酒，妈，北京欢迎你。"

人跟苞米苗一样，有病就治

那晚，我俩吃饱喝足，挤在一张床上聊天。我跟我妈说我可能病了，还加了一句："应该很轻，也就是轻度抑郁。"没想到，她大大咧咧地插嘴："人要是一直心情都好那也不正常。妈看了，事不大，我来了，专治各种不开心。"

我继续跟她吐槽，我失恋了。原本去美国进修两年的男朋友开始很少来电话，后来有一次我打给他时，是一个女生接的，让我以后不要再跟他联系了。

我妈说："连分手都不敢当面跟你说的男人，靠不住。歪瓜裂枣的，就得早点摘除。"

之后，我开始喋喋不休地讲工作上的事。我妈一边打着呵欠，一边跟我说："人啊，就跟那苞米苗一样，遇到虫害啦、缺肥啦、生病啦，就得表现出来，叶子打绺儿或者长斑，这样就会被看见、被关照。只要根没事，怎么都能救过来……"

明明晚饭吃得很多，听到"苞米"后，我却突然饿了："妈，我想吃你带来的黏苞米了。"

本来已经困了的老妈瞬间起身，20分钟后，一根热乎乎的苞米递到我眼前。我吃着，我妈咧嘴看着。我说："妈，真香。"我妈说："那是，这可是我和你爸亲手种出来的。"

"我是说你来北京陪我，真香。"我妈说："你早哭啊，早哭我就早来了。"

我妈治愈了我的精神内耗

第二天，我去上班，叮嘱妈妈在家里好好休息。结果晚上我下班回到家，她就告诉我她找到工作了——给小区里一对老夫妇做饭。

来北京的第二天，我妈不仅找到了工作，还拉着我一起，找到了广场舞队伍。不等我反应过来，她已经甩开大步加入进去。

我妈工作三个月后，有新的工作找上门来。菜场肉摊叔叔的

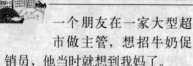

一个朋友在一家大型超市做主管，想招牛奶促销员，他当时就想到我妈了。

周六，我妈让我带她一起去面试。人家把她带到牛奶专卖区，介绍了一下基本情况和职责，让她先干一天试试。剩下的，就交给我妈自由发挥。只见她一进入人群，"社牛症"就发作了。走过路过的，她都能跟人家说上几句；没人的时候，她就扯着嗓子吆喝客人，而且，她眼里有活儿。

商品被弄乱了，她一定立马摆整齐；货架不干净了，她就用抹布擦干净。连旁边冻鲜区的冰柜脏了，她也帮着收拾。她跟我小声嘀咕："它紧挨着我这片儿，如果那儿看上去不干净，影响别人买咱牛奶。"

两天后，我妈被通知去办入职手续。我妈在高兴的同时犯了愁——如果去超市上班，就不能给小区那对老夫妻做饭了。一番商量后，老夫妻表示我妈可以在早晨就把一天的饭菜给备出来。但她不忍心让人家吃早晨做的冷菜冷饭。于是，她买了一辆电动车，每天从超市下班后，赶在晚上6点前让老夫妇吃上新出炉的晚饭。

而且，每天不管多忙，她都一定风雨无阻地去跳广场舞。我妈最大的愿望，就是将来回到村里，可以组建一个广场舞舞蹈队。

在我妈55岁生日那天，我送给她一份礼物，就是去跟专业的舞蹈老师学跳舞。那天，我带着妈妈去见舞蹈老师，老师让她表演一段。一曲舞罢，老师评价："你的舞跳得太有生命力了，有一种野性的美。"

我妈顿时就腼腆了："我就是种地种多了，力气大，恨不能使出种地的劲儿。"老师被我妈逗得前仰后合："美其实是一种身与心的协调，你协调得特别好，真实自然。"

的确，我妈身心合一，活得本我真挚。更重要的是，来北京两年，她悄然治愈了我的精神内耗。

辰徽摘自微信公众号写故事的刘小念
图：佐夫

这就是我的人生三句话。感到愧疚时，我会勇敢地说："对不起！"心存感恩时，我会真诚地说："谢谢你！"拥抱亲友时，我会坚定地说："我爱你！"这神奇的三句话能让很多问题迎刃而解，因为，爱就是力量。

你的人生三句话是什么？那三句话背后又有哪些故事？不妨来说说看！

白额鹦鹉等四则

@[美]布鲁克·巴克

雄性的白额鹦鹉看上谁
就吐谁一身。

我觉得他
喜欢我。

1

星龟的蛋在低温中会孵出雄性，
在高温中会孵出雌性。

我爸妈
喜欢女孩，
但他们赶上了
一场暴风雪。

2

死掉的小猪里，
有一半都是被自己妈妈挤死的。

您能挪过去
一点吗？

3

交配后，
两只蜗牛都会怀孕。

等一下，
我也有权
给孩子起
名字。

4

摘自《是我把你弄哭了吗》北京联合出版公司

罗森加特轿车奇遇记

@[法]皮埃尔·贝勒马尔 顾欣译

新车被盗

那天晚上，在洛林的一个小镇上，拉宁夫人和她三个年幼的孩子热切又焦急地盼望着拉宁先生赶紧回家。丈夫拉宁说好今天要开着新买的轿车一起回来！一辆罗森加特轿车！这是他们心心念念了四年，节衣缩食买下来的大物件。

今晚，新车终于到手了！拉宁一家五口乐滋滋地挤进崭新的轿车里，刚拿到行驶证的拉宁先生技术青涩地开车带着孩子和夫人在街区里来回兜风。这幸福的

场景就像全家福照片一样，可谁又能预料得到，这样的好日子转瞬即逝。

一周后，孩子们没有像四年来梦寐以求的那样，和拉宁夫妇一起开着新车去度假，而是看到自己的父亲穿着一件显得他耸肩缩颈的军服，登上一列火车，他抱着他们的妈妈不舍地说："把家里的罗森加特看好了，它总共只开了25公里！等打完仗，咱们就按原计划去圣米歇尔山度假！"

拉宁先生心里默念着："别哭，我会回来的！"可是怎么也说不

出口。

1939 年 9 月 3 日，本该开车兜风的那个夜晚，拉宁家的孩子们既担忧又满怀希望地入睡。虽然父亲要去打仗了，但当他回来时，他们就会一起开着罗森加特去度假。

1941 年，爸爸还活着！由于腿部受伤，拉宁先生回家了，他消瘦且胡子拉碴，靠着一根拐杖，让人有点认不出来了。第二天早上，拉宁问他的妻子："咱们的新车罗森加特怎么样了？"

拉宁夫人内疚地说："它被人偷走了。轰炸时，不知是谁开着咱们的罗森加特在德国人来之前跑掉了，谁也不知道它现在在哪里！"

拉宁叹了口气。这辆车花了他很多钱，还没开够就被盗了，但他还活着，活着就有找到车的可能。

因车入狱

1942 年，拉宁一家和其他人一样活在食物定量配给中，靠着黑面包和大头菜艰难度日。洛林已经被德军占领。一天晚上 10 点，

孩子们正在睡觉，拉宁家的大门突然被急促的枪托捶打着，有人喊道："德国警察，把门打开！"

拉宁几乎没来得及披上一件外套，就被带走了。在盖世太保总部，拉宁被带到了一个穿着皮衣的男人面前。"拉宁先生，你是特务！如果你供出同伙的名字，我可以让你不被关进集中营！"

我？特务？可怜的拉宁先生只是一个有家有室已退伍的瘸腿老兵。可德国人说："你是不是给比利时的敌军提供了一辆车牌号为 ME6854 的罗森加特牌轿车？你的两个同党开着这辆车把武器偷运去了比利时。"

拉宁急忙解释这辆车早就被人偷走了！但德国人打断了他的话："如果有人偷了你的车，你妻子为什么不去报案？"

1940 年 6 月去哪儿能报案？但盖世太保的特工才不管这些。拉宁先生被关了起来，遭受严刑拷打。

即使在酷刑的折磨下，拉宁先生也没有屈打成招，坚持着自

> " 这幸福的场景就像全家福照片一样，可谁又能预料得到，这样的好日子转瞬即逝。

己就是个普通百姓的说法。

就这样，拉宁先生被关进了集中营三年。

哪怕如此，他在集中营里也不忘让自己坚信："我来这儿就是个大错误，只是有人偷了我的罗森加特轿车！"

人车回归

1945年9月，一个身高1.72米、体重仅有35公斤、瘦得只剩一把骨头的人被带回了拉宁家。拉宁夫人根本不敢相信，她的丈夫就像鬼魂一样突然钻回了这个家，三个孩子甚至不记得自己有个爸爸。

就这样，生活又重新开始了。拉宁甚至不再记得他那辆1939年的罗森加特牌轿车了。

世事难料，1947年的一个清晨，拉宁先生在邮箱里发现了一张来自布鲁塞尔禁止停车的罚单。罚单显示1947年4月23号有过违章记录的车辆，车牌号为ME6854。拉宁立即开车冲去了布鲁塞尔警察局，了解这究竟是怎么一回事："谁能先跟我说说我的车在哪儿呢？"

原来拉宁先生的罗森加特轿车曾被一个比利时军人"借走"去打仗，他后来被抓。在他之后，一名德国军官把这辆车占为己有，直到比利时被解放。此后，又有一位比利时军官"征用"了它。不得不说，没费多少劲，这辆车就找到了它的前主人。

比利时军方最终把罗森加特轿车还给了拉宁，按照战时征用规定，还车的时候他们把车上五个旧轮胎都换成了新的。车在征用的这些年内共开了6万公里，同样按照规定，解放后每征用一天就补偿他87比利时法郎，总共是8.4万比利时法郎。换句话说，比利时军队给拉宁补偿的用车赔偿和拉宁先生的实际损失误差仅有几比利时法郎。

于是，1948年9月，拉宁终于开着他的1939年的罗森加特轿车，带着他的妻子和三个孩子行驶在了去往圣米歇尔山度假的路上。拉宁一家一直留着这辆轿车。1979年，拉宁家的长子还照常保养着这辆老爷车。每到星期天，他时常发动它（当然，是用那种老式可摇手柄），像父亲当年一样，开车带着父母一起绕着街区兜风。

米粒摘自《凡人奇遇录》花城出版社

图：孙小片

炸药包为什么要捆得像被子一样

@ 郁练级

在八路军抗日的时候，武器装备这一块，补给相当困难，尤其是前期，大部分都是依靠缴获来支撑的。但是后来日军也学坏了，出去打仗弹药不多带，我军缴获的弹药，也不会太多。所以补给弹药的问题就越发突出。

后来八路军决定自己建立兵工厂。当时条件艰苦，一把铁锤、一个炉子等一些简单的工具，就成了制作弹药的简易作坊。在这种环境下，生产出来的充其量也就是黑火药而已。而且这些黑火药的配方，大多出自民间制作鞭炮的匠人之手，威力也有限。

有时候丢出去的手榴弹，就冒一股子黑烟而已，还有就是丢出去之后，一炸变成了两半，威力上不去。碰到下雨天，或者天气潮湿，丢出去的手榴弹炸不了的情况也时有发生。

后来八路军就找相关专家解决炸药的问题，各个地方的专家学者来到抗日根据地，终于开发出了高级炸药，甚至可以用日军售卖的肥田粉为原料制作炸药了。

之后晋察冀抗日根据地又成功自制了无烟火药，这种火药的性能和日本人制造的不相上下。

但炸药从最初的黑火药，到后来的各种高级火药，研发出来的都是粉状的，没有成块的。在使用的过程中，就必须对这些粉末状的炸药进行打包，不然的话，使用时很容易撒出来。

最终我们就选择使用捆小被子的方式，将炸药给包裹起来。

心香一瓣摘自知乎网

两个爷爷

@李永生

那天，我和爷爷去参观野三坡景区举办的"老照片巡回展"。野三坡在抗战的时候属于老根据地，所以这些照片中有许多是表现战争场景的——冒着浓烟的炮楼、跨越战壕的八路军战士、练刺杀的民兵、戴大红花的新兵战士……其中竟还有一张是抗日战士光屁股照。照片中的几名战士，裸着身子从拒马河刚游上岸，还没来得及穿衣服，地上散落着他们的衣服和枪支。爷爷看到这张照片眼睛一亮，别看爷爷90岁了，但耳不聋眼不花，他一下子就认出了照片中那些光屁股的人中有一个就是自己。

爷爷告诉我们，他15岁就参加了野三坡抗日游击队，他们每年都要无数次穿越拒马河。那时候他们只有一套衣服，过拒马河时，人们都是把衣服脱掉顶在头上，到了岸上，把身体捋干，再把衣服穿上。爷爷说，那张照片是一个外国战地记者抓拍的，当时他们都臊得不行。我举起相机，以这张老照片为背景，给爷爷抓拍了一组照片。随后，我选出一张最好的交给影楼洗印装裱。

照片中，爷爷的羞赧还没有褪尽，他的身后就是那张光屁股老照片，眼前的爷爷和几十年前的老照片爷爷挨得很近。黑白照片和彩色影像交相辉映，一老一少两个爷爷，更像一对爷孙，他们似乎刚完成一段时空对话，然后依依不舍地告别。

我对爷爷说："爷爷，咱给这张照片取个名字，就叫《两个爷爷》，会成为咱家的传家宝呢！"

爷爷说："羞死人了，光着腚呢！"

我说："那才真实，能让后辈们想起那时候打小日本鬼子多不容易！"

我不管爷爷同意不同意，就把这张照片挂在了爷爷卧室的床头。

自打挂上这张照片，爷爷在卧室出出进进的次数就多了起来。爷爷蹑进卧室，用恨也不是爱也不是的眼光看看照片，跺下脚，再蹑出屋，转个圈又蹑回卧室……一个人的时候，爷爷就小心翼翼往卧室门外望一眼，然后驻足在照片前端详。家里人一多，就赶紧把卧室门关上，似是金屋藏娇，生怕别人瞧见。表妹第一次看见这张照片，惊讶地张大了嘴巴，大大咧咧咋呼："呀，姥爷，您屋里怎么挂一群光屁股？"这话把爷爷臊了个大红脸。

"外孙女都说不好，羞死人了！"爷爷说，"摘下来吧！"

照片没被摘下来，但爷爷却为它添了个新行头——一块大红绸子。家里人一多，爷爷就用这块大红绸子把照片盖起来。

爷爷生日那天，我们这些做儿孙的都来给爷爷拜寿。开餐前，为了给寿宴增添一份欢乐，趁爷爷不注意，我把盖着大红绸子的照片搬出来，对大伙说："咱英雄的爷爷，不仅打鬼子勇敢！看身材，还是当模特的料呢！下面请爷爷为《两个爷爷》揭幕！"我笑眯眯地看着爷爷。

爷爷一脸镇定，说："行喽！"

在我们的掌声中，爷爷从容地一抻大红绸子。我环顾大家，每个人的脸上都只是微微露出惊讶的表情，倒是表妹，哈哈大笑起来。爷爷托起烟袋锅，笑得得意又开心。

我把照片翻转过来一看——每个男人的腚上都被画上了一个黑裤衩！

这时候的爷爷，从沙发上站起来，鸭子一样摇摆着走向餐桌，有一搭没一搭地说了一句让我们找不着北的话："收拾几个小日本鬼子，还用得着脱衣裳？"

这话……又是啥意思呦！我们竟变得恍惚起来——说这话的，是我们眼前这个90岁的爷爷，还是照片中那个穿黑裤衩的年轻抗日战士呢？

张秋伟摘自《北京文学》

图：谢颖

那一年小蕊14岁，正是大人说什么都要反对的年纪。当时，她陷入了一段漫长的焦虑期，总觉得事事不顺心、不如意，踢到一块石头都会想是不是有什么阴谋，进而幻想云彩背后有一个与她不对付的神想要看她的笑话。小蕊天天在日记本上写冰冷的诗句，觉得自己可怜，觉得世界可悲，觉得人们可怕、可憎。

小蕊像一个独自夜行的人，用自己想象出来的妖魔鬼怪吓唬自己，一点点陷入自闭的境地。

妈妈看出了小蕊身上的苗头不对。一个周末，妈妈做好了一笼包子，选了几个又大又靓的，用提盒装了放到她面前，说："给你一个任务，把这几个包子送出去。""送给谁？""送给一个对你好的人！""没有哪个人对我好！""你再仔细想想。""那就送给你吧！"

"我是你的妈妈，对你好是理所当然的，我希望你把包子送给那个本没有义务对你好，但又对你表现出善意的人。"

"有这样的人吗，我怎么没感觉到呢？""就当是帮妈妈，来，好好回想一下，有没有对你好的人，哪怕是一丁点儿。"

"我没有早恋！"小蕊几乎是

把包子送给那个对你好的人

@曾 颖

喊出这么一句。

妈妈惊愕了一下，说："没说你早恋，你误会我的意思了。我说的好，是值得你去感激和感恩的好。你看我这一笼包子，就是打算送给同事徐阿姨的。我每次有事，她都要帮我值班，从来没怨言，让我心里过意不去。我说的，是类似这样的好。"

听妈妈这么一说，小蕊心里莫名地闪出一个身影——那是在学校车棚里看车的魏爷爷，他看小蕊给自行车打气很吃力，每次都会帮她。

小蕊把这个想法说了，妈妈很高兴，把提盒交给她，说："看，也不是没有对你好的人，是吧？"

"这也算？"

"当然，善意不论大小，都会让人觉得暖暖的，多暖几次，心就不冷了。"妈妈说这几句话时，声音既平和，又温柔。

那天，小蕊把包子送给了魏爷爷，魏爷爷很高兴，在那之后，他对小蕊和她的车子更关心爱护了。再后来，他开始帮更多的同学打气。

那以后，每隔一段时间，妈妈就会做包子，让小蕊回想"对你好"的人，她也就努力去发现身边那些细微的善意和美好。原来，小蕊的身边其实有很多美好的东西，只是以前从没有在意而已，她总把眼睛盯在冷漠、丑陋的地方，却忽略了美好。

后来的许多个日子，小蕊和妈妈在夕阳下一边揉面、拌馅儿，一边回忆生活中人们给予她们的善意，她们将感激揉进面、揉进馅儿，包进包子里，蒸出一屋子温暖芬芳的香气，那香气，将世界晕染得如同一个温暖的梦境。

多年来，小蕊一直保持着一个传统——每月最后一个周末，她一定会在家里请一位朋友吃饭。这天，所有的食物都是她亲自制作的，桌上摆着新采的鲜花，连用来摆放餐具的方巾也跟客人的喜好相关。所有的一切，都透着一种庄重又温柔的仪式感，让被请者由内而外、由眼及心，都暖暖的。

小蕊将这一天称为感恩日。

米粒摘自《川味人间2》文化发展出版社

图：豆薇

14岁的小蕊独自"与世界为敌"，陷入精神沼泽，扫码看心理专家解析小蕊的内心世界，让我们一起帮她消除误解，走出阴霾！

离你车程90分钟

@〔美〕杰伊·韦伦斯

高天羽 译

在一个风雨大作的周六，我在查房之后回到办公室，把脚跷到桌上，抿一口咖啡，靠上椅背，想在一个忙碌的早晨之后放松一下。但是不出几秒，夹在腰带上的传呼机就震了起来。对方很快表明了身份：是另一家医院的一名急诊室医生。

"大夫。"一个口齿清晰的声音说道，"我们这里有一名九岁女童，大约两小时前两车相撞，她坐后排。人刚送到。扫描显示她右脑有一块三厘米的硬膜下血肿。我们是一家小医院。你能收治她

吗？""可以。"我立刻答道，"检查结果怎么样？"

"右侧瞳孔扩张，左侧姿势异常。"这两样都是脑压升高的外部指征。直白地说，就是这女孩病了，病情正快速加重，并且挽救她的黄金时间正在飞快流逝。

"你们怎么还没送她升空？"我有点生气地问道。两家医院相距100英里，用医用直升机，30分钟出头就能将她送来这里，完全赶得上救治。

"天气太差，无法飞行。她离你车程90分钟，只多不少。"他

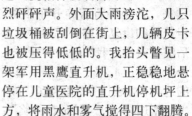

嘴上这么说，心里也很清楚这意味着什么——救护车要开一个半小时，再加上事故后的两个小时，这么漫长的颅内高压后还想生存，机会渺茫。

"你说该怎么办？"他问我。

即使在今天，当我遇到看似无解的处境时，我仍会想起我父亲。他曾在空中国民警卫队服役四十多年。我很小的时候，他就教我在每次起飞和降落之前核对飞行检查单。升空之后，我们还会演习空中紧急情况的处置。对他来说，驾驶飞机和解决问题密不可分，两者就像呼吸一样是他的一部分。

> "前方或许就有一段美丽而充实的人生，有个人正在等着别的什么人去帮她解决问题、做出艰难的抉择，并在暴风雨中为她升空。

"那些黑鹰直升机还停在你们附近的基地里吗？"我问那个急诊室医生。"还在，可是……"他的声音先是轻了下去，紧接着就又抬起了嗓门，"对啊！他们在任何天气都能起飞。""你去搞定黑鹰，我来通知我们手术室。"

半小时后，我低头看见马克杯里的咖啡表面激起了涟漪，就像《侏罗纪公园》里的霸王龙接近时，脚步会震动水坑。周围传来有规律的搏动，继而是气流拍打玻璃窗的强烈砰砰声。外面大雨滂沱，几只垃圾桶被刮倒在街上，几辆皮卡也被压得低低的。我抬头瞥见一架军用黑鹰直升机，正稳稳地悬停在儿童医院的直升机停机坪上方，将雨水和雾气搅得四下翻腾。办公室里的一切都在轰轰作响，我的心脏在胸腔内重重地跳动。

在小儿创伤区，两名冒着风雨将她送来的士兵和我们的护士一同忙碌，身上还穿着湿漉漉的飞行服。当我来到病床边，一个护士叫了我的名字，结果较年轻的那名士兵不知出于什么原因，立刻对我立正敬礼。

我脑海中闪过了我父亲身穿一身飞行服的样子。"稍息，士兵。"我说，"应该我对你敬礼才是。"

我们准备去手术室，这时，我又扭头回望了一眼。他们望着我们的推车进入电梯，我和离我较近的那名士兵对上了视线。就在电梯关门之前，他冲我轻轻地点了几下头。

手术后，女童的情况马上稳定了，她醒了过来，甚至颤抖着睁开了眼睛，但是她的康复还需要时间。在术后的岁月里，我不时收到她家人发来的情况汇报：她参加了当地的选美和才艺比赛，取得了优胜；她经票选获得了"校园精神奖"；她和朋友们一起打扮成学校吉祥物为校队加油；在五月一个值得纪念的日子，她从高中毕业了。起初，她的变化记录在一次次复诊里，后来她不再有和我见面的医学理由，她的进步转而记录在了节日贺卡和偶尔寄来的信里。

在她受伤十年半之后，我收到了这样一封信。这次不再是童年时的手绘卡片或者她自豪的父母做的剪报。这次是写在典雅信纸上的一张手写请柬，邀我去参加她的婚礼。她都要结婚了！我仍能回忆起她手术后躺在儿科ICU里的样子：一个九岁的孩子，半边脸都在车祸中擦伤，一只洁白的头套裹着脑袋；护士们有条不紊地为她连接监护仪，电线叠着电线，管子挨着管子；我催促她捏我的手，给我一点儿好转的迹象，什么迹象都行。而在多年后的今天，我读着这张请柬，上面满是对获得那次机会的感激之情。她感激直升机中的两位军人，感激两家医院的团队，也感激我。

此时，我正坐在办公室里回首往事。我意识到自己也为她这些年来的不断发展深深感激。

我父亲的空中教学，那位勤勉的急诊室医生，那两名浑身湿透站在那里目送我们推走病人的勇敢士兵——这么多人和事汇合到一起，都为了让这个孩子长大成人，找到幸福，找到爱。我们都需要一个活生生、会呼吸的人来提醒自己继续奋力前进。前方或许就有一段美丽而充实的人生，有个人正在等着别的什么人去帮她解决问题、做出艰难的抉择，并在暴风雨中为她升空。

离萧天摘自《开颅："牵动神经"的医疗故事集》
上海三联书店 图：恒兰

电子邮箱

编辑部 wenzhaiban@126.com
蔡美凤 836361585@qq.com
胡 捷 gxy1987@foxmail.com
吴 艳 976248344@qq.com
杨怡君 499081339@qq.com

彼得的秘密

@ 乔凯凯

彼得和同是心理学系的同学要做一项社会活动测试，测试内容是去一家书店选一本书，然后躲开工作人员，偷偷将书带出来。这项测试的目的是研究人们在不付钱的情况下，心理的变化以及周围人的反应等。当然，事后他们会回去向工作人员解释清楚，并归还图书或把钱补上。

彼得走进一家书店，在各类图书前慢慢翻阅，最终选出一本喜欢的图书，趁工作人员帮一位顾客找书的时候，他将那本书夹到胳膊下面，快速地走出了书店大门。

完成这一系列行为后，彼得开心地笑了起来。同学称赞彼得心理素质过硬，整个过程显得镇定自若，似乎一点儿都不慌乱。

就在他们打算回到书店时，一只手从身后拍了拍彼得的肩膀："嘿，彼得，你在干什么？"

彼得回头一看，原来是老朋友威廉，于是笑着回答："我在做一项社会活动测试。"

"别撒谎了。"威廉露出不屑的表情，"我刚才已经看到了，你从书店里拿了一本书出来，我的意思是，你没有付钱。"

"你说得没错，这就是我说的社会活动测试。"彼得认真地回答。很显然，威廉还是不肯相信，他认为彼得在自欺欺人。

这时，站在一旁的同学开口了："事情不是你想的那样。正如彼得所说，我们确实在做一项社会活动测试。"

为了彻底打消威廉的疑虑，同学向威廉出示了这项活动测试相关的资料。

"原来是真的呀！"威廉释然地笑了起来，"上个月我好几次看到你这样做，就想问你了，但一直没好意思开口。这下我就放心了。"

朱权利摘自《幽默与笑话》

倘若以为买书一定比买包更有品位，那你就大错特错了。无论买什么，只要到了不剁手就不能停手的阶段，个中体会都有相通之处——就以今天出场的三个男人为例。

这三人都崇拜文学界的天王巨星：东晋诗人陶渊明。只可惜北宋以前的陶渊明诗文集没有一部保存下来，南宋人印制的《陶靖节先生诗》(靖节是陶渊明的谥号)有幸传到清代，成了稀世珍品，被一个叫张燕昌的人得到。

为陶渊明剁手的三个男人

@ 博小拙

这时，一位真正有知识、有真爱的剁手男登场了——藏书家周春找到张燕昌，声称想借来一读，张轻易就答应了。

可过了很久，周春都没有还书的意思。张燕昌很着急，直接找上门，发现旧书竟然被周春拿名贵的"金粟山藏经纸"重新装裱了一遍，立刻知道坏事了。

周春手里攥着书，显然没有归还的意思，张燕昌只好跟他讨价还价，最后周春拿一斤明代古墨作为补偿，这才罢休。千万不要觉得张燕昌吃亏了，周春这一剁其实相当狠，当时一斤古墨价值一斤白银。

周春得到《陶靖节先生诗》后，就给书斋起了个漂亮的名字：礼陶斋——"礼"是指他的另一件宝贝，宋刻本《礼书》。后来因为生计所迫，周春被迫卖掉《礼书》，只留下陶集，书斋就改成了"宝陶室"。等到《陶靖节先生诗》也被卖掉，书斋就成了"梦陶室"——只能在梦里相见了。

但他起的名字还不够萌。

《陶靖节先生诗》后被清代藏书家黄丕烈斥巨资购得。黄手中还有另一个版本的陶集：南宋刻本《陶渊明集》。两本陶集在手，他给书斋起了个超萌的名字：陶陶室。

黄先生不仅收集各种版本的陶集，还搜罗陶渊明的"周边产品"，跟现在的追星族没什么两样。比如，北宋大文豪苏轼曾多次唱和陶渊明的诗作，收录在《注东坡先生诗》一书里，黄丕烈自然要收入囊中。最夸张的是，他每年都给过世七百多年的苏先生过生日！每逢农历十二月十九这天都会把《注东坡先生诗》拿出来，邀友人一起朗诵品茗。

进入民国，《陶靖节先生诗》《陶渊明集》《注东坡先生诗》这三部都成了大实业家周叔弢的藏品。民国藏书界有"南陈北周"的说法，"北周"就指周叔弢。

1907年，晚清四大藏书楼之一"皕（音必）宋楼"因财务问题，将大部分精华卖给日本静嘉堂文库，引起轩然大波。所以，当"四大"中的"海源阁"也要破产时，周叔弢拼尽全力，倾囊而出，甚至四处借钱，终于从海源阁买到58种珍贵古籍，其中就有《陶靖节先生诗》《陶渊明集》和《注东坡先生诗》。

为了买书去借债，这哪里是剁手，简直是败家！可就是败家

也要入手的宝贝，最后都被周先生捐了出去。

1952年，周叔弢将700多种、2000多册珍贵古籍捐给国家，后拨交国家图书馆保存，《陶靖节先生诗》《陶渊明集》和《注东坡先生诗》也在其中。

这批书里光宋版书就有70多种——这是什么概念？台北故宫号称珍本荟萃，宋版书也只有200多种而已。

在随后30年里，周先生更是将家中数万册古籍全部捐给天津图书馆和南开大学图书馆——没有留下一本。

捐书不稀奇，捐到家里一本不剩的绝对世间罕有！周先生说："捐书之时，何尝没有不舍之意，又曾打算留一两部自己玩赏。但想既然捐书，贵在彻底，留下一两部又如何挑选，所以全数捐出，一本不留。"

今天，全世界所有公私机构收藏的宋元古籍只有3000多种，其中多达1700种可以在国家图书馆找到。

这要感谢无数不惜剁手、败家也要化私为公的爱书人。

—米阳光摘自微信公众号王牌讲解员

图：陆小弟

镜中人（节选）

@陈谌

当全身湿透的旅人闯进这间昏暗的屋子时，火炉旁坐着的人都不约而同地转过头来。通过几句简单的交谈，旅人了解到年纪稍长的老者是一个诗人，而黑皮肤的壮汉则是一个车夫，他们都被这场突如其来的暴雨耽误了行程。

这里似乎是一家售卖镜子的店铺，墙上和地上都摆满了各式各样不同款式的镜子。墙上的橱窗里，一个托着下巴的老人似乎是这里的店主，他一言不发地待在那里，不知是在默默聆听还是已然睡着了。

诗人忽然开口提议道："不如我们来玩一个游戏吧。我们一人拿出一个铜钱，然后一人说一个故事，谁讲得最好，这三个铜钱就都归他所有。这样，既然我们有缘相聚在这满是镜子的店铺里，就一人说一个和镜子有关的诡异故事吧，谁说得最吓人，能把我们其他人都给吓到，那么谁就赢了。"

三个人都点头同意参加这个游戏。

诗人的故事

两百年前的欧洲小镇，有一个年轻的小伙子和一个姑娘相爱了，然而由于战争的爆发，小伙子不得不前往战场杀敌。在分别时，小伙子送给姑娘一面漂亮的铜镜，并发誓如果能活着回来，一定会娶姑娘为妻。

五年后，军队终于凯旋了。

非遗在中国（鼓乐篇）15. 开封盘鼓原名大鼓，与宋明年间流传于开封的迓鼓乐密切相关。

姑娘随着民众到街道上迎接军队，她一眼就看到了骑在战马上英姿飒爽的心上人。她拿着那面铜镜冲上前去，却被他粗暴地推开了。

原来这五年小伙子在战场上立下了赫赫战功，被国王册封为御用骑士，并允诺将自己的一个女儿嫁给他。姑娘得知了这个消息，郁郁寡欢，最终得病死了，那一面她天天都要望之兴叹的铜镜却不知下落。小伙子如愿以偿地在王宫里娶了公主。

然而有天公主外出游玩，从集市上买回一样东西，他一眼就认出这正是他当年送给心上人的那面铜镜。这天晚上小伙子回到屋里，发现公主正坐在床边对着铜镜叹气，镜子中的那张脸居然是自己曾经的心上人。他慌忙上前抢过镜子想要将它砸碎，却被目露凶光的公主阻止了。

随着时间的推移，他发现了一个更为可怕的事实，镜子中的那个人长得越来越像公主，而公主却长得越来越像自己曾经的心上人。一天夜里，小伙子被噩梦惊醒，睁开眼的他发现自己曾经的心上人坐在床上，一边看着他一边露出瘆人的笑容，嘴里不停地重复说着一句话："我们最后还

是在一起了。"

几乎被吓到精神失常的他拿起放在床头的宝剑，一剑刺死了她。后来的结局你们应该也猜到了，小伙子因为杀害国王的女儿，被当众处死，而那面铜镜作为公主的遗物被永远留在了王宫的地库中。可据说很多年后，还有守卫曾在那里听到，从那面镜子中传来的公主的哭泣声。

车夫的故事

我们村子里有一个老妇年轻时就守了寡，独自把两个儿子拉扯大，但是大儿子很早就离开了家，只有小儿子一直陪伴母亲，直到母亲去世。

在举办葬礼时，消失多年的哥哥却回到了村子。不过他回来的目的并不是为了奔丧，而是想来分母亲留下的财产。在分完了所有值钱的东西后，母亲的房间里还有一面漂亮的落地镜，弟弟和哥哥说，这是母亲生前最喜欢的镜子，不如就把它留给我吧。但哥哥执意要把镜子割成两半，他和弟弟一人一半。

哥哥用母亲的遗产新盖了一栋房子，并把那半块镜子放在了自己家中。很快他发现那面镜子

有些不对劲，在身边没有人的情况下，他在镜子里居然看不见自己的身影。他的妻子并不相信他，因为每当妻子陪着他一起照镜子时，镜子总能完整地映照出他的样子。

这天下午，他再次独自走到了镜子前，他在镜子里依然能看到房间里其他一切事物的景象，可唯独看不见自己。他伸手想要砸碎这半块镜子，可刚触到镜面，整个人便失足跌入了镜中。

正巧这时，他的妻子听到丈夫的惨叫来到房间，可左顾右盼也没找到丈夫，当她走到镜子前时，发现了令她毛骨悚然的一幕：镜子里，自己的丈夫居然扒在玻璃上疯狂敲打着，试图从镜子里逃回到现实。

妻子惊慌失措地发出了一声惊叫，一不小心踢翻了那半块镜子，镜子应声倒地后瞬间摔得粉碎，而从那些残破的碎片中，一股鲜血喷涌而出，在地板上渐渐蔓延开来。

旅人的故事

多年前我路过一个小镇，寄宿在一户人家，豪华的房子里却只住着一个盲人老管家。

管家告诉我，这栋房子的任何地方我都可以随意参观，唯独不要去三楼拐角的那个房间。但他越这么说，我的好奇心便越发强烈，于是那天深夜我还是悄悄地爬上了三楼。

我很轻易就打开了那个房间，那是一间再普通不过的卧室，墙上有一面很大的落地镜，正对着床。房间里其他的东西都落满了灰，唯独这面镜子一尘不染。

我伸手想要摸一下这面镜子，不同于普通镜子的冰冷坚硬，在我触到镜面的那一刻，居然感到镜子是热的，而且还有些柔软。

正当此时，我被一声呵斥吓破了胆，扭头一看，原来是老管家不知何时站在了门口。

从房间出来，老管家跟我讲起了这个房子以及那面镜子的故事。

原来刚才的房间是之前这家主人的卧室。有一天，主人收到了一面镜子，他并不知道送镜子的人究竟是谁，自己也从来没有买过，但看这面镜子很漂亮，他就将它摆在了自己的卧室里。

可在那之后，主人越来越喜欢对家里人发脾气，而且他每次照那面镜子都会觉得不太舒服，这面镜子从来不曾有灰落在上面，干净得不需要人擦拭，因此镜子中的那个人总是真实得让人感到恐惧。

直到有一天主人因为和妻子吵架，将一个铜壶扔向了那面镜子，没想到铜壶却被弹了回来。遇后他试着用各种各样的坚硬物品去砸那面镜子，但都不能摧毁它。他用手摸了摸镜子，感到了一种难以名状的温暖而柔软的触感，就像在摸另一个人的手一般，也被这种感觉吓得坐在了地上。

于是他开始意识到，或许镜子的背后是另一镜像空间，只因为两边的世界完全同步，才会显现出镜子的特征来。他每次照镜子时看到的并不是自己的影像，而是另一个完全真实的自己。

主人无法接受这个世界上还有另外一个自己，他一心想要杀死镜子背后的那个人，但因为两个世界完全同步，即使用刀刃也无法穿透到镜子背后的那个世界。他明白想要伤害到对面的那个人，唯一的办法只有伤害自己。

最后主人精神失常了，他在那面镜子前杀死了所有的家人，可在他将刀刃刺入自己心脏的那一刻，镜子背后的那个人竟然没

有动手，而是对他露出了一个诡异的笑容。

管家目睹了这一切后昏厥了。醒来的他看到主人的尸体躺在镜子前，可镜子背后的那个主人却消失了。他默默料理了后事之后，弄瞎了双眼，让自己永远也无法再看到那面镜子。

听管家讲完，我将信将疑，或许一切只是心理暗示，或许杀死主人一家的正是管家，他编造了这个吓人的故事以掩藏自己的罪行。但无论真相是什么，都足以让人夜不能寐。

第二天一早我就匆匆离开了那栋房子和那个镇子，从此再也没有去过那里。

老店主的故事

旅人说完他的故事，大家一致认可他是获胜者，把铜钱交给了他。此时，屋外的雨似乎也停了，众人相互道别后，便走出了这家店，再次踏上各自的旅途。

最后离开的旅人独自走到橱窗那儿想要和老店主道谢并告别时，却发现那里并没有什么橱窗，原来墙上镶着的，也是一面镜子。

梁衍军摘自《写给大人的睡前故事》

天津人民出版社 图：恒兰

妈妈

最后的笑声

@孙宝成 编译

我来参加葬礼，哀悼我最亲爱的朋友——我的妈妈。

妈妈总是给我信心和勇气，在我出演校园剧时为我大声鼓掌，听我第一次叙说伤心事时会拿出一大盒餐巾纸，父亲去世时安慰我，鼓励我考上大学，为我一生一世的幸福而祈祷。

妈妈的病诊断出来时，我姐姐刚生了一个小孩，我弟弟新近娶了青梅竹马的女友，照顾她的重担都落在我这个排在中间的孩子身上——没有牵挂的27岁的女儿。我把这看作了荣誉。

"现在怎么办呢？"我坐在教堂里，默默地想。对我来说，前面的生活似乎一望无际，空空荡荡。弟弟握着妻子的手，默默无言地看着十字架。姐姐靠在丈夫的肩头坐着，姐夫搂着她，她的怀里抱着他们的孩子。大家都沉浸在悲痛之中，谁都没有注意我独自而坐。我一直跟妈妈在一起，给她做饭，扶她走路，带她去看医生，关注她服药。如今，她去了天堂，我完成了使命，只剩下独自一人。

我听到教堂后门打开和关闭的声音。沿着铺有地毯的过道传来急匆匆的脚步声，一个急慌慌约年轻人朝四下扫了一眼，随后更挨着我坐下。他弯曲手臂，放在膝盖上，眼里饱含着泪花。

他抽噎起来。"我迟到了。"他解释着，其实没必要做出解释。听完几句悼词后，他俯身过来，不解地问："为什么他们把玛丽的名字叫作'玛格丽特'呢？"

"噢，那是她的名字，玛格丽特，什么时候也没叫过玛丽。没人叫她'玛丽'。"我小声说。我奇怪，为什么这个人没有坐到教堂的另一边去。他眼泪汪汪、烦躁不安，打乱了我对妈妈的哀悼。这个陌生人到底是谁呀？

"不是的，那不对。"他坚持说。我们的低声对话，引得几个人回头来看。

"她的名字就是玛丽，玛丽·比特斯。""这里不是玛丽的葬礼。"我回答。

"这不是路德教堂吗？""不是，路德教堂在街道对面。"

"哎呀！""我认为您来错了葬礼现场，先生。"

在这个庄严的场合，我意识到这个人所犯的错误，虽然哭笑不得，可笑意却忍不住要往上冒。我赶紧用手捂住脸，希望用啜泣来压住笑意。

我不住地抽动身子，长凳发出咯吱声，引起人们的注意。其他哀悼者纷纷投来的目光，让局势更加滑稽了。我困惑地偷看了一眼，只见那位误闯进来的人还坐在我身边，他也在笑。他四下里看看，认定想要若无其事地离开，已经为时太晚了。

我想象得出，妈妈也在笑。

最后说完"阿门"，我们冲出门去，来到停车场。"我相信，咱们会成为热门话题。"他笑着说。他说他名叫里克，因为错过了姑姑的葬礼，请我去喝一杯咖啡。

从那天下午起，我跟这个人开始了终身的旅程。他走错了葬礼现场，却来到了正确的地方。

相遇一年后，我们在他担任助理牧师的乡村教堂举办了婚礼。这次，我们两个准时准点地来到同一个教堂。在我悲伤的时候，妈妈把笑声带给了我；在我孤独的时候，妈妈把爱情带给了我。刚刚过去的六月，我们庆祝了22周年结婚纪念。每逢有人问我们怎样相识时，里克便告诉他们："她妈妈和我姑姑介绍我们认识，我们其实是在天堂相的亲。"

田晓丽摘自微信公众号孙宝成的山坡

图：谢颖

如何写得过 ChatGPT

@ 明前茶

那天，杨梅熟了，与单位同事前往采摘的我，巧遇了当小学语文老师的侄女。当时，她带着一队晒得鼻尖冒汗的小学生，窸窸窣窣地赶来杨梅林里，交代这趟体验课的主旨。

只听侄女提高声音说："如今，大家都对写作文没什么兴趣了，这是为啥？"

一个小胖子接茬："ChatGPT都这么强大了，给个题目，一两分钟它就帮你写好了，还要我们费那个脑筋干什么？"

孩子们纷纷附和："ChatGPT聪明着呢，你只要提示高矮胖瘦、脾气如何，它就会帮你写《我的妈妈》；提示天气、班里的比赛口号，它就会帮你写《校运动会》；提示时间、地点，它就会帮你写《采杨梅》。老师，我们为啥还要上作文课？"

孩子们的语文老师显然有备而来，她已经把 ChatGPT 几分钟内自动生成的《采杨梅》打印了下来。她告诉孩子们："这是老师昨儿晚上，换了三组不同的关键词生成的《采杨梅》，ChatGPT 已经拿出了它最大的本事。"

小家伙们纷纷传看，先是艳羡不已，要知道，他们写这么长的文章得抓耳挠腮 40 分钟，然而，再细读几遍，他们就笑起来了——老天，为什么 ChatGPT 翻来覆去都是一些车轱辘话？为什么它写得像好几年前的工作总结？通篇看下来，它为什么像一个攒了一肚子经验，却心如槁木的老人家？在它的文章中，杨梅都是紫红的、酸甜的、多汁的，富含果酸、果胶与维生素 C 的，可是，抬头一看，明明杨梅果实有红有绿、有紫有黑，半红的颇酸，紫红的酸甜，熟到乌黑的已经散发出一股酒味，招来了好多蚂蚁。在杨梅林里采摘，谁说一定会"洋溢着丰收的喜悦"？随时要闪避嘤嘤嗡嗡的蜜蜂和虫子，一面采摘，一面还要摘些叶子，把杨梅盖起来，要不，大大的日头一晒，杨梅上的果刺晒软了，就不新鲜了。有的孩子的胳膊被树杈子刮出血痕，疼得龇牙咧嘴；有的孩子咬一口杨梅，吃出半截虫子来，惊恐得大叫一声。小伙伴们叠罗汉去采高处的杨梅，充当底座的小胖墩正咬牙忍受小伙伴的分量，

猛地，被小伙伴往嘴里塞进一颗杨梅，一松劲儿，全倒了……

采杨梅，哪儿会像 ChatGPT 书写的那样，一定是歌声嘹亮的、满怀喜悦的，是被果香迷醉的？不不不，汗水流到脖子里，是那么刺痒；虫子差点飞到鼻孔里，猛打了一个喷嚏；果树向阳面的杨梅甜得齁人，背阴面的杨梅酸得倒牙；赶走了结网的蜘蛛，才采下了乒乓球大的杨梅……采杨梅的过程并不舒适。然而，经历了这劳作的辛苦与挣扎，最后，大家坐在溪水边，吹着清风，濯洗双腿，将装着杨梅的小篮子浸入水流中漂洗时，那神仙不换的惬意，才会那样温柔甜蜜地撞击人心。

在体验真实的生活之后，孩子们自会领悟到，身为人类，文章如何写得过 ChatGPT。

林一摘自《今晚报》

图：佐夫

【讨论区】ChatGPT 真的强大到能替代我们真情实感的文章吗？不妨试一试，和 ChatGPT 比赛写一篇命题作文，可以是你喜欢的人或事，也可以是期末考试的作文题。把两篇作文放在一起对比看看，还可以投稿给我们哦！

汪曾祺先生告诉我们，一个小说家，要懂得"在叙事中抒情，用抒情的笔触叙事"。《陈小手》完成了汪曾祺先生"叙事与抒情"理论的实践阐述，有志于微型小说创作的文学爱好者，甚至包括一些当红的微型小说作家，都应该好好学习汪曾祺先生的小说语言。

——侯德云

【作者简介】汪曾祺（1920.3—1997.5），江苏高邮人，中国当代小说家、散文家、戏剧家，被誉为京派作家的代表人物。

陈|小|手

我们那地方，过去极少有产科医生。一般人家生孩子，都是请老娘。什么人家请哪位老娘，差不多都是固定的。一家宅门的大少奶奶、二少奶奶、三少奶奶，生的少爷、小姐，差不多都是一个老娘接生的。老娘要穿房入户，生人怎么行？老娘也熟知各家的情况，哪个年长的女用人可以当她的助手，当"抱腰的"，不须临时现找。而且，一般人家都迷信哪个老娘"吉祥"，接生顺当——老娘家都供着送子娘娘，天天烧香。谁家会请一个男性的医生来接生呢？——我们那里学医的都是男人，只有李花脸的女儿承其父业，成了全城仅有的一位女医人。她也不会接生，只会看内科，是个老姑娘。男人学医，谁会去学产科呢？都觉得这是一桩丢人没出息的事，不屑为之。但也不是绝对没有。陈小手就是一位出名的男性的产科医生。

陈小手的得名是因为他的手特别小，比女人的手还小，比一般女人的手还更柔软细嫩。他专能治难产。横生、倒生，都能接

下来（他当然也要借助于药物和器械）。据说因为他的手小，动作细腻，可以减少产妇很多痛苦。大户人家，非到万不得已，是不会请他的。中小户人家，忌讳较少，遇到产妇胎位不正，老娘束手，老娘就会建议："去请陈小手吧。"陈小手当然是有个大名的，但是都叫他陈小手。

接生，耽误不得，这是两条人命的事。陈小手喂着一匹马。这匹马浑身雪白，无一根杂毛，是一匹走马。据懂马的行家说，这马走的脚步是"野鸡柳子"，又快又细又匀。我们那里是水乡，很少人家养马。每逢有军队的骑兵过境，大家就争着跑到运河堤上去看"马队"，觉得非常好看。陈小手常常骑着白马赶着到各处去接生，大家就把白马和他的名字联系起来，称之为"白马陈小手"。

同行的医生，看内科的、外科的，都看不起陈小手，认为他不是医生，只是一个男性的老娘。陈小手不在乎这些，只要有人来请，立刻跨上他的白走马，飞奔而去。正在呻吟惨叫的产妇听到他的马脖上的銮铃的声音，立刻就安定了一些。他下了马，即刻进产房。过了一会（有时时间颇长），听到"哇"的一声，孩子落地了。陈小手满头大汗，走了出来，对这家的男主人拱拱手："恭喜恭喜！母子平安！"男主人满面笑容，把封在红纸里的酬金递过去。陈小手接过来，看也不看，装进口袋里，洗洗手，喝一杯热茶，道一声"得罪"，出门上马。只听见他的马的銮铃声"哗棱哗棱"……走远了。

陈小手活人多矣。

有一年，来了联军。我们那里那几年打来打去的，是两支军队。一支是国民革命军，当地称之为"党军"；相对的一支是孙传芳的军队。孙传芳自称"五省联军总司令"，他的部队就被称为"联军"。联军驻扎在天王庙，有一团人。团长的太太（谁知道是正太太还是姨太太）要生了，生不下来。叫来几个老娘，还是弄不出来。这太太杀猪也似的乱叫。团长派人去叫陈小手。

陈小手进了天王庙。团长正在产房外面不停地"走柳"。见了陈小手，说："大人，孩子，都得给我保住！保不住要你的脑袋！进去吧！"

这女人身上的脂油太多了，陈小手费了九牛二虎之力，总算把孩子掏出来了。和这个胖女人较了半天劲，累得他筋疲力尽。他迤里歪斜走出来，对团长拱拱手："团长！恭喜您，是个男伢子，少爷！"团长齜牙笑了一下，说："难为你了！——请！"

外边已经摆好了一桌酒席。副官陪着。陈小手喝了两盅。团长拿出二十块现大洋，往陈小手面前一送："这是给你的！——别嫌少哇！""太重了！太重了！"喝了酒，揣上二十块现大洋，陈小手告辞了："得罪！得罪！""不送你了！"

陈小手出了天王庙，跨上马。团长掏出枪来，从后面，一枪就把他打下来了。

团长说："我的女人，怎么能让他摸来摸去！她身上，除了我，任何男人都不许碰！这小子，太欺负人了！日他奶奶！"团长觉得怪委屈。

摘自《故里三陈》江苏文艺出版社

图：陈明贵

扫码进入中国微型小说学会微信公众号，更多精彩微型小说等您发现。

祁|茂|顺

@ 汪曾祺

祁茂顺在午门历史博物馆蹬三轮车。

他原先不是蹬车的，他有手艺：糊烧活，裱糊顶棚。

单件的烧活，接三轿马，一个人鼓捣一天，就能完活。他在糊烧活的时候，总有一堆孩子围着看。糊得了，就在门外放着：一匹高头大白马——跟真马一样大，金鞍玉辔紫丝缰；拉着一辆花轱辘轿子车，蓝车帷，紫红软帘，软帘贴着金纸的团寿字。不但是孩子，就是路过的大人也要停步看看，而且连声赞叹："地道！祁茂顺心细手巧！"

如果是成堂的大活：三进大厅、亭台楼阁、花园假山……一个人忙不过来，就得约两三个同行一块干。订烧活的规矩，事前不付定钱，由承活的先凑出一份钱垫着，交活的时候再收钱。早先订烧活，都是老式的房屋家具，后来有要糊洋房的，要糊小汽车、摩托车的……人家要什么，他们都能糊出来。后来订烧活的越来越少了，都兴火葬了。谁家还会弄一堂"车船轿马"到八宝山去？

祁茂顺主要的活就剩下裱糊顶棚了。后来糊顶棚的活也少了。北京的平房讲究"灰顶花砖地"，纸糊的顶棚很少见了——容易坏，而且招蟑螂，招耗子。钢筋水泥的楼房更没有谁家糊个纸顶棚的。

祁茂顺只好改行。

午门历史博物馆原来编制很少，没有几个职员，不知道为什么，却给馆长配备了一辆三轮车，用以代步。经人介绍，祁茂顺到历史博物馆来蹬三轮车。馆长姓韩。韩馆长是个方正守法的人，除了上下班，到什么地方开会，平常不为私人的事用车，因此祁茂顺的工作很轻松。

祁茂顺很爱护这辆三轮车，总是擦洗得干干净净的。晚上把车蹬回家，锁上，不许院里的孩子蹬着玩。

不过街坊邻居有事求他，他总是有求必应的。隔壁陈大妈来找祁茂顺。"茂顺大哥，你大兄弟病了，高烧不退，想麻烦你送他上一趟医院，不知你的车这会儿得空不得空？"

"没事，交给我了！"祁茂顺把病人送到医院。挂号、陪病人打针、领药，他全都包了。

祁茂顺人缘很好。

离祁茂顺家不远，住着一家姓金的。他是旗人皇室宗亲，是"世袭罔替"的贝勒，行四。街坊则称之为"金四爷"。辛亥革命后，旗人再也不能吃皇粮。幸好他的古文底子好，又学过中医，

协和医学院特约他校点中医典籍，他就有了稳定的收入。

贝勒府原是很大的四合院，后来大部分都卖给同仁堂乐家当了堆放药材的楼房，只保留了三间北房。金四爷还保留一些贝勒的习惯。他不爱"灰顶花砖地"，爱脚踩方砖，头上是纸顶棚，四白落地。上个月下雨，顶棚漏湿了，垮下了一大片。金四爷找到了祁茂顺，说："茂顺，你给我把顶棚裱糊一下。"

祁茂顺说："行！星期天。"

祁茂顺星期天一早就来了，带了他的全套工具：棕刷子，棕笤帚，一盆稀稀的糨子，一大沓大白纸。这大白纸是纸铺里切好的，四方的，每一张都一样大小，不是要用时现裁。

金四爷看着祁茂顺做活。

只见他用棕刷子在大白纸上噌噌两刷子，轻轻拈起来，用棕笤帚托着，腕子一使劲，大白纸就"吊"上了顶棚。棕笤帚抹两下，大白纸就在顶棚上待住了。一张一张大白纸压着韭菜叶宽的边，平平展展、方方正正、整整齐齐。拐弯抹角用的纸也都用眼睛量好了的，不宽不窄，正合适，棕笤帚一抹，连一点褶子都没有。

而且，用的大白纸正好够数，不多一张，不少一张。连糨子都正好使完，没有一点糟践。金四爷看着祁茂顺的"表演"，看得傻了，说："茂顺，你这两下子真不简单，眼睛、手里怎么能有那么准？"

"也就是个熟。"

金四爷给祁茂顺倒了一杯沏了两开的热茶，祁茂顺尝了一口："好茶！还是叶和元的双窨香片？""喝惯了。"

祁茂顺告辞。

"茂顺，别走，咱们到大酒缸喝两个去。"

"大酒缸？现在上哪儿找大酒缸去？"

"八面槽不就有一家吗？他们的酥鱼做得好。"

"金四爷，您这可真是老皇历了！八面槽大酒缸早都没了。现在那儿改了门脸儿，卖手表照相机。酥鱼？可着北京，现在大概都找不出一碟酥鱼！"

"大酒缸没有了？""没有喽。"

金四爷喝着茶，连说了几句："大酒缸没有了，大酒缸没有了。"

很难说得清他的话是什么意思。

摘自《过目不忘：50 则进入中考高考的微型小说（5）》上海文化出版社

普通的故事书，却被上百所中学列为课外阅读推荐图书，朴素的文字，却让莘莘学子手不释卷

分享感动

青春读本·感动学生的中国好故事

购买方式

1. 读者可至各实体书店或登录京东、淘宝、当当等各大网上图书商城购买。
2. 咨询电话：021-53204159。

《青春读本·感动学生的中国好故事》

@ 吴卫华

阿城是货郎，一根韧劲的毛竹扁担，挑着两大筐货物，一肩悠出山高水长的韵味。扁担忽悠一下，脚步就得跟上去，扁担更快地忽悠一下，脚步忙不迭地踩上点。阿城的铁肩铁脚板，就是这样磨炼出来的。

乌县鹿坎村藏在山褶里，十几户人家的小山村，没有多少生意可做，阿城五六天去一次，因为这是阿城去另一个集镇的必经处。那天阿城又路过鹿坎村，在一棵老柿子树下歇脚摇拨浪鼓。一位老阿婆向阿城买针线，买好针线也不走，问阿城阎锡山的部队在哪儿。阿城说，阎锡山的大部队驻扎在太原城。老阿婆说，她的儿子和孙子都在阎锡山的部队里当兵，儿子叫史占长，孙子叫

史冰峦，有两年没捎音信回家了。她说，如果阿城走到太原去，顺便帮她打听打听这对父子的下落。老阿婆眼里溢出了泪水，她老了，只能在家死等他们父子回来。

两人说着话，眼看到了午饭点，老阿婆邀请阿城去家里吃饭，阿城推不脱。

以后阿城再过鹿坎村，老阿婆每次都在村口的老柿子树下等他，每次都力邀阿城去家里吃饭。阿城不去，她就把饭端到老柿子树下。老阿婆眼里满是企盼，阿城决意帮老阿婆寻找亲人。

阿城挑担夜行。走着走着，看前面有个影影绰绰的小村寨，阿城一喜。阿城走进阒寂黑沉的小村寨，里面房屋破败巷道混乱，靠巷口有座简陋的茅屋，亮着昏

黄的灯光。阿城走近茅屋，想在屋檐下背风处将就一晚，门打开了，一个瘦弱的中年男人站在门口招呼阿城："外面夜浓雾重，到屋里休息一下吧。"阿城听他的口音很熟悉，问："大哥是哪里人？"中年男人说："我是乌县人。"

屋内空间低矮狭小，一灯如豆，床铺上有个少年一动不动。中年男人说："那是我儿子，我们远离家乡又体弱伤残，不能好好招待你。"

阿城忙说："大哥是乌县哪里人？"中年男人说："乌县鹿坎村的。"阿城心中一跳："大哥姓史？"中年男人点点头。阿城一把抓住中年男人的手，浑然不觉那双手的凉寒："你叫史占长，你儿子叫史冰峦？"

中年男人的眼泪淌下来："鹿坎村头有棵老柿子树，离柿子树不远是我家，我老娘一人住着。"

阿城说："我受阿婆所托来找你们父子。这儿离鹿坎村也不算很远，你们怎么就不回去照顾阿婆呢？"中年男人神色惨黯："我父子身躯伤残，不能多走路。"

阿城看看面前通草样虚轻的中年男人，再看看依然睡着的瘦削少年，心中腾起股热气："我的货筐深大，我挑你俩回鹿坎。"

中年男人忧虑："这个小村庄里安置的都是伤残军人，我俩要是被你光天化日挑回家去，恐怕落下逃兵罪名。"阿城想想说："我连夜起程，走偏僻小道，路上把你俩遮盖严实。"

中年男人叫醒沉睡的少年，两人蜷缩成一团坐进阿城抛空货物的大筐里，上覆罩布，下若无人。担子一上肩，阿城就挑了起来，不觉沉重。阿城问中年男人打仗情形，中年男人说他跟儿子并肩作战，为救儿子他以身挡枪。

阿城听到这儿，疑心了一下："你父子都中枪了？"中年男人叹口气："宁为太平犬，不做乱世人。"此后不再说一句话。

天快亮时，阿城竟然到了鹿坎村的老柿子树下，老阿婆站在树下等阿城。阿城打开货筐上的罩布，下面赫然露出两具白骨。原来，阿城是从乱葬岗挑回了战死他乡的父子俩。而阿婆，据说也因思子过度，一年前就死了。

后来，阿城同鹿坎村人把史家祖孙合葬一坟。

扬灵摘自《小小说月刊》

图：恒兰

手把手教你识破杜甫诗中的阴谋心机

@ 张佳玮

杜甫有首诗：两个黄鹂鸣翠柳，一行白鹭上青天。窗含西岭千秋雪，门泊东吴万里船。看来是写春景，其实仔细分析，可以分析出许多心机。

甲方：

两个黄鹂鸣翠柳。时值安史之乱，唐玄宗跑路离开了长安，留下太子守灵武。太子自立为帝，即后来的唐肃宗。而唐玄宗当时在蜀中，还不知道此事，所以唐朝一度有两个皇帝并存。杜甫当时人在蜀中，两个黄鹂是嘲讽唐有二主，父子离心。

一行白鹭上青天。话说杜甫是公元759年腊月末到成都的，此前，史思明在河北大胜唐的九节度使合军攻击，一时势头无两。于是史思明志得意满，称了"应天皇帝"一飞冲天。这么看，杜甫是因为对唐肃宗不满，转而歌颂反贼史思明。

窗含西岭千秋雪。当时唐朝反抗史思明，大家都在努力向上，为啥只有杜甫去看什么千秋雪？难道不是在暗示冰冻三尺非一日之寒，暗示唐朝长年积弊、翻身无望吗？

门泊东吴万里船。话说，三国时费祎辞别诸葛亮去东吴，说"万里之行始于此桥"，这是东吴万里的典故。而当时唐朝的东南方，永王李璘起兵未遂，连李白也遭到了连累。所以杜甫明显是因为李白，对当时已被搞定的永王李璘怀有怜悯之心，有意勾连东南，割据一方。

总而言之，这诗可以分析出杜甫的种种不堪用心：腹诽唐朝、歌颂反贼史思明、同情反王李璘、妄图割据东南，真是用心险恶至极！

乙方：

时值安史之乱，安禄山和史思明谋反。安禄山被儿子安庆绪杀了。史思明接着闹事，但随后也会被自己儿子史朝义接管。所以这两个反贼，那都是螳螂捕蝉黄雀在后。

两个黄鹂鸣翠柳，是说他俩都叽叽喳喳，成不了气候。既然反贼都成不了气候，一行白鹭上青天，那当然是在歌颂当时肃宗领导的李唐王朝绵绵不绝，早晚还要一飞冲天。窗含西岭千秋雪，是说唐朝积累深厚，无论什么大风大浪，都无法轻易将之摧毁。门泊东吴万里船，那是用费祎与诸葛亮的典故，暗示蜀地与东吴一家，坐拥南方，平了李璘之后，自然可以合力北上，还于旧都。

总而言之，这首诗综合一看，可以分析出杜甫的一片赤诚来：嘲弄安史反贼，歌颂大唐天子，赞美大唐的深厚底蕴，鼓舞大唐南方人民，积极投入反安史、卫大唐的斗争中去。

那么，上面甲乙两种截然不同的说法，该信哪一种呢？我个人建议：都别信，都是我编的。

列这两段，不过是想证明下面这件事：只要无限扩大分析面，望文生义疯狂联想，一首春景诗，也可以罗织出花儿般的罪名来。

实际上，我还听过第三种说法呢！

丙方：

当时岑参到成都来拜访杜甫，杜甫家里只有几个鸡蛋、一把韭菜和一块豆腐了。怎么待客呢？有了。岑参进了杜甫草堂，杜甫先给他端来一盘绿油油的春韭，上搁两个蛋黄——两个黄鹂鸣翠柳！岑参高兴坏了，正吃呢，杜甫又上一盘：青色盘子，一溜蛋白——一行白鹭上青天！接着是一盘豆腐——窗含西岭千秋雪！岑参吃饱喝足了，杜甫最后上了碗蛋花汤，汤上漂浮着些蛋壳——门泊东吴万里船！岑参拊掌大笑，宾主尽欢而散。

辰徽摘自微信公众号张佳玮写字的地方

图：小黑孩

谁的脑袋

清代时候，四川有人在江中捞起一人脑袋，还戴着金盔，金盔上写着"前将军张飞"。当时还特轰动，都说捞着张飞的头了，官员们还举办了一个隆重的安葬仪式。这事放现在，有人信吗？没听说武将打仗头盔上要刻名字啊，再说张飞的官职是"右将军"，哪儿来的"前将军"呢？

捞着张飞的脑袋不算啥，还有人找到过伯嚭（音同匹）的脑袋，年代更久远。康熙年间，杭州金叉袋巷北边，居民在挖地的时候挖出一个大骷髅来，骷髅旁边有

个大石头，上面刻着四个篆字：伯嚭首级。这事也蹊跷得很，伯嚭是春秋时人，害死伍子胥又搞垮了吴国的奸臣，他是在姑苏被越王杀掉的，脑袋怎么来了杭州？

关羽的刀

脑袋不值钱，也很容易被识破，但东西的欺骗性可就大多了。明朝《南中纪闻》里说，荆门州南十五里有个地名叫掇刀石，那儿有个关帝庙，关羽所用大刀就插在掇刀石的窟窿中，可以摇晃，拔是拔不出来的。庙里的和尚说，这刀重一百八十斤，长一丈四五

古董局中局

@老猫

尺，刀杆周长约七八寸，刀脊很厚。天启元年有个总兵让几十名士兵一起拔刀，愣是没拔出。

旁边的碑文记载，这刀是关羽路过此地的时候随手插在这儿的——刀都不要了怎么打仗啊？这不合逻辑。

要说关羽的刀，还有邪门事呢，竟然在广东顺德发现了一把——正宗青龙偃月刀。清代罗天尺写过本《五山志林》，讲到顺德城本来没有西门，后来开了西门，往外凿山修路时，挖出了一把大刀，"有青龙偃月字"。正好看风水的说西门不利于城市发展，干脆，就建了个关帝庙镇着。大刀自然也供奉起来。你瞧，关羽的刀不少啊，而且还到处扔。不知道怎么着，看书看到这里，总想起"魏武王常所用格虎大戟"来。

孟尝君的锅

还有一个著名的假古董，是"孟尝君铁锅"。唐朝笔记《封氏闻见记》说，在青州城南佛寺里，有一大一小两口铁锅，还有一个釜（也是锅）。相传这地方是孟尝君的家宅，锅和釜也是他留下的。唐肃宗至德年间，胡寇南侵，司马李怌(音同批)毁了大锅造兵器，

和尚们苦苦哀求，才留下小锅和釜。后来，小锅就用来点长明灯，釜用来储存油了。

故事讲得挺动人，不过作者封演当时就提出质疑：孟尝君门下食客三千人，有大锅是可能的。可是历经千年，也没破损，还这么新，有点假吧？封演不知道，铁这东西，战国时虽然有，但十分稀少，都拿来做兵器打仗了，做食堂的大锅是不可能的，也没必要啊——那时候没炒菜，要铁锅干啥？

家乡的题刻

有一天，宋高宗无聊时问丞相汤思退："你家乡那儿都有啥名胜古迹啊？"汤思退张嘴就来："臣家乡有个石僧题刻，写的是：'云作袈裟石作身，岩前独立几经春；有人若问西来意，默默无言总是真。'"

宋高宗听着挺有意思，汤思退可急了。为啥啊？因为压根儿没什么题刻。下班回家，他立马把那首即兴编的诗写下来，派人连夜飞马赶回家乡现刻！要不万一皇帝哪天高兴非要去看，不就穿帮了？

王羲之的字

赝品中，字画是最多的。说起这个，还有个好玩的段子。《封氏闻见记》中，讲到唐朝两位书法家萧诚和李邕。萧诚搞怪，写了几幅字，还给做旧了，天天当着人把玩。有天见着李邕，萧诚说："我家有王羲之的字，啥时候您给看看？"

李邕立马答应了。可是过了十几天，萧诚也没再提这事儿。李邕说："哎，那王羲之的字，你都答应了却不拿出来，别是忽悠人吧？"

萧诚一拍脑门，赶紧让家僮回家取去，结果空着手回来了，

说没找着。萧诚想了半天说："想起来了，我放在某某处了，都忘了。"

前戏做足，这幅"王羲之字"终于出现在李邕面前。李邕认认真真观看良久，说："是真迹，平生未见啊。"话音一落，在座的人无不赞叹。

过了几天，又是人多的时候，萧诚突然对李邕说："那天给你看的字，是我小时候练字的时候写的，你还说是王羲之真迹，你是怎么鉴定的啊？"话一出口，大家耳朵全都竖了起来。

李邕都傻了："啊？是吗？拿来再看看。"

字拿来了，铺开，李邕看得更仔细，时间也更长。之后，就把字往一边一放："这个……是哈……仔细看，也不怎么好。"

瞧瞧，专家都是这么见人下菜碟儿的吧？

秋水长天摘自《风月有痕》译林出版社

图：孙小片

亦师亦友亦张狂

@ 胡金洲

二十年前，我九岁，认识了马路边摆棋摊的一个怪老头。

在电视台大楼门口左侧，八张象棋摊，一张围棋摊。象棋摊有人下棋，围棋摊老头一个人在马扎上打盹。我抓着黑白棋子填着棋盘。

老头闪开眼，瞅了我一下："大孙子，会下吧？"我放下书包，拿块石头垫屁股坐下："你会下我就跟你下，让你过过瘾吧。"

老头在棋盘边边角着一个黑子。我跟着在旁边着了一个白子。他下了三手，我紧跟了三手。老头抬起头："小子你到底会不会呀？"我说："跟你学呀。"老头一笑："捣蛋鬼。"

他真就教起我来。一直到开学前一天，老头跐在马扎上，瞪瞪右边灯泡眼说："别给野路子耽误了，再教师傅是你徒弟了。"

这是我的第一个老师。

孙猴子出了花果山，我找大人们围棋子。我认识了第二个老师。

我妈在内燃机配件厂，一个有一千多人的大厂。那天，我放学走到厂大门口，厂工会主席张叔一把将我拦下，拉我到厂娱乐室。里头站满了人。张叔指着摆好棋盘的桌子，搓着手，兴奋地说："你张叔等的就是这一天！"

下了六盘，两个三盘两胜。张叔早准备了五个我最喜欢吃的豆沙包作为奖赏。

第二天，我问妈："张叔是不是不喜欢我呀？昨天脸那么难看。"妈说："不喜欢你，他还给你送书来吗？他把家里的围棋书都给你抱来了。"妈说他再也不下围棋了。我问："为什么？他不是全厂冠军吗？"妈说："不是输给你了吗？"

我的第三个老师是个外科医生。

高三得了阑尾炎，从棋摊到了医院。给我开刀的是我爸的高中同学。他是市里的围棋高手。他脱下我的裤子看了我的病，说："不算严重，刀可开可不开。"我说："我开，开之前，跟你下盘棋。"我俩在病房里干上了。我忘记疼痛，奋力拼杀，输了一个子。第二天做罢手术，推出手术室，我爸问他："咋样？"他说："我给我儿子做手术，你说会咋样？"

大学毕业，我和同学办了一个机器人软件公司，旗下都是三十岁不到的年轻人，精力多得没处用。我业余时间组织他们比赛下围棋。没几天，不会的会了，会的迷上了。新软件一个接一个开发出来。这天，我给大家开庆功会，网上突然蹦出一个叫"小瓶盖"的小鬼头，指名道姓说要跟我手谈。

我展开棋盘，顺便问他多大，他说他十岁，然后问我多大。我说比你小一岁。

第一盘小瓶盖输了。

第二盘开始，他说："小兄弟，能让让我吗？我妈在身后，这会儿上洗手间去了。"我说："围棋从来没听说有让棋的。别说你是我哥，你就是我儿子也不行。"

他敲出一行字："我跟你拼了！"

过了一个月，小瓶盖重新出山了。我俩第二次手谈。你来我往，这盘棋下了三个多小时。

结果，天哪！四劫循环！和棋！网上弹出小瓶盖龇牙咧嘴的得意怪脸。四劫循环只有顶级高手而且只有极为稀罕的时候才有这样的结局，可谓百年一遇。嘻嘻，我故意让小瓶盖绕进来的。

上床，网上"滴"了一声，小家伙又来了："兄弟，睡不着，我们谈谈心好吗？将来你想干什么？"

我说："当世界冠军，你呢？"

"我要制造一个能战胜阿尔法狗的机器人终极版。"

我故意说："哥，你是煤炭铺的吗？嚇（黑）我哟！"

小瓶盖猛不丁说："我们桃园结义好不好？"他先拿黑子在棋盘上重重敲了三下，我拿白子也在棋盘上敲了三下。我俩结成了拜把兄弟。

我在这边哈哈大笑，心里大声说：小瓶盖，我的哥！快快长大吧，长大了快来公司开疆拓土，我们太需要你了！

一天，我们见了面。小瓶盖上公司找我，说他太爷爷要见我，而且告诉我他第一天就上网搜了我。七聊八问，原来他是当年电视台大楼前面摆棋摊怪老头的曾孙子。

同事都笑说，你俩像兄弟。

十二点的"秘密"

十二点
你睡了吗

@两色风景

搬到这座城市的第一天，我就被告诫晚上十二点必须放下手头的所有任务，只做一件事：上床睡觉。我上班的图书馆的卷头发小姐这样告诉我，我租的公寓的房东朝天辫太太这样告诉我，住在我对面的邻居秃脑门先生也这样告诉我。为什么要这样做呢？我没有问他们。

在这里度过的第一个夜晚是很新鲜的。

大概十一点半的时候，我看到城市的亮光一点一点暗下去，与灯光一起慢慢消失的还有声音：车的声音、电视的声音、小猫小狗的声音、人的声音……渐渐地，都听不见了。

我连忙换好睡衣，把灯关上，让我的屋子成为夜色的一分子。这里的夜晚真黑、真安静，我想，我一定可以睡个好觉。

第二天，我起了个大早，看着阳光从地平线开始蔓延，整座城市渐渐恢复了活力。

我每天都准时到图书馆去，整理那些花花绿绿的书本，接受读者的询问，和卷头发小姐一起忙碌并快乐着。

"还习惯吗？晚上十二点好好

地上床睡觉了吗？"卷头发小姐会在闲下来的时候这样问我。"是的。""那就好。"卷头发小姐冲我一笑。

下班的时候，我会到附近的一家面包店去买第二天的早餐。长着小雀斑的服务员是个可爱的女孩子。"还习惯吗？晚上十二点要好好地上床睡觉，可别忘记喽。"熟悉了之后，她也会这样问我。"知道啦！"嘴上这样回答，我的心里却犯起了嘀咕：这件事有那么重要吗？值得每个人都向我叮咛？

鲜花店的白胡子爷爷在递给我一束满天星的时候笑眯眯地说："把它摆在你的床头，十二点的时候一起进入梦乡吧！"

十二点以后还不睡的话，会怎么样呢？感觉上，这个只有我不知道的"秘密"，让我跟这座城市之间始终保持着某种距离。

十二点以后会发生什么

在来到这座城市第十天的晚上，我到底还是打破了规矩。不是故意的，只是那天晚上，我躺在床上翻来覆去睡不着。我没来由地感到有点寂寞，索性坐起来，拧亮台灯——台灯没有亮。我以为是灯泡坏了，我又去按墙上的

电灯开关——一样没有亮。我走进卫生间想洗把脸，卫生间的灯也一样没有反应。我扭动水龙头，一滴水也没有流出来！我突然想看看煤气能不能使用，于是转动煤气灶上的旋钮，并没有青蓝色的火花跳出来。

天哪，这是怎么回事？我从一个房间走到另一个房间，将所有的电器一一打开；我还去了阳台，将洗衣机的水龙头也打开；我拿起电话，却听不到熟悉的嘟嘟声……

不知道过了多久，我突然听到了"嘀——"的一声，与此同时，我的家整个"活"了起来，所有的电灯都亮了，所有的电器都在发挥功能，水龙头都在哗哗淌水，我连忙将它们重新拧好。

我坐在灯火通明的客厅里，怎么也想不明白刚才发生了什么事。

十二点的默契

第二天，我上班的时候打了几个哈欠，卷头发小姐问我："没睡好？"我报以歉意的一笑。

邮递员秃脑门先生来了。只听他一进门就嚷嚷："真怪，怎么会出这种事？五十七号有轨电车

偏离了线路，差点儿开到五十八号的轨道上去。"他指给我看报纸上的头条新闻。

面包店的小雀斑服务员来还书，见到我们，她叽叽喳喳地说："今天真奇怪呀，我们那条街的电路跳闸了两次。"

鲜花店的白胡子爷爷每天都会为我们送来一枝百合，他总是乐呵呵的，可今天的他，脸色不那么好看。"你昨天晚上是不是没有按时睡觉？"白胡子爷爷看着我，"我半睡半醒中无意看见的，你家透出的灯光……"

图书馆里的所有人都朝我看来，目光里充满了惊讶和责备。

我的脸一下子红了，好像干了什么坏事似的，但我也趁这个机会，问出盘踞在心头已久的疑惑："为什么十二点必须睡觉呢？"

"唉，你是刚搬来的，也难怪不懂。"卷头发小姐说，"因为我们不睡，城市也没法睡觉啊。"

"城市和我们一样，都是有生命的，需要工作，也需要休息。"小雀斑说，"城市是个大大的生命，而我们是生活在她体内的小小的生命。"

"我们晚上休息得不好，白天就会没精神，工作就会出错。城市也一样。"秃脑门先生说，"所以我们总是按时作息，好让忙碌了一天的城市也能放松。"

我突然明白了，为什么昨天晚上我爬起来的时候，家里的所有电器都没有反应，因为那时候城市正在沉睡啊。可是后来我锲而不舍地打开了家里的所有开关，终于把城市给吵醒了，醒来的城市立刻开始"工作"，于是电来了、水来了……

这么说，小雀斑的面包店发生的跳闸，以及有轨电车的偏离线路，都是因为昨晚城市没有休息好，所以今天精神不太集中导致的？就像我前一晚没有睡好，第二天上班的时候就会不停地打哈欠、开小差。

我将头埋得低低的，向图书馆里的所有人，还有被我打扰了休息的城市道歉："对不起！"

从这以后，在十二点以前，我会搞定一切事情，专心上床睡觉，并在心里对城市说一声："晚安！"

当十二点的规定成为我们共同遵守的默契时，我觉得我终于融入了这座城市的大家庭。

扬灵摘自《少年文艺（上海）》 图：陆小弟

给诗看病

@赵征溶

音乐家刘炽很乐意扶掖年轻人。中央戏剧学院的青年教师李坚、郦子柏写作了歌剧《阿诗玛》，刘炽说出了自己的看法，问："你们愿意修改吗？""愿意，当然愿意。""你说怎么改就怎么改，我们反正躺在你的怀里。"刘炽跟他们讲了一个故事——

一个私塾先生教一群学生，有个学生不好好念书，却好作诗。

私塾设在庙里，先生规定背书背不出来就不准回家。那个学生不好好背书，见有个屎壳郎碰到墙上，便吟了一句："呜碰扑拉炭。"这时，一只猫钻出来盯住老鼠，他便又来了一句："吱兹咯喳糖（像吃糖的声音）。"

他妈妈见他未回去，便来找先生求情。先生同意放他回去，说他现在被关在房子里。妈妈叫他，他在里面不答应。

妈妈就用唾沫舔破窗纸，眯起眼睛朝房子里瞧。他从里面看到妈妈的眼睛像绿豆，便吟道："母窥窗绿豆。"

妈妈领了他回来，见一丫头正在烫脚，他立即又吟："丫洗水漂姜（脚指头像洋姜）。"

天快黑了，一对鸽子飞了回来，那是他用一百二十枚铜钱买的，于是一句诗又脱口而出："檐前飞百二。"

突然来了一阵风，把诗稿吹得到处都是，他又吟一句："炉头飞万张。"

这时二哥回来了，腰间斯斯文文地佩着两块假玉，于是他吟道："况（二兄）腰二白假。"

又瞥见妻子头上插了一朵黄花，一闻很香，接着又是一句："肉（内人）顶一黄香。"

写完了，他很高兴。恰逢私

非遗在中国（鼓乐篇）28. 木鼓舞是西南苗族、彝族和佤族人民敲击木鼓起舞祭祀的民间舞。

垫放假，他就去赶集。一看集上还有"诗医"，他就前去打恭请教。诗医说："是否给诗看病？"他问："你给诗看病用什么药？"

诗医说："我这里无非是补药与泻药。比如杜牧七绝《清明》，每句有浪费，要泻成'清明雨纷纷，行人欲断魂。酒家何处有？遥指杏花村'，这样诗就不累赘。"

"那补药呢？"

"例如'久旱逢甘霖，他乡遇故知，洞房花烛夜，金榜题名时'，第一句加'十年'，第二句加'万里'，第三句加'和尚'，第四句加'白丁'，这就叫补。"

听完，他就将自己的诗递给诗医看，问是给泻药还是补药。

诗医说："你泻药不能吃，补药也不能吃。我给你两贴膏药，一张贴在嘴上，一张贴在屁眼上，以后有话少说，有屁少放。"

李坚、郦子柏听了哈哈大笑，笑过以后却又有些糊涂，刘炽讲这个故事用意何在呢？

刘炽这才跟他俩说："我们三个人要取得共识，哪里泻，哪里补，哪里贴膏药（即否定），这是我与人合作的原则。这个笑话所反映的，也是艺术创作中一个很要紧的规律和美学原则。"

羽惊林摘自《让我们荡起双桨：追寻刘炽和他的旋律》人民音乐出版社

图：小黑孩

寄往春天的家书

@ 张品成

那天，战地服务团一行人去队伍上的伙房给伙夫们照相。这张照片要和家书一起寄回去，好好让家人看看。照相时，年轻技师老让麻脸士兵变换位置："哎哎，还不行，还往右点儿。""别人怎么行？"麻脸士兵有些不快。"让你脸上的光足些。"技师说。其实，技师是好心，光足些，脸上那些麻点就看不出了。可麻脸士兵老问。

另一个兵脸就黑了，说："哎哎！少说几句行不？人家服务团的人是为你好，叫你怎样你就怎样嘛，耽误时间哟……"

麻脸士兵给了那人一个白眼："别哎哎的，我有名有姓，姓谭名杭子。""噢！谭杭子，人家是为你好，脸上光足，相片里的你脸上就没麻子了。"

"哦哦，谢谢了……"谭杭子朝技师笑了一下，"其实脸上的麻子我不在乎，我爷娘更不在乎……没麻子了，爷娘也许认不出我了……"连长说话了："谭杭子，你出来打鬼子，脸上光鲜些更英武，这不是你一个人的事……不能给队伍丢脸面嘛。"谭杭子就任由摆布，总算照了那张相片。

黄昏时分，战地服务团给谭

杭子他们炊事班写信。轮到谭杭子时，有人说："谭戳天，你就算了吧？""谭戳天"是谭杭子的外号。听的人得歪着头想一会儿，想出来就都拍手。把人家脸当成天，戳出一个个洞，不就是麻脸吗？但"戳天"这词新鲜，也有男子汉气魄。谭杭子听了并不生气，任由大家那么叫他。

"怎么我就算了？"谭杭子说。那人说："我也不想写了，你我的爷娘又不识字！"服务团的姑娘说："大家家里不认字的亲人多了，邻居总有识字的吧？总有人帮着读信的，写！要写！"谭杭子点着头，可半天沉默了："我写个什么好呢？"姑娘说："你把最想说的话说给你爸爸妈妈听就行。""我也想不起最想说什么。"姑娘很耐心，她笑着："你想想，不急。"谭杭子真那么想着，挖空心思的样子，最后还是摇了摇头："我真想不出。"姑娘说："那你爸爸妈妈最喜欢听你说什么？"谭杭子说："这个我知道。""那你说这个。"

"哦哦！你告诉我爷娘，我学会了一手厨子手艺，会做七七四十九道菜，荤素各半……你跟他们说，等赶走鬼子，我会在镇上开家馆子，让镇上人都尝尝我炒的菜，都对我竖拇指。"姑娘笑了，点着头，往信笺上写。谭杭子歪着头，有板有眼地盯着纸面。姑娘写完那段内容，抬头看着谭杭子："还有呢？"

"没了，写这点儿就够了，足够……"谭杭子说。姑娘又在纸面上画了几笔："得签上你的大名。"有人说："妹子，你写谭戳天……"谭杭子说："你个鬼！……妹子，你就写谭杭子。"姑娘写完，又给谭杭子读了一遍。谭杭子点着头，说："给我看看。"几个伙夫就愣愣地看着谭杭子："你又不识字，你看？你能把那封信看出花来？"

谭杭子接过那封信，他没看，掏出洋火，捏一根划了，一团火就跳出来。没人知道他想干什么，知道了以后一切都已经来不及了。

谭杭子把那信点着了。只一会儿，那火舌舌令纸和上面的字都灰飞烟灭了。大家呆呆地看着发生的一切。"鬼！你个谭戳天！鬼打你脑壳了？""你哪儿是谭戳天？你就是一疯子，谭疯子！""好好的你把信烧了？"

"我是烧了……"谭杭子说着，眼里泪淌了下来，"家书……给我爷娘写的……抵万金，我知道抵万金，都这么说……我爷娘都被鬼子炸死了，家里没人了，我早没家了……我烧了给地下的爷娘看哩……信是写给他们的呀……我不烧，他们怎么看得到嘛……"一阵风吹过来，那些纸灰在地上打着旋。

田晓丽摘自《寄往春天的家书》
浙江文艺出版社 图：陆小弟

鉴 宝

@ 王平中

张先生是乐至县城一个古玩鉴赏家。

张先生面目清瘦，两只小眼睛时常半眯着，似睡非睡，一旦那里面射出的两束光灼停在某个玩物上，那个物件肯定价值不菲了。然后，张先生就会告诉那个玩家，他淘到的玩物是哪个时代的、有何特色、价值多少。

刚开始时，一些玩家对张先生的话半信半疑。张先生说，倘若不信，可另请高明。我若走眼，百倍赔偿。张先生鉴宝是要收费的，鉴一次宝，收十两银子。百倍赔偿，岂是闹着玩的？

那些对张先生鉴赏的古玩还半信半疑的玩家，悄悄地到省城甚至京城找鉴宝大师核对，最后结论不差分毫。于是，张先生名声大振。

淘到宝的玩家，找张先生鉴宝时，大气不敢出，紧张地盯着张先生那两只半眯着的小眼睛。如果里面半天没有闪出亮光，顿时脸色苍白，瘫在地上；如果看到里面亮光灼在玩物上，便是满脸喜色，欢呼雀跃。

闲暇时，张先生也常到小城古玩市场走走，看能否"捡漏儿"。

这天，张先生在古玩市场看到一位年轻人，手中捧着一只九龙杯。年轻人穿着不新但很整洁，眉宇间透着一股英气。张先生认识他，他是小城里一名落魄书生。

张先生从书生手中接过九龙

杯，有人就跟着凑了上去。只见整个杯体由九条龙装饰，一条龙头部伸到杯底，尾部伸出杯口并弯曲为杯把，另外八条龙组成四对，每对一条头朝上，一条头朝下，头朝上的四条龙头伸到杯口内呈喝水状。张先生两束眼光在九龙杯上来回移动了良久，却没有半点亮色。

书生见状，有些急了："这是我父亲留给我的，说是祖传之宝。我进京赶考缺少盘缠，实在没有办法，才拿到市场来卖。"

张先生闻言，那两只半眯着的小眼睛又仔细盯在九龙杯上，慢慢地射出了亮光。他一手托着九龙杯，一手指着说："这九龙杯乃宋朝御用杯，只可惜杯把有损，才流落民间，但价格大大打折，我出银百两，你看如何？"

书生连忙点头："行，足够我进京赶考的盘缠了！"

等书生走后，有围观的玩家对张先生说："听说御用九龙杯是纯银制作，这个却是陶瓷的，做得虽然精巧，但仿造假冒的可能性太大，价值还不到十两银子，只怕你这次看走眼了哦！"

张先生依旧笑笑说："物归识主，物归识主！我看中的宝贝岂止是这个九龙杯啊！"

玩家被张先生的话弄得云里雾里，想要再问，张先生已托着九龙杯回自己店里去了。

几个月后的一天，小城突然流传起一个消息，那位书生在京城高中状元。玩家们这才悟出张先生话中含意，不由得竖起大拇指连声称赞："嚄，真不愧是鉴宝高手！"

两年后，那位在京城做官的状元回到了小城，找着张先生要用万两白银赎回他那只九龙杯。

一万两白银呀！小城玩家们睁大了眼睛。

"你任翰林院修撰才两年，就发财了啊！"

只见张先生捧着九龙杯，那两只半眯着的小眼睛在上面东瞅瞅、西瞅瞅，又在状元身上东瞅瞅、西瞅瞅，脸上似笑非笑，突然手一松，九龙杯"啪"地掉在地上摔了个粉碎。

"这个九龙杯就是个赝品，值不了多少钱，我原来看走眼了，碎了也罢！"张先生说完，返回屋中。

从此以后，张先生不再鉴宝。

摘自《王平中文学作品集·精短小说三百篇》

线装书局　图：谢颖

我做过一节课的英雄

@申赋渔

那是初中阶段的最后一节体育课，体育老师已经没有心思上课了。下学期，初三的体育课就要取消了，因为我们要全力冲刺中考。"玩个游戏吧。"体育老师说，"斗鸡。"

所谓"斗鸡"，就是一条腿立着，用手抱着另一条腿，跳跃着用膝盖跟对手战斗。谁的手先松开，脚落到地上，就算谁输，不能再上场。

男生们面对面排成两排，中间隔了一米。"嘟——"老师使劲吹响铁哨子。男生们立即抱起一条腿，单腿跳跃着，像骑着一匹暴躁的小马，朝对方冲过去。

只有我单脚立在战场的边缘，静静地看着他们冲撞成一团。单脚站立是不容易的，平衡力不好或耐力不够，不用别人撞击，自己累了就会跌下来。我们"斗鸡"的时候，"大将"都会在第一时间脱离混战，以免死得莫名其妙。

才几分钟，强弱已分，我们班的男生只剩我一个，而对方还有五个人。所有人的目光都聚在了我的身上，我还是一动不动。

就在他们冲向我的那一刻，我已经看出各人实力的强弱。我也朝他们冲了过去。我选择的是跳跃最慢的那一个，一撞，他倒在了地上。我没有停步，立即绕到了其他四人的身后。我们班的同学发出一阵欢呼声。

我来回跳跃着，不让他们四面夹攻，而在他们追击我的时候，

非遗在中国（鼓乐篇）31.基诺大鼓舞源于传说中用大鼓拯救了基诺人的创世女神阿嫫腰白。

选择离我最近的那个下手。

"斗鸡"是有技巧的。当你在前面逃跑，后面有人追过来时，你要慢一点，等他快要追到的时候，他会从后面冲撞你，试图把你撞趴下。这时，你要突然转身，并非全转过来，而是只转一半，俯下身子，把肩对着他，他抱着腿，那最猛烈的一击，就砸在你的肩上。就在砸中的这一刻，你只要把腰一直，用肩一顶，他就会立即倒下去。

现在，我的面前只剩最后一个对手了，是一个高大的胖子。他只是缓慢地朝我压过来，像坦克一样，我所有的技巧对他来说，都失去了作用。他没有任何花招，只是直直地向前碾压，遇到了我，就用膝盖狠狠地砸，砸得我疼得受不了。我一步步后退着，他不慌不忙地向我逼近。我已经浑身是汗，腿也没劲了，麻木了，跳不动了。

我站着，但已经站不稳了，身子摇摇晃晃。我长长地吸了一口气，突然朝他冲过去。就在靠近他身体的那一刻，我跳了起来，身体腾空。我没有落在地上，而是整个身体都压在了他的身上。他站着，想使劲把我顶下去。

两个人僵立不动了，我听到他发出巨大的喘息声，他的脸上已经满是汗水。四周鸦雀无声。"嗵"的一声，他坐倒在地。

体育老师吹起长长的一声铁哨。我赢了。

我们班的同学朝我跑过来。我已经站立不住了，身子一歪，坐到了地上。体育老师喊："把他架起来走一走，不能坐。"

两个同学赶紧一左一右架着我的胳膊，带着我在操场上慢走。我走到哪里，同学们就跟到哪里，围着我说着、笑着，如众星拱月。

下课了，快乐的人群慢慢散去，我一个人走出校门，两腿又胀又痛，心里却有种说不出的快活。我对着每一个从我面前走过的人莫名地笑着。他们对我一无所知，也不知道我是一个英雄。

几天之后就放了寒假，我盼着早点开学。全校的学生都已经知道初三有个"斗鸡大王"了。

开学了。可是，他们已经不记得我了。再过几个月就要中考了，大家都在用功。我这个英雄，只做了一节体育课的时间。

张晓玛摘自《半夏河》湖南人民出版社

图：豆薇

十万个冷知识

冬天的超市
为什么这么热 @宗计川

在北方生活的人几乎都有这样的体验：冬天到超市后的第一件事就是把外套脱掉，因为太热了。可是，超市有必要搞得这么热吗？

有一天，我在世界零售协会的网站看到一个头条：平均而言，按售价计算，世界零售商超有 4‰ 的商品被盗。我一下子明白了为什么冬天超市温度这么高——为了防盗。

有人会说，超市有摄像头和很多其他防盗设施，但这些手段不尽如人意。最有效的防盗手段是对进入超市的人做精准判断，谁是好人、谁是坏人，让他们自己揭示自己。那么如何实现呢？

盗窃这件事是个"技术"活儿。有人可以一次盗窃三大桶花生油，还有人可以在身上藏一百部手机。藏，是关键。用什么遮挡呢？就是外套。

如果超市的温度很高，进超市的人第一件事就是脱外套。但如果一个年龄不大、看起来身体素质很好的人，却一直穿着过膝外套，那么大概率说明这个人来超市的目的不一定是购物。从一开始，这个人就被分离出来了，超市会对他进行重点监控。

为了证明这个观点，我穿着一件过膝外套，走进一个大型超市。进超市后，我一直没脱外套，且拉链一直拉着，驻足于一个物品价格比较高的货柜前。大约三分钟后，过来一个手持无线对讲机、身穿黄绿马甲的年轻小伙子。

很显然，有人在后台通过摄像头发现一个身强力壮的人（我）身穿过膝外套，此人高度可疑，后台的人遂通知超市安保人员实地观察，想要人赃并获。此时，我已经确信我的推论得到了验证，于是我毫不犹豫地把外套脱掉，那人当时就蒙了。

扬灵摘自《经济学家茶座》

66 非遗在中国（鼓乐篇）32. 花钹大鼓为鼓、钹舞高度统一的民间儿童舞蹈品种。

我是个倒霉的人，就职于"人类气运管理中心"的"不幸部"，工作的主要内容是"传递不幸"。我的同事冷漠无趣，工作氛围死气沉沉，与隔壁"幸运部"的欢声笑语形成了强烈反差。

我每天会走访一百位不幸名单，将不幸的种子撒在他们身上。

由于工作失误，我弄丢了一颗不幸种子，它本来十年前就该发芽。

更不幸的是，我的调职申请因为这次失误被拒，为了离开这个鬼地方，我必须妥善安置这颗不幸种子——再次交到他手中。

我第一次见他时，他3岁，父母借去海洋馆玩的名义遗弃他，他成了孤儿。第二次见他，他7岁，被福利院其他顽劣的孩子压在地上欺负。第三次他13岁，徘徊在海洋馆外，好不容易攒的钱被小偷摸走，错失一场主题表演，其中有他最爱的海豹。
……

等到他17岁时，种子……被我弄丢了，好吧，我是故意的。他最爱的海豹衰老死亡，我携带着新鲜出炉的《城市新闻报》打算塞进他家邮箱，最后关头收回了手。我想，这颗种子等他成年再给他也不迟，没想到一拖就是十年。

我惴惴不安地抱着一只巨大的海豹公仔站在海洋馆大门前，每隔一段时间他会来海洋馆看那只童年时期陪他度过孤独岁月的海豹。报纸早已过期，细致敏感

好运已抵达

@蜉蝣

如他，一定知道海豹死亡的消息。

傍晚时分，他出现在我眼前。他脚步沉重，肉眼可见的疲惫。被裁员，加上养母重病，他的生活陷入重大困顿。

"你终于来了。"他忽然说。

我攥着种子，低声说："我给你的人生带来了很多不幸，非常抱歉。公仔送你，如果你还喜欢海豹的话。"

"我当然喜欢。"他接过公仔，语气中带着一丝轻松，眼神亮晶晶的，"什么不幸？你是我的幸运星，每次遇到你，我都会交好运。你总是在我最落魄的时候出现。我找不到爸妈时，你在海洋馆陪我看了一天海豹表演；你还帮我收拾欺负我的孩子；我丢钱大哭，你给我买了一个冰激凌……其实，我不是喜欢海豹，我喜欢的是你啊。"

他的话音刚落，迟到十年的种子迅速在我的掌心发芽抽条，然后缓缓开出了一朵花。

与此同时，人事部的同事发来一条新消息："你的申请已通过，恭喜入职幸运部，你能将一切不幸化为幸运，从此刻开始，你是个幸运的人啦。"

清清摘自微信公众号睡前故事板　图：小黑孩

古人近视怎么办 @汪 志

由于受到遗传、职业、环境等因素的影响，古代十年寒窗苦读的书生在点灯熬油的微光中读书，眼睛近视也在所难免。《笑林广记》中描述：有一个患近视的人出门，把一大堆牛粪误以为是路人丢的漆器盒子，于是双手去捧，捧起之后觉得这个"盒子"潮湿软烂，还感叹说："盒子是个好盒子，就是上面的漆还没干。"清朝乾隆户部尚书鄂尔奇因眼睛高度近视闹出了"把别人的脚看成猫"的笑话。另一个清代著名诗人丁澎也因近视"把老虎看成人，差点丢掉性命"。

宋代叶梦得在《石林燕语》中记载："欧阳文忠近视，常时读书甚艰，惟使人读而听之。"唐代诗人白居易在《眼病二首》中记录自己："散乱空中千片雪，蒙笼物上一重纱。纵逢晴景如看雾，不是春天亦见花。"曾经少时砸缸后来写出了《资治通鉴》的司马光也是个近视患者，他自述"素有眼疾，不能远视"。而在一些古医书中也有类似"近视眼"的记载，

早在商朝武丁时代，中国先贤就有包括眼病（当时称"疾目"）的甲骨卜辞，《黄帝内经》中也有多种眼病的记载。

古人虽然对近视有了初步的认识，但也没有什么应对办法，如果近视度数深，那就要贴着书看，达到"闻墨"的境地。人们熟悉的大文豪苏轼，还独创发明了一种"熨眼法"，具体操作是找一个容器，盛满热水，用手捧着热水"熨"眼，每天"熨"几次苏轼都记载得很清楚。

《本草纲目》中明确记载了清肝明目的药材及用法，常用的有用决明子泡水喝，以及青皮水洗眼。比较激进一点的采用针灸治疗，宋代窦汉卿的《针灸标幽赋》将"光明"作为攒竹穴的别名，记载了它治疗眼疾的功用，流传到现在就是一套豪华版眼保健操。

近视的古人大多为读书、当官、商贾之人，因此近视也被古人视作"富贵病"。

聂勇摘自《讽刺与幽默》

2016 年，中国世界文化遗产提名项目"左江花山岩画文化景观"入选世界遗产名录。这些壁画背后，原来有一个这样惨烈的传说……

花山岩壁画

@ 纽约客

左江明江悬崖峭壁上，古人画了许多朱红色的壁画，有的像战士出征，有的像欢庆胜利。这些人物是谁的兵马呢？有个传说是这样讲的：

从前，宁明那利有一个叫勐卡的青年，力气非常大，吃得也非常多，一餐六十斤米，只够吃粥，一百二十二斤米才够吃饭。

有一次，他去坡宁拜访朋友，饮完酒走到村边，见一头黄牛偷吃田里的禾苗，就拿一块高五六尺、长一两丈的大石头砸牛，由于用力过大，从坡宁扔到晚驮，有三四十里远。

又有一次，母亲请人收割谷物，干了一天，叫他来挑。他用横梁做扁担，把几十个人割了一天的谷物，一担挑，末了，还叫收割谷物的人坐在上面，一耸肩挑了起来。

后来，勐卡造反打皇帝，没有兵马就在纸上画。他画的兵马经过一百多天就可以变成真人、真马，可是这事不能让任何人知道。勐卡只好白天独自一人在屋里画，晚上才去做工，大家不知道他画兵马的事。

勐卡已经画了九十多天，不幸的事情还是发生了。母亲见他白天不做工，有一天趁他不在家，悄悄走进他的房间，打开箱子查看。刚把箱子打开，那些兵马都飞了出去！

飞到哪里去？大家都不知道。后来，有一个穷人到花山打柴，不小心柴刀顺着悬崖滑了下去。砍柴人顺着陡崖跑到山脚，不知不觉到了岷江边。突然一阵敲锣打鼓、弹琴唱戏的声音，从一个岩洞里传出来，砍柴人觉得很稀奇，就往洞口走去，看见很多兵马在那里驻扎。他们见到来了生人，围拢上来查问："你是什么人？来干什么的？""我是个穷人，靠打柴为生。"砍柴人说，"我在山上把柴刀弄丢了，是下来找刀的。"士兵们很同情他。有一个人说："你想要什么东西，我们这里都有，你自己选。"

这时砍柴人发现，这个山洞非常宽大，里面堆满金银珠宝，闪闪发亮。但他只要一把柴刀和两斤米，说够他今天吃的就可以了，今天可以不砍柴了。

从此以后，人们遇到困难，就到岩洞找他们解决。有时，年轻人走亲戚，就去借一两套衣服；姑娘们赶歌圩，就去借首饰。大伙约好，等用完了就拿去还。

后来有个贪心的人借了不还，还把这件事告诉了皇帝。皇帝认为，那岩洞里的士兵一定是劼卡的兵马，便派了许多人来打，山洞里的人寡不敌众，全部被杀光，血、人头和尸首到处都是，映到明江边的峭壁上，形成现在的花山岩壁画。

以后凡是遇到阴雨天，走到河边、山边，就能隐约听到号哭的声音。民众惋惜士兵们的不幸遭遇，请僧道打斋醮，祈祷他们英灵升天。

斋醮结束那天，洞口开了，里面露出一个大金锅，大伙都很高兴，想把金锅搬出来用，可是洞口开得太小，人进不去，就伸手进去拉，三拉两拉，把锅耳朵拉断了，洞口又紧闭起来。有人把拉出来的金锅耳朵拿到金铺换钱，换来的钱还清做斋的费用，最后只剩下一文铜钱。

大家觉得，这一文铜钱，分也不好分，买东西又不好买，索性抛到河里去。这一抛就招来一阵洪水。洪水冲过荒坡，水退后，现出一个沙洲，大家才知道这一文钱是个宝贝。现在这个沙洲，像一文铜钱那样圆，土地很肥沃，在上面种甘蔗、花生，年年都有好收成。

从那时起，岩洞的洞门一直都没有再开过，也没有再听到敲锣打鼓、弹琴唱戏的声音了。有人要找洞口，也找不到。老人讲，河边岸上有一块像石碑一样平滑的地方，就是洞口。花山岩壁画的人兽图形就是当年那些士兵们的形象，每逢刮风、打雷、下雨，壁画的图形就有一些剥落。据说，这是士兵们往别处投生了，去做他们还没有做完的事。

无花果的秘密

@肖复兴

早晨上学前，大河站在自己家门口，指着欧阳太家廊檐下已经成熟变紫的无花果，对小河说："到晚上，你给我放哨，我去摘它两个尝尝怎么样？"小河惊叫一声："这不是偷吗？"大河一摆手说："你要是不敢，我摘了，你可别吃！"

这一天晚上睡觉睡了好半天了，听见爸爸妈妈轻轻的鼾声，大河爬起来，跳下床悄悄地招呼小河，小河也轻轻地从床上下来，正向门外走，爸爸一声吼："这么晚了，上哪儿去？"大河说："上厕所！"小河说："我也去！"

他们两人跑出门，蹑手蹑脚地来到欧阳太的廊檐下。也是有点儿紧张，大河和小河都出了一后背的汗。大河让小河在廊檐下面望着欧阳太的房门，自己悄悄地上到廊檐，凑近无花果树，伸手摸索着，找无花果的果子。手碰到叶子，"窸窸窣窣"地响起来，吓了大河一大跳。

终于，他的手碰到了一个果子，结实饱满的样子，握在手心里，有了它形状和沉甸甸的触感，甚至还有被一天太阳晒得暖暖的感觉呢。大河有些兴奋地伸出两只手，赶紧把它摘了下来，不小心，脚底下碰倒了一个小花盆，"砰"的一声，清脆的声音，在寂静的夜里显得很响。

"谁呀？"就听欧阳太家的保姆玲嫂在屋子里叫。大河赶紧弯下腰躲在无花果树叶下面，灵机一动想学声猫叫，不想不小心脚下又碰倒了一个花盆，声音比刚

非遗在中国（鼓乐篇）35. 大奏鼓原名车鼓亭，是浙江温岭一带流行的一种渔村传统舞蹈。

才更响。

"这是谁呀？"大河的猫还没有叫出声来呢，玲嫂一声叫喊，把他吓得缩了回去。接着，屋里的灯亮了，廊檐上的灯也亮了。大河和无花果树，一起暴露在明亮的灯光中。

大河的爸爸妈妈闻声也从隔壁屋走了出来，爸爸几个箭步走到大河面前，二话没说，一个巴掌扇在大河脸上。

大河老老实实走到欧阳太面前，鞠了一躬，道了歉，伸手把无花果交给欧阳太。欧阳太没有接，对大河说："没关系的，你拿去吃吧！"然后，对大河爸爸说："你怎么不分青红皂白打孩子呀！"

爸爸还在生气，从大河手里夺过果子，顺手递在了玲嫂手里。

第二天清早上学的路上，下雨了，淅淅沥沥的秋雨，一直到下午也没有停。树枝上先着急变黄的树叶，禁不住一阵雨夹着风，被打了下来，小降落伞一样飘飘悠悠地落在水洼里，立刻又变成一只只金色的小船。放学的路上，大河光着脚丫，提着鞋，一路蹚水玩，踢翻那一只只金色的小船。

小河追上大河，对他说："赶紧回家吧！昨天夜里的事情，你忘了怎么着，回家晚了，妈妈又该说咱们了！"

刚进家门，一眼看见了桌子上的无花果，紫色的、红色的，还有青红相间的无花果，挤在一个青花瓷盘里。这是白天欧阳太遣玲嫂特意送过来的。妈妈有意把瓷盘留下来，让大河小河给欧阳太送回去的时候向人家道谢。

这是大河小河第一次吃无花果，皮是软的，剥开皮，里面的瓤是红的，有些芝麻粒一样的小籽，绵绵的，有些甜，不是像糖那样齁甜，有一股清香，比桑葚好吃多了。有意思的是，吃完了无花果，小河倒没什么反应，大河当天夜里就开始拉稀，一连跑了好几趟厕所。

大河小河长大一些的时候，知道这盆无花果是欧阳太特意买的，但是，她自己是不吃鲜无花果的，只是把无花果晒成干，到冬天和春天泡茶喝。无花果茶有药效，能够帮助治疗便秘，还对降低血脂有帮助，这是欧阳太的两样老毛病了，也是无花果的两样好功效。

离萧天摘自《兄弟俩》长江文艺出版社

图：孙小片

如果作文中的石头有了"记忆穿越"

@ 蚯蚓老师

说到"穿越"，你首先想到的肯定是穿越到古代或者未来。但你知道吗？"记忆穿越大法"用在作文中，也会非常带劲。

"记忆穿越"，通俗点说就是想象 TA 的前世今生有哪些独特经历。我们以"石头"为例。

有一块石头，每天躺在山坡上，阳光暖暖地照着它，生活很快乐。可是有一天，来了一个调皮的小男孩，一脚把它踢到山下。石头滚到一条小土路上，没想到又来了一辆车子，一下把它轧到土里，它伤心极了。

不管是男孩，还是车，都是我们身边的例子。其实想象可以深入时间深处，这样的"穿越"更有沧桑感，更让人眼前一亮。具体怎么做呢？我们可以把平时积累的知识充分利用起来。

1. 历史小知识

（1）猿人——石头

猿人举着尖石头四处打猎，本来躺在山脚的石头，就这样被带到田野里。

（2）曹冲——石头

石头静静地躺在河滩上，没想到有一天被一个名叫曹冲的孩子捡起，扔到船上，用来称大象的体重，石头觉得很新奇。

2. 自然科学小知识

（1）恐龙——石头

原野上，石头目睹了两只巨大的恐龙在打架，吼声如雷，大

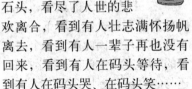

地震颤，把它吓得瑟瑟发抖。

（2）地壳变动——石头

地壳上升，一块海里的石头慢慢成了山顶的石头，石头的生活也大变样，有温暖的太阳照着它，有可爱的小松鼠陪着它。可是它想念大海中曾经的小伙伴，不禁伤心起来。

3. 故事传说

（1）精卫填海——石头

有一块石头，它本来好好地躺在地上，结果被精卫鸟衔走，拿它填海去了。

（2）孟姜女哭长城——石头

长城上的石头，被孟姜女一哭，骨碌骨碌滚到山下。石头也哭了，哭自己，也哭孟姜女。

（3）愚公移山——石头

一块原是太行山上的石头，后来被愚公一家搬到海边去了。这真是一次难忘的旅行，石头对愚公十分敬佩。

在"记忆穿越"时，还可以加入更为宏大的命题——关于历史的兴衰荣辱、人世的悲欢离合。

（1）一块石头，亲眼看着一个村庄从荒原上崛起，看着村庄逐渐发展壮大，成为一座城池，又看着一把战火烧毁了这一切，大地又回到之前荒凉的样子。

（2）一块码头上的石头，看尽了人世的悲欢离合，看到有人壮志满怀扬帆离去，看到有人一辈子再也没有回来，看到有人在码头等待，看到有人在码头哭、在码头笑……

来看一篇修改后的小文章：

有一块石头，每天躺在山坡上，阳光暖暖地照着它，生活很快乐。可是有一天，山洪暴发，它被洪水冲到原野上，目睹了两只巨大的恐龙在打架，吼声如雷，大地震颤，把它吓得瑟瑟发抖。突然，其中一只恐龙的尾巴把它扫到了附近的河滩上。正当石头哀叹时运不济时，却发现这里的生活丰富多彩，水花轻轻抚摸着它，螃蟹在旁边玩耍……石头不禁感慨：命运真是让人捉摸不透啊！

这一待就是一亿年，河流早已枯涸消失，石头孤独地躺在原野上。一天，它的身边出现了一个村庄，很快村庄逐渐发展壮大，成为一座热闹的城池，然而一场战争过后，一切化为灰烬。石头觉得这好像是一场梦。

一块小小的石头，饱含了生命的奥秘。这样的文章，谁会说幼稚、浅显、无趣呢？

慕吉摘自《儿童时代》

高麻子是松州城三胜戏班的鼓师，因小时候得过天花，脸上留下了大小不等的坑坑，因此落了一个高麻子的称呼。说来，高麻子能学打鼓，还与他的麻子扯上了点关系。

那一年，离松州城三十里地的高家店闹天花。高麻子他妈在天花瘟疫中，丧了命。他爸领着他逃难到了松州城，到了松州不久，他爸也撒手人寰了。

鼓师高麻子

@ 周东明

得了天花的高麻子，高烧不退，昏倒在路旁。这时，有个男人走过来，把手放在他鼻子上，试探一下，看他还有口气儿，就抱起他去了诊所。

这个人是三胜戏班的鼓师，也是他后来的义父。高麻子在阎王爷那儿捡了一条命回来，但是脸上落了麻子。

那个鼓师身边无人，就把高麻子收留下来了，每天演戏时，都要把他带在身边。时间一长，高麻子发现戏班里的人，都听义父指挥，义父不坐下，拉弦的打锣的就不敢坐，义父的鼓不打，再好的角儿也不开口唱。尤其是演翻跟头的戏，只有配上义父的锣鼓点，才显得好看，有精神。

高麻子喜欢上了打鼓。

他发现，义父闲着的时候就用三根筷子练打鼓手法，先把一根筷子立在凳子上，左右两只手各拿一根筷子，敲打那根立着的筷子，那根立着的筷子就像着了魔法，立在那纹丝不动。

高麻子知道这是义父练功呢，他也仿而效之，每天都用三根筷子练手法，最初是立不住筷子，后来是打不着筷子。再后来，高麻子练得不但每敲打一下，都能

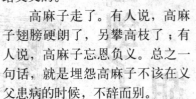

打在筷子的顶部，而且那根立着的筷子，也如同着了魔法，立在那纹丝不动。

义父发现他在练习打鼓，问他："你喜欢打鼓？"高麻子点点头。"那你就跟我学打鼓吧。"

有天，白场戏有出《女起解》的垫场戏。演苏三的旦角儿，是戏班里最难伺候的人，义父让高麻子打这场戏。

高麻子平日里看过她的戏，熟悉了她的嗓子，那天，就在她一句唱段中，多打了两眼才起板，接下一句唱。没承想，高麻子就是多打了两眼拖腔，使这段唱得了一个满堂彩。

那个旦角儿煞戏后，对高麻子说："我唱了这么多年的苏三起解，就是今天唱着舒坦。"

从这儿以后，戏班的人都知道了，高麻子会打鼓。

那天晚上煞戏后，高麻子的义父被班主叫到后台去了。等到很晚，高麻子才见义父板着脸回来。高麻子问义父："爹，您怎么啦？"义父摇摇头说："没啥。"第二天，义父就病了，起不了床了。

几天后，晚上散了戏，高麻子没有回家，打大锣的顺子来了，把一包大洋交给了高麻子的义父，说这些都是高麻子让交给义父的。

高麻子走了。有人说，高麻子翅膀硬朗了，另攀高枝了；有人说，高麻子忘恩负义。总之一句话，就是埋怨高麻子不该在义父患病的时候，不辞而别。

高麻子走后，他义父的病却慢慢地好了。

有天晚上，煞戏后，三胜戏班的班主把高麻子的义父请到宴宾楼饭庄吃夜宵。班主满上两盅酒，说："老弟，哥对不起你。"

高麻子的义父苦笑问："你跟他说了？""嗯。"班主点点头。"他咋说？"高麻子的义父又问。班主并没有直接回答高麻子义父的问话，而是说："这孩子走到哪儿都错不了，仗义。"

高麻子的义父，没有吱声，而是两眼直勾勾地瞅着班主。

班主往嘴里塞了一块焦熘里脊，慢慢嚼着，又说："那天我跟他一说，他就跟我急了，对我说，他怎么能抢师父的饭碗呢。"

高麻子的义父听到这儿，噙在眼里的泪水流了出来。

那年的年关，高麻子的义父收到了一张外地寄来的汇票。

摘自《红山晚报》 图：佐夫

「刽子手」胡子爷

@岑雨芊

胡子爷姓啥叫啥，我不知道，但是我总听爷爷念叨他，说叫他胡子爷是客气的，不客气的就干脆叫他"刽子手"。这天清晨，又听爷爷说，好久没见胡子爷了，今天怎么着也得去一次。

我说："爷爷，我陪您一起去吧，菜市场也不远，我给您当搬运工。"爷爷不解地看着我："菜市场？"我点头道："是啊，您不是要去买肉吗？"爷爷似乎更疑惑了："买肉？"我说："对啊，天天听您念叨'刽子手'，那肯定是一位下刀又快又狠的卖肉师傅！"爷爷乐了："啊？哈哈哈，

好，今天带你去见识一下这位'又快又狠的卖肉师傅'！"

跟着爷爷下了公交车，在一条我从未到过的小巷转来转去。小巷幽深，早晨的太阳还不刺眼，悬在天边，洒了薄薄的一层光晕下来，这小巷便多了几分半梦半醒的味道，让我感觉像来到了另外一个世界。我不禁想，买肉，为啥来这么难找的地方？正疑惑着，爷爷停下了脚步，告诉我到地方了。我定睛一看，斑驳的木板店门，上面也没有个门头。再看屋里，墙上布满花斑的老旧壁镜，漆皮已掉落的靠背座椅……

这哪是什么肉铺？这分明是家理发店啊！

"什么情况？"我问爷爷，爷爷没搭我话，径自走了进去。"来了，还是老样子？""是啊，胡子爷，今天带我孙女见见世面。"

一位老人出现在我面前，她的头发梳得十分整齐，没有一丝凌乱，眼睛深邃，看上去很有神，佝偻着的身子在接触到转椅的瞬间就恢复了直挺。眼前分明是一位奶奶，哪来的什么"胡子爷"？

只见奶奶在杂乱的柜台上依次摆放好推剪、剃头刀、胡须刀等"老伙计"，我不理解为啥爷爷兜兜转转，要来这么破旧的地方理发，理发师还是一位老奶奶。

爷爷好像看出了我的疑惑，他说："柜台玻璃下压着一张老照片，你去看看。"照片里是一位老兵，黑里透红的脸上刻满皱纹，军帽上的五角星十分鲜艳，胸前别着几枚金灿灿的勋章。

爷爷坐下，往椅背上一靠："想当年，你胡子爷奔赴抗美援朝战场的时候还是个小屁孩呢，他几次死里逃生，身上留下了好些窟窿。退伍以后，他干起了剃头的行当，那时候，可没有什么理发店，剃头挑子就是'吃饭家伙'，一根扁担挑起两头，整天在大街小巷吆喝着，我就是那时候认识的他。他这一干就是几十年，才有了现在这个小铺子。"

"那'刽子手'是……"我终于提出心中疑问。

"'刽子手'说的是我家老头子啊！"奶奶把一块热毛巾往爷爷脸上一盖，接过了话茬，"老头子当年可是个让敌人闻风丧胆的主，后来给人理发也是'快、准、狠'，所以才有了这个绰号。前些年，老头子先我一步去享福了，我本来想把这店关了，但想想那些老顾客就没有得劲的地方理发修面了啊！好在老头子这手绝活，我也学了个八九分，给客人理发多了，我倒成了大名鼎鼎的'刽子手'了！"

奶奶拿开盖在爷爷脸上的热毛巾，手握剃刀，沿着脖颈笔直往上刮，手稳，刀快，刀刃贴着皮肤抚过，刀锋过处，干净利落。

暖暖的阳光照了进来，把这一间小小的屋子都染上了金色。我仿佛看见，剃头匠和她的客人在金色的光芒中都幸福地笑了。

作者系上海市格致初级中学学生

指导老师：何鹏 图：佐夫

假如人可以进行光合作用

@ 地球村讲解员

植物中负责将二氧化碳转化为糖分的是叶绿素，人类如果想要实现光合作用，皮肤中必须要充满叶绿素，所以人类会像"绿巨人"一样，浑身绿油油的。不过根据光合色素（叶绿素、胡萝卜素等）不同，人类会分成"绿叶人""黄叶人"等。

在最理想的状态下，一个成年人通过光合作用摄取的能量仅仅相当于半根油条的热量。这点能量不足以支撑一个人一天的活动，除非你努力增加皮肤表面积，

变得更大更扁。

像生活在北京、上海这种人口稠密地方的人，他们的身高还会增长，长到3至5米高都不足为奇。除此之外，还可以通过改变生活环境来提高光合效率，比如向赤道和高原地区迁徙，内罗毕和拉萨的房价可能会变得特别高。

光合作用的效率实在太低，人类必须靠固氮作用提高产量，所以身上长个大瘤子（与固氮微生物共生）可能会成为美丽的标准。

70亿人口变成70亿株植物，可以减排二氧化碳，可能还会消耗以前积累的二氧化碳。温室效应将会成为历史，空气中的氧含量大幅增加，人类可能会回到几亿年前的巨虫时代。2米大的蜻蜓、5米长的蜈蚣到处都是。

目前维持37摄氏度的体温太耗能量，人类还得朝着变温动物进化，冬天必须要冬眠。那样的话，就有正当理由睡懒觉了。

王传生摘自《这居然都是真的》

江苏凤凰文艺出版社

非遗在中国（鼓乐篇）39. 八卦鼓舞是山东省唯一归属于道教文化的广场舞蹈。

"故事大课堂"开讲啦!

第一堂：时事报告。近段时间都有哪些热点新闻？我们给你梳理了一份时事简报。"秀才"不出门，天下事尽知。

✳ **11月5日至10日，第六届中国国际进口博览会在上海举行，主题为"新时代，共享未来"。**

✳ 11月8日至10日，2023年世界互联网大会乌镇峰会在浙江乌镇举行，主题为"建设包容、普惠、有韧性的数字世界——携手构建网络空间命运共同体"。

✳ **11月14日至17日，应美国总统拜登邀请，国家主席习近平赴美国旧金山举行中美元首会晤，同时应邀出席亚太经合组织第三十次领导人非正式会议。**

✳ 11月20日，中俄执政党对话机制第十次会议以视频方式举办。中共中央总书记、国家主席习近平同俄罗斯联邦总统普京分别向会议致贺信。

✳ 11月21日，南非总统拉马福萨主持举办金砖国家领导人巴以问题特别视频峰会。习近平出席并发表题为《推动停火止战　实现持久和平安全》的重要讲话。

✳ 11月22日，国家主席习近平同来华进行国事访问的乌拉圭总统拉卡列举行会谈。两国元首宣布，将中乌关系提升为全面战略伙伴关系。

✳ **11月23日，第十批25位在韩中国人民志愿军烈士的遗骸归国，并安葬在沈阳抗美援朝烈士陵园。** 从2014年至2022年，已经有913位在韩中国人民志愿军烈士遗骸及相关遗物回到祖国。

✳ 11月23日至27日，第二届全球数字贸易博览会在浙江杭州举办，主题为"数字贸易　商通全球"。

✳11月24日，世界中国学大会·上海论坛开幕，大会主题为"全球视野下的中华文明与中国道路"。

(本刊综合人民网、新华网、《半月谈》等媒体消息)

第二堂：不一样的写作课。 好作品是改出来的。为什么要这样改而不是那样改？文末附有核心提示。反复揣摩，必有收获。

杯子的故事

@ 荣开元

原稿

古人言："积善与行孝，可以立其身。"敬老爱老不仅仅是行孝之举，也是立身之道。

我自小与外公外婆的感情极好，尤其是外公，他会跟我畅谈国家大事，还会给我讲他年轻时那些难忘的经历……我是多么想送给他一个礼物，表达我小小的孝心啊！

正好学校举行义卖活动，我翻看了义卖广告单，发现有一个漂亮的养生玻璃杯，青蓝的杯身上面绽放着朵朵梅花。"这不就是我心目中礼物的样子吗？"我仿佛能看到外公捧着玻璃杯，美滋滋地小口喝着西洋参茶的样子。

修改稿

我自小与外公外婆的感情极好，尤其是外公，一有空，就跟我侃国家大事，还会给我讲他年轻时那些难忘的经历……再过两天，就是他的七十大寿，我想送给他一个礼物[1]，表达我一片小小的孝心！

正好学校举行义卖活动，我翻了翻义卖广告单，突然，眼前一亮，发现有一个搪瓷杯[2]，白色的杯身上面绽放着朵朵梅花，有种似曾相识的感觉，心下一动："这不就是我心目中的礼物吗？"我仿佛看到外公捧着搪瓷杯，美滋滋的样子。我暗暗握紧了拳头："荣开元，明天你一定要拿下它！"

"明天一定要拿下它！"我暗暗下定决心。

当老师宣布义卖活动开始后，我一个箭步跨出教室，可是，最不愿意看到的事情发生了：只见一个陌生同学已经把我心爱的杯子捧在怀里了。这可怎么办？要不找这位同学商量商量？刚想迈出这一步，内向的我又犹豫起来：万一被拒绝怎么办？不管怎样，一定要去试一试。没想到，还没等我开口，那位同学仿佛看穿了我的心思，一口就拒绝了。他抬腿就要走，我也不知道哪里来的勇气，拉住了他，说："我能给你讲个故事吗……"

晚上回到家，我用新买的杯子给外公泡了一杯参茶。外公抚摸着杯子上的图案，不住地赞叹："这杯子好啊！"我绘声绘色地讲述起了今日的"买杯记"，大家都很好奇，我给那位同学讲了什么样的故事，能让他忍痛割爱。我神秘地说："当然是妈妈的故事啦！"

那是在上个世纪的70年代，外公外婆为了国家水下武器研制成功，响应国家号召，不惜放弃上海优渥的物质条件，远赴云南。在一个宽度不足100米的山沟里，

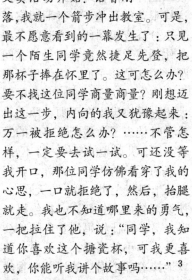

不一样的写作课

第二天，老师宣布义卖活动开始！话音刚落，我就一个箭步冲出教室。可是，最不愿意看到的一幕发生了：只见一个陌生同学竟然捷足先登，把那杯子捧在怀里了。这可怎么办？要不找这位同学商量商量？刚想迈出这一步，内向的我又犹豫起来：万一被拒绝怎么办？……不管怎样，一定要去试一试。可还没等我开口，那位同学仿佛看穿了我的心思，一口就拒绝了，然后，抬腿就走。我也不知道哪里来的勇气，一把拉住了他，说："同学，我知道你喜欢这个搪瓷杯，可我更喜欢，你能听我讲个故事吗……"[3]

晚上回到家，我把新买的搪瓷杯放到桌子上，只听见大家"哇"地惊叫起来。外公更是激动不已，他抚摸着杯子上的图案，不住地赞叹："这正是我心心念念的杯子！"我绘声绘色地讲起了今日的"买杯记"，大家都很好奇，一个劲地问我给那位同学讲了什么样的故事，能让他忍痛割爱。我神秘地说："当然是妈妈的故事啦！"[4]

20世纪70年代。外公外婆为了搞科研，响应国家号召，不惜放弃上海优渥的物质条件，远

沿山建起了简易的办公室、家属楼和配件工厂，外公外婆就是在这样艰苦的环境下，按照国家部署不分昼夜搞科研。当时的各项条件都很艰苦，衣食住行都成问题，尤其是孩子们，山沟里每天只有上午10点到下午2点能晒到太阳。妈妈出生在平原，两个多月大时就去了海拔两千多米的云贵高原。儿时她的身体一直不好，外婆为了给妈妈补充营养，就托人从上海买光明奶粉。每天晚上，外婆都会调两杯奶，一杯给妈妈喝，另一杯让妈妈给加班的外公送去。小小的妈妈，总是小心翼翼地捧着那个温热的冒着奶香的玻璃杯，穿过黑黑的过道给外公送奶。后来，妈妈大一点了，会自己调奶粉了，因为觉得外公很辛苦，更需要营养，她就会悄悄地给外公的那一杯多放一勺奶粉，自己的则少放一勺奶粉。妈妈对我说，虽然自己喝着一杯寡淡的牛奶，但每次听见外公夸自己调的牛奶特别香时，心里都是美滋滋的。

赴云南，来到一个名不见经传的山沟里。当时的各项条件异常艰苦，山沟里每天只有上午10点到下午2点能晒到太阳。妈妈那时才两个多月大，身体一直不好，外婆为了给妈妈补充营养，就托人从上海买光明奶粉。每天晚上，外婆都会调两杯奶，一杯给妈妈喝，另一杯给加班的外公送去。后来，妈妈大一点了，自己会调奶粉了，因为觉得外公很辛苦，更需要营养，她就会悄悄地给外公的那一杯多放一勺奶粉。妈妈对我说，虽然自己喝着一杯寡淡的牛奶，但每次听见外公夸自己调的牛奶特别香时，心里都是美滋滋的。

当时所用的杯子，就是这种搪瓷杯，情侣式，外公外婆结婚

不一样的写作课

"那位同学或许是感动了吧!和我初次听这个故事时一样。"我这样解释着。外公笑而不语,捧着玻璃杯品着他的参茶。一股暖意在房间里荡漾开来。

那个溢满奶香的玻璃杯和这个飘着参香的玻璃杯,就好像两颗晶莹剔透的童心。两个故事发生的时间虽然相隔很久,但孝亲敬老的家风传承把它们联系在了一起。

时特别定制的。不巧的是,外公的那只搪瓷杯不知怎的丢失了。虽然外婆后来也不大用另一只搪瓷杯了,但毕竟是段难忘的经历啊。所以,当我第一眼看到这个搪瓷杯时,竟有失而复得的感觉……5

"那位同学或许是感动了吧!和我初次听这个故事时一样。"我这样解释着。外公笑而不语,一股暖意在房间里荡漾开来。

(作者系上海理工大学附属实验初级中学学生 指导老师:柯佳)

首席编辑核心提示

一、题解:

原稿用了两个玻璃杯,一个表达父辈对子女的爱,另一个表达晚辈对前辈的爱,从而凸显了良好的家风家教。不足的是,玻璃杯仅仅作为工具而已,没有内在的联系,修改稿用"关联法"把它们前后联系起来,从而表达了一个共同的爱的主题。

二、修改思路:

1. 设计成"生日礼物",也就比日常更富有意义。

2. "搪瓷杯"更有时代特征。

3. 把自己的故事,一切为二,叙事上略有变化。

4. 这段文字,使整个作品的叙述结构更加匀称。

5. 养生玻璃杯,强调的是实用性;而搪瓷杯,强调的是价值性。无用之用,实为大用。对于作者来说,为什么志在必得,也就顺理成章了。

("故事大课堂"专栏长期征稿,欢迎各位同学、老师、家长投寄各类美文摘抄、学生习作、故事讲演、现代文阅读真题等,来稿请发至:wenzhaiban@126.com,投稿时请标注"故事大课堂"字样。)

第三堂：讲出你的精彩。 看完故事，自己先讲一遍。讲不好不要怕，看视频是怎么讲的。故事大王告诉你哪些才是关键点。好口才就是这样练成的。

开满鲜花的小路

@ 林颂英

邮递员黄狗在门口喊："鼹鼠先生，你有包裹单。"原来，长颈鹿大叔给鼹鼠先生寄来了一个包裹。鼹鼠先生赶紧骑着摩托车，到邮局去领包裹。他回家后打开包裹，看见一堆小颗粒，可认不出是什么东西。

鼹鼠先生拿着包裹，来到松鼠太太家。他问松鼠太太："长颈鹿大叔寄来一个包裹，请您看看是什么东西？"

松鼠太太拿过来一看，里面空空的，什么也没有。原来，包裹破了，里面的东西不见了。看来都漏在来时的路上啦！鼹鼠先生很懊丧。

春天来了，鼹鼠先生要去松鼠太太家做客。啊，通往松鼠太太家的路，成了一条开满鲜花的小路。

鼹鼠先生路过刺猬太太家，正巧，刺猬太太走出门。看到门前开着一大片绚丽多彩的鲜花，她惊奇地说："这是谁在我家门前种的花？多美啊！"鼹鼠先生回答："我不知道！"

鼹鼠先生经过狐狸太太家，正巧，狐狸太太走出门。看到门前开着一大片五颜六色的鲜花，

民防小知识 1. 面对冰雪不断的自然灾害，应建立完善的雪灾预警和应对体系。

她奇怪地问："这是谁在我家门前种的花？真美啊！"鼹鼠先生回答："我不知道！"

鼹鼠先生来到松鼠太太门前。松鼠太太走出门，花香扑鼻，她看见门前的小路上花朵簇簇。小松鼠、小刺猬和小狐狸在那里快活地蹦啊跳啊。松鼠太太对鼹鼠先生说："我知道了，去年长颈鹿大叔寄给你的是花籽。这是多么美好的礼物啊！"

上海故事家协会秘书长丁娴瑶点评：这是一篇充满童趣和画面感的作品。张书文小朋友充满童真的音色与故事里的小动物角色十分契合，如要提高讲述的生动性，还可加入眼神的配合——当小动物看到包裹里面空空的时候，故事员的眼神里也要流露"疑惑"和"惊讶"；当看到"开满鲜花"时，故事员的眼睛里也要仿佛看到一片花海……看角色所看，听角色所听，感受角色的感受，那么故事的讲述会更具感染力。

扫码看张书文同学的讲演视频，讲演技巧等你来学！

故事大课堂

第四堂：与作家一起散步。 为你提供的是现代文阅读题。有几道考试真题，答对了吗？不要急，有请作家本人给你支招。

■ @陈 敏

中国面馆

2023 年第一次全国大联考语文试卷

姜东在美国洛杉矶开了一家中国面馆。面馆的生意一直不好，后来有了转机是因为一个非裔女人。那天，姜东正忙和面，门外突然传来一个女人的叫声："这炒面坏了，真难吃！太难吃了！"

姜东挺惊讶，这谁啊？便走出来看。是一个壮硕的非裔女人，她已经吃光了盘里的面，正将最后一根面条高高挑在空中，大喊大叫太难吃了，还嚷嚷着退钱。

姜东将她唤进厨房，问："你要退钱，是吗？"她说："当然！"姜东说："这面五元一盘，我退你五元，我不仅要退你钱，还要再送你一盘面！你看行吗？"女人听后，说："OK！"姜东又说："不过，我有个条件。""什么条件？"女人问。"你得到门外面像刚才一样，大声喊叫，说我的面条好吃！"姜东说。

"那当然了！没问题！"女人爽快答应。她拿了钱，又拿了盘面。

转身出去，站在门外面，摆动着胖胳膊，扭着屁股，扯着嗓门高叫："这炒面太好吃了，它是我今生吃过的最好吃的面！呜啊！妈呀！呜啊！太好吃了！太香了！"之后，连筷子都省了去，直接用手抓来吃，三下两下，狼吞虎咽地将一盘面顷刻扒拉进了嘴里。

第二天，女人又来了，这次还带着她的儿子。女人对姜东说："老板，我再吃一盘，行吗？我还给你做广告！"姜东点点头同意了。她又问："我儿子可以吃吗？他叫迈克，正饿着！"姜东说："没问题！"他盛出两盘炒面，递给他们。

女人举着面条，在餐厅门前一边吆喝一边吃："这炒面太好吃了，它是我有生以来吃过的最好吃的面！呜啊！妈呀！呜啊！太好吃了！太香了！"边说边用手往嘴里扒。儿子迈克也在门前举着面盘，扭腰摆臀，腾空跳踢，边唱边舞，

民防小知识2.降雪后首先要清扫市区主干道、十字路口、道路转弯及公交线路等高等级道路。

自由奔放的舞姿与唱调引来了不少围观的路人，不一会儿，进店品尝炒面的人就排起了长队。

姜东也出来观看。原来，那小伙子迈克是个饶舌歌手，他为姜东的面条编了个绕口令，举着盘子，边唱边跳，还配着背景音乐。围观人群纷纷为他喝彩，还给了他小费。迈克越唱越来劲儿，一盘面的工夫，便有了一笔不菲的收入。

从此，中国面馆的生意大好起来。

迈克天天来姜东的中国面馆吃炒面，日子一长觉得有点儿难为情，就帮姜东打些零工：切葱头，切土豆，洗车，倒水，干杂活儿。

周末，迈克的妈妈外出会朋友的时候，他就住在姜东家，晚上和姜东抵足而眠，俨然成了姜东的儿子，这一干就是六年。迈克得到姜东家人的信任，不仅让他采购、炒菜、送外卖，人手不够时，还让他在前台收银。

一天，姜东上洗手间，无意中发现了迈克一个不雅的举动，迈克在洗手间的隔断里坐着，手里哗啦哗啦地数着一沓钞票。抬头看见姜东，目光对视的一刹那，迈克一张黑脸顿时"唰"的一下变得煞白，双手和嘴唇同时哆嗦、颤抖。

迈克低下头说："对不起，我保证今后再也不干了！"姜东问："你干什么了，孩子？"他说："我偷了你的钱！"姜东一把拉住迈克的手，问："迈克，你跟我干了几年了？"他说："六年！"姜东说："六年来，你在我这里吃住、干活，跟一家人似的，我早就把你当成我家的一员了，既然是一家人，在我面前永远都不许说'偷'这个字，不管拿了我多少钱，只能说'借'，不许说'偷'。"

之后，又问迈克"借"了多少钱，迈克说三四次下来，大概五千多块。

姜东说："这么点儿钱，才五千块，记住了，你欠我五千块，以后必须还上，但在你没有还上我这笔钱之前，你先别在我这里干了，可以吗？"迈克红着脸，说了声"OK"，拿着钱，背了包就离开了。这一去就是三年。

一天，迈克的母亲兴致勃勃赶到姜东面馆，请求姜东和她一起观看她儿子的冠军选秀，迈克参加洛杉矶的达人秀，第一轮胜出，有可能成为赢家。他的妈妈好高兴，邀请姜东和她一起为儿子捧场，姜东没来得及换掉沾满油垢的围裙，就被她拽上了车，赶到演出现场。

迈克已经唱完了歌，估计已经获了奖，他正拿着话筒，在台上发

故事大课堂

表获奖感言："自我出生以来，我就没见过我的父亲，我没有过父亲的榜样。在我的印象中，我唯一父亲的影子是个中国人，他开着一家中国面馆，在我饥饿时，他给我饭吃，还让我在外面唱歌，我一唱，就有人给我小费，那是我第一次知道我具备唱歌的天赋，从此一步步走到现在。今天，我有了一个中国爸爸，他就在台下！"说完，迈克跳下台，给了姜东一个大大的拥抱，那个感动啊，姜东终生都忘不掉。

事后，迈克拿出一张五千元的支票，递给姜东，说："爸爸，这是我还你的钱，我有钱了，我有很多很多的钱了。是你的善良和宽容，让我赢得了人生！"

迈克成了明星，在洛杉矶家喻户晓。

迈克成了明星之后，也常来中国面馆。高出姜东半个头的迈克，搂着姜东的脖子，在中国面馆门前唱他新编的顺口歌："中国的面味道好，大厨的名字叫姜东；姜东的面实在多，吃着吃着热心窝……"

后来，姜东的中国面馆在洛杉矶与迈克的名字一样，家喻户晓。

摘自《小说林》

1. 下列对文本相关内容和艺术特色的分析鉴赏，不正确的是（ ）

A. 小说结尾特别交代了姜东的中国面馆在洛杉矶家喻户晓，既照应开头，又与先前惨淡的生意状况形成对比，突出文章主旨。

B. 小说用两条线索推进情节发展，一条是中国面馆老板姜东对非裔母子的态度变化，另一条是儿子迈克的成长之路。

C. 小说虽然没有大段环境描写，但"美国洛杉矶""中国面馆""非裔""饶舌歌手""选秀"形成了不同文化共处的社会背景。

D. 姜东代表中国游子在海外奋斗的形象——他追求的不仅是要把面做好，创出产品的品牌，还要树立中国人的人格丰碑。

2. 小说的主要人物是姜东和迈克，却用了不少笔墨描写非裔女人。请结合具体情节，分析作者的用意。

3. 联系全文，姜东为什么一方面说一家人叫"借"，不叫"偷"，另一方面又要求迈克离开，以后还钱？这体现了姜东对人性怎样的思考？

………………………

扫码进入真题实战，看一看作者的解题方法和写作思路。

民防小知识 3. 在某些区域扫雪时禁止使用融雪剂，以免对道路旁的青草和树木造成伤害。

第五堂：给你一双慧眼。故事中有多处差错，你能找出来吗？比一比，看谁找得对、找得快。

沸水中的变化

@ 伯淮 设计

厂里评选先进员工，小李没能评上。想到自己平时刻尽职守、任劳任怨，却什么荣誉都没得到，小李不禁奋奋不平。晚饭时谈起这事，他跟父亲发了好一通牢骚。父亲一声不吭地听完，然后叫小李随他去厨房。

走进厨房，小李莫名其妙地看着父亲忙活着。他先是拿出三个小锅，注满水后放到灶台上加热。之后，他从食材里取出三样东西：一根萝卜、一支鸡蛋、一包咖啡粉。等到锅里的水煮开，父亲把三样东西分别放进了三个锅子。又过了十多分钟，他把锅里的东西盛进了三个碗里。

父亲指着三个碗，对小李说："看看它们，你有什么发现吗？""就是萝卜、鸡蛋和咖啡，"小李一番苦思瞑想后，依然一头雾水，"抱歉，我不明白您想要表达什么"。

父亲笑了，他先戳了戳萝卜，萝卜上立马多了一个坑。接着敲开鸡蛋的壳，露出凝成固态的鸡蛋。最后，他把咖啡端到小李面前，招呼道："来闻一闻吧！"小李闻到漂来的浓郁的咖啡香。

"同样放在沸水里煮，这三样东西的反映各不相同——原本硬邦邦的萝卜变软了；原本滩软无力的鸡蛋变硬了；原本是固态的咖啡粉改变了自己和水，变成了彼此的一部份，释放出了让人喜爱的香气。"父亲指着咖啡说，"人生总会有活在'沸水'里的时候，我希望你能像咖啡粉一样。"

我们无法选择事事如意的人生，但可以选择身处逆境的方式。可以选择服软，可以选择对抗；同样，可以选择去改变！

摘自《咬文嚼字》

扫码看答案，和同学比比，谁的分数高？

第六堂：事典。 写议论文时，你是不是常常感到，你的文章事实论据不够准确？或者准确了，又不够生动？或者准确生动了，还不够新颖？我们开发开放的这个"论据库"，就是让你有机会看到更多有用有料有观点、见人见事见精神的小故事。倘若你身边恰好也有这类案例，请不要忘了与大家分享哦。

李渔质疑

李渔是清朝著名的剧作家和戏剧理论家。小时候，私塾先生讲到《孟子》中"褐宽博"的意思时，说是穷人穿的又肥又长的粗布衣服。李渔问："既然是穷人穿的粗布衣服，为什么不省些布料，把衣服做得小一些、短一些？做得又肥又长，岂不是浪费？"面对李渔的质疑，先生也说不出个所以然来。

多年后，李渔外出游历到了塞北，听说《孟子》一书中所记述的"穿褐衣的人"就住在这一带，于是他专门前去打听"褐宽博"的来由。当地人告诉他，这里的人们生活贫困，之所以把褐衣做得又肥又长，是要在白天当衣服穿，晚上当被子盖。这下，李渔心中的疑问终于找到了答案。

（关键词：实地考证、实事求是）

苏步青卖菜

抗战时期，浙江大学西迁贵州。浙大教授、数学家苏步青为改善生活，决定开荒种菜。

苏步青种的菜有口皆碑。街上饭馆缺菜，都去苏家买。每次称完重，苏步青总往筐子里多加两棵。有人纳闷，问他为什么。苏步青发挥出数学家本色："菜根粘了土，分量大概是每棵菜的二十分之一。挑着筐子在山路上走，土会掉下来，走到街上，土也掉得差不多了。来买菜的多是穷苦帮工，万一回去过秤，发现短斤少两，或许要受老板责难。加两棵菜，正好把分量补足。"

（关键词：善良、科学助人）

徐光启研究红薯

明朝中期红薯引入中国，但存储过冬一直是个难题。正值丁忧的徐光启潜心研究红薯越冬，前两年都没有成功。第三年，徐光启总结失败的经验，想出了策略：挖了几个土坑，底下分别垫上稻草、树枝、草木灰等，把红薯种放进去后，有的土坑上方插上透气的竹筒，有的土坑则密封起来。

就在这时，他接到吏部要求其回京复职的文书。徐光启回复："薯种越冬春耕事未完，容春后北返。"这次的实验终于成功了，红薯得到了大面积推广，解决了粮食短缺的问题。

（关键词：科学实验、实事求是）

梁启超折杏花

梁启超小时候，随父亲到朋友家做客，看到主人家院子里的杏树蓓蕾初绽，便悄悄折下放进袖笼里。梁父见了，不动声色地对儿子说："袖里笼花，小子暗藏春色。你对下联？"梁启超听了，顿时羞愧难当，羞赧地答道："堂前悬镜，大人明察秋毫。"

（关键词：教育方法）

苏轼的"笨办法"

一日，苏轼正在屋里抄《汉书》，被朋友朱载看到了。朱载惊讶道："都知道你苏东坡有过目不忘的本领，怎么还用普通人抄书的笨办法呢？"苏轼说："我抄《汉书》已有三遍啦，第一遍时，每段抄三个字为题；第二遍时，每段抄两个字；第三遍时，每段则抄一个字。"

朱载翻了翻苏轼的手抄本，不解其意。苏轼说："你可以试举题上一字。"朱载便在手抄本上随意念了一字，苏轼即应声背诵题下数百字，并无一字误差。

（关键词：学习方法）

第七堂：我的第一个笔记本。在平时的阅读活动中，你是不是常常被那些美妙的语言所打动？它们可能是金句、格言，也可能是好的开头、结尾，还可能是精彩的题记……现在我们整理了一部分内容，希望能充实、丰富你的笔记本。倘若你也有好句子，不要忘了与大家一起分享哦。

作文先做人，经典永流传

| 爱国

01 诗歌篇

位卑未敢忘忧国。——陆游

捐躯赴国难，视死忽如归。——曹植

愿得此身长报国，何需生入玉门关。——戴叔伦

僵卧孤村不自哀，尚思为国戍轮台。——陆游

臣心一片磁针石，不指南方不肯休。——文天祥

丈夫当为国，破敌如摧山。——韦应物

02 句子篇

"如欲平治天下，当今之世，舍我其谁也"的孟子，"匈奴未灭，无以为家"的霍去病，"苟利国家生死以，岂因祸福避趋之"的林则徐，都以一种强烈的社会责任感和历史使命感在民族、国家危难之际勇于担当。

"天下兴亡，匹夫有责。"从古至今，无论是"位卑未敢忘忧国"的陆游，"居庙堂之高，处江湖之远"的范仲淹，还是"一腔热血勤珍重"的秋瑾，"我以我血荐轩辕"的鲁迅，都懂得爱国是"作为一个公民必备的素养"的道理。

孔曰"成仁"、孟曰"取义"，"人生自古谁无死，留取丹心照汗青"。苏武的英雄气节谱写一曲"威武不能屈，富贵不能淫"的正气歌。

自信

01 诗歌篇

会当凌绝顶，一览众山小。——杜甫

天生我才必有用，千金散尽还复来。——李白

自信人生二百年，会当水击三千里。——毛泽东

直将云梦吞如芥，不信君山铲不平。——曾国藩

02 句子篇

我们不是要放弃向他人求助，而是要从内在去强大起来，正所谓求人不如求己，勾践能卧薪尝胆、韩信甘受胯下辱，这种人才能收回拳头，静待时机。

在逆境中不失自信,古今中外屡见不鲜:屈原被流放写成《离骚》；孙膑受膑刑后著《孙膑兵法》；司马迁遭宫刑写《史记》。

奋斗

01 诗歌篇

三更灯火五更鸡，正是男儿读书时。

黑发不知勤学早，白首方悔读书迟。——颜真卿

勤能补拙是良训，一分辛劳一分才。——华罗庚

业精于勤而荒于嬉，行成于思而毁于随。——韩愈

02 句子篇

孙敬头悬梁，苏秦锥刺股，车胤囊萤，孙康映雪……他们为崇高理想、正义事业尽心竭力地奋斗，正可谓"天行健，君子以自强不息"。

我们从"安能摧眉折腰事权贵，使我不得开心颜"的铮铮之语中感悟了"谪仙人"的凛然决心。他曾名纵一时，贵妃磨墨，力士脱靴，却终究不愿为权贵所倾，卑躬屈膝，出卖自己心灵，"且放白鹿青崖间，须行即骑访名山"，专心于自己的梦想，依赖于自己的本心。

我的青春我的梦 参赛"避坑"每期一题

大局在前，细节在后 @草 祭

有一篇高考作文，主题原是细节产生差距，作者列举了诸多事例，比如壁虎在逃生时会断尾求生，鹰如果一次下了两个蛋，随着小鹰的成长，较弱的那只必然死在较强那只的爪下，猫妈妈会对自己生下仅几个月的小猫挥舞爪子，小猫被逼着独立，等等，以此来证明大自然与人类社会中细节的重要性。

"什么？"你可能要问，"这说的是细节？"没错，这篇文章就是以这些事例来佐证细节，段落不可谓不优美，材料不可谓不新颖，修辞不可谓不精致，但偏偏得分滑铁卢。差的究竟是什么？

同学们想必都能看出来，差的就是偏离题意的那一步。在"我的青春我的梦"征文活动中，不乏这样文辞精美却棋差一招的文章，可能也和我们日常收集了诸多好词好句、精彩范例，却没有重视审题有关。总想着堆砌好句子、好论据，却没想到还有更重要的地基要夯实。

那就是一篇文章的主旨，或者说，你的大局观。

命题作文是戴着镣铐跳舞，镣铐上明晃晃地写着"细节"二字，你却去抓取空气中飘忽不定的意外闪光，虽然也有它的亮点，却与"细节"的核心背道而驰。如果你是阅卷老师，有两篇应试作文摆在你面前，一篇围绕中心侃侃而谈，举例平凡朴实，一篇与命题者的要求失之毫厘谬以千里，文辞华美例证新颖，你会选择哪一篇？答案不言而喻。

当然，我们追求的绝不只是不跑偏就行，选对了赛道，起跑之后帮你加速度的金句、论据，《故事会》校园版中的《事典》和《我的第一个笔记本》栏目，可以为你的文章锦上添花。大局在前，细节同样不愁。

胡 捷
故事会校园版编辑
Hu Jie Stories Editor

温暖不过期

再过二十几天，就要过年了。我跟同城的表姐商量着回老家的事，刚上小学的小外甥也来凑热闹，嘟囔着说好想外婆。小外甥的话触动了我，四年前的情景浮上了心头。

四年前，大年初三的早上，下着鹅毛大雪，外婆端着碗从厨房出来，看到我正在收拾行李箱，很是吃惊，问道："才回来几天就急着回去？"我手上不停，嘴里回答："春运票不好买，刚好抢到今天的。"外婆的表情一瞬间变得难过起来，说："那早饭……"我说赶车，就不吃了。外婆欲言又止，突然想起什么似的，急匆匆地跑进里屋，抱出了她一直很宝贝的大饼干桶，在里面一顿挑拣后，捡出一大把东西塞给我，说："拿着路上吃。"

天很冷，我不想多拿东西，就随手拿起一块巧克力，下意识地看了下保质期，却发现都过期几个月了。我把巧克力往桌上一扔，埋怨起来："这过期的食品怎么吃？还不扔掉？"外婆讪讪道："过期？我不知道过期了，只想留给你吃，没想到你这么久都没来，我又不识字……"听了外婆的话，一种既愧疚又温暖的感觉一下子涌上我的心头，望着外婆那苍老的脸庞，我的泪水不争气地流了下来……

听完我的故事，小外甥细声细气地说："小姨，今年回去，我们都多陪陪自己的外婆吧！"我使劲地点点头。此刻，我只想一下子跨越千山万水，回到那个有外婆的家。

亲爱的读者朋友，看到这篇文章时，想必你正在路上，或者已与家人团聚，请代表我们"校园版"向您的家人问好。

祝所有归家的人和等待的人：新年好！

113
CONTENTS

扫二维码，听全本故事会

2024
STORIES DIGEST
1月 校园版

故事中国网：www.storychina.cn 邮发代号：4-900 国外代号：MO9178 定价：8.00

社长、主编：夏一鸣

副社长：张 凯

副主编：高 健

本期责任编辑：胡 捷

发稿编辑：高 健 蔡美凤
　　　　　 杨怡君 吴 艳

美术编辑：孙 娌

责编电话：021-53204041

邮编：201101

地址：上海市闵行区号景路159弄
　　　A座3楼

主管：上海文艺出版总社

主办：上海文艺出版总社

出版单位：《故事会》编辑部

发行范围：公开

出版、发行电话：021-53204159

发行业务：021-53204165

发行经理：钮 颖

媒介合作：021-53204090

广告业务：021-53204161

新媒体广告：021-53204191

国外发行：中国图书贸易总公司

印刷：上海四维数字图文有限公司

发行：上海邮政报刊发行局

邮发代号：4-900

国外代号：MO9178

定价：8.00元

故事会公众号　　故事会 App 下载二维码

事会》微博：@ 故事会　《故事会》微信：story63

故事会 校园版欢迎投稿

　　稿件要求：来自最新的报刊、图书或网络，故事性强，文字明快，主题健康，视野开放，纪实或虚构均可，体现"新、知、情、巧、趣、智"的特点，同时欢迎第一手的翻译作品。推荐作品须注明原文出处、原作者姓名，确保转载不存在侵害版权的行为，并请留下推荐者真实姓名及通信地址。作品一经采用，即致推荐者 50 至 200 元推荐费，并向作品著作权人支付稿酬。

故事会 校园版 投稿信箱
wenzhaiban@126.com
故事中国网：www.storychina.cn

笑话与幽默

丸子的朋友圈

所见略同

丸子

动漫主角打架的时候，为什么总是要把招式名字喊出来呢？太做作了，我每次看都尴尬得脚趾抠地！

> 郭美眉：昨天打牌的时候，有人大声喊"10JQKA！我只剩两张牌了！两张！"那人是谁呀？

挨骂

金融小王子刘思聪

老板刚才把同事骂了一顿，然后同事就哭着跑出去了。

> 郭美眉：张富贵真的太过分了！呜呜呜！

> 金融小王子刘思聪：是的，太过分了！他怎么不连我一起骂呢？那我也能跟着你一起跑出去了，现在就我一个人在干活，怎么忙得过来！

"颜"的用法

郭美眉

怎样才能委婉地告诉一个人，他长得实在不好看？

> 哲学系二师兄：此"颜"差矣。
> 郭美眉：如果他脸上都是痘印呢？
> 哲学系二师兄："颜"之凿凿。
> 丸子：丑到把人吓跑了呢？
> 哲学系二师兄：一"颜"既出，驷马难追。

王大脸真的不是女汉子：太胖呢？
哲学系二师兄：厚"颜"五尺。
快递员小马：这样的人难道就一无是处吗？
哲学系二师兄：人之将死，其"颜"也善。

看起来就越有文化？
哲学系二师兄：那你说，是李白有文化还是李逵有文化？

好事成双

大老板张富贵

昨天做梦下雪了，上网搜了一下，说是好事，果然，上午就捡到了50元钱。

郭美眉：还真是好事。
大老板张富贵：小马说那钱是他刚才过来派件的时候掉的，我还给他了，他非要请我吃饭。
郭美眉：50块钱换一顿饭，也算好事。
大老板张富贵：嗯，午饭吃了52块钱。
快递员小马：以后再捡到我的钱，就别还了。

谁更有文化

哲学系二师兄

时代真是不同了，现在小孩的名字笔画都挺多，我小时候，同学们都恨不得名字笔画越少越好。

丸子：会不会是因为名字笔画越多，

买一送一

王大脸真的不是女汉子

想尽快把老家的房子卖掉，大家能给我支个招吗？

大老板张富贵：可以试试最常见的促销策略——买一送一。
王大脸真的不是女汉子：送什么？
大老板张富贵：买房子，送一个单身狗——你。

长得黑

快递员小马

老妈托人给我介绍了一个相亲对象，说对方不喜欢长得黑的人，叫我好好想想怎么自我介绍。我该怎么办啊？

丸子：你一个快递小哥，每天骑电瓶车穿梭大街小巷，风里来雨里去，确实晒得挺黑。不如这样，你就说你"牙白"。
哲学系二师兄：你也可以说自己"不是一个肤浅的人"。

笑话与幽默

牛大姐家乐事多

主要人物：牛大姐（妈妈）　牛大哥（爸爸）　牛小美（女儿）　牛小宝（儿子）

钱多多（牛小美的男朋友）　刘姥姥（牛小美的外婆）

交流

牛小美沉迷手机，每天不是刷短视频，就是跟朋友线上聊天。可跟身边的人说话总是不耐烦，动辄一两个字就打发了。钱多多觉得这样下去可不行。

这天，钱多多拉住牛小美，说："人与人之间的感情要通过交流来维系，你说，这当中最重要的是什么？"

牛小美："表情包。"

意图

牛小宝的考试成绩下来了，

分数十分难看。晚上，牛大哥给他分析试卷。

牛大哥："做题的时候，你得多想想老师出题的意图是什么，为什么要这样考。"

牛小宝幽幽地说："我知道老师的意图，他就是想让我做错，不让我好好度假。"

好地方

放寒假了，面对老师给家长们布置的一项任务，牛大姐烦恼地对牛小美说："牛小宝的老师要每位家长给孩子写一封信，并在假期的最后一两天让孩子看到。我怕到时候忘了，想事先藏好，你有什么好主意吗？"

牛小美："有个好地方，保证适合这种情况。"

牛大姐："什么地方？"

牛小美："夹在他的寒假作业里。"

攒钱的目的

牛大哥藏私房钱，被牛小宝告了密，最后私房钱都被牛大姐没收了。

牛大哥没有怪牛小宝，而是默默地又开始攒钱。

很快，放寒假了，牛大哥对牛大姐说："这段时间我攒了点钱，给小宝买了几本辅导书，还买了几套试卷，让他刷刷题，好好巩固一下知识。这么好的寒假，可不能让他到处疯玩！"

别浪费

牛大哥牙疼去看牙医，打了麻药，回家后药效还没退，就跟家人抱怨说："我现在感觉嘴巴好像不是自己的了，喝饮料都没味儿。"

刘姥姥听后，赶忙从冰箱里拿出牛小宝咬了一口就扔下的五仁月饼，说："趁着药劲儿还没过去，嘴巴里也嚼不出什么味道，你快吃了吧，这东西放好久了，再不吃真的浪费了。"

迟到的原因

牛小宝上课迟到，班主任在家长群里把牛大姐数落了一通。放学后，牛小宝回到家，牛大姐冲他发火道："你怎么回事？为什么会迟到？"

牛小宝很委屈："早上没人叫我，我就睡过头了。"

牛大姐朝牛大哥吼道："你又是怎么回事？我不是让你准点叫牛小宝起床吗？"

牛大哥委屈道："小宝床上乱七八糟的东西堆太多了，我翻了翻没找到他，就以为他已经起床上学去了。"

学生

牛小宝在家里背课文，背得磕磕巴巴。牛大哥在一旁听着，决心要好好教育一下他，就问道："小宝，你也上了几年小学了，知道自己为什么叫'学生'吗？"

牛小宝说："知道，我们只学生的东西，不学熟的东西。"

谁说一定要燃烧自己才有感染力去鼓舞别人？你发自内心的笑与吃得红彤彤的脸，也能让冰天雪地变得喜庆又温暖。

@ 蔚新敏

冰天雪地吃大席

爸爸的徒弟欧阳哥哥娶媳妇，我穿着新衣服，要跟我爸一起去。临出发，邻居家房子的大檩折了，换新檩，我爸得去帮忙，我爸让我自己去吃大席。天阴沉沉的，天气预报说有大雪，十岁的我，去过欧阳哥哥家一次，晚上去的，只记得紧邻大公路，我真的发怵。我跟我爸说："必须去吗？不就是一顿饭吗？"我爸说："吃不吃席无所谓，是去撑面子，是去捧场，是情面，必须去。"

刚出了家门，雪就下了起来，骑着单车，最后的一公里要推着走，雪有点厚，我怕摔倒了把新衣服弄脏。打听着到了欧阳哥哥家，大席已经开始，欧阳嫂子娘家人在屋子里吃，乡亲们在院子的大棚里吃。我这个小姑娘披风冒雪突然驾到，欧阳哥哥又惊又喜，把我领到管事的面前。管事的说，别的桌都动了筷子，虽说是个孩子，也不能吃半拉子席，马上厨房的队伍要开一桌，也是收尾的

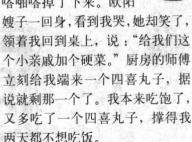

一桌，就一起吃吧。欧阳哥哥怕我挑理，在我耳边悄悄说："这是最丰盛的一桌，菜都是小灶。"

果然如欧阳哥哥所说，这桌上每盘菜都杠尖杠尖的，一锅就出一盘，带着热气就上桌了。唯一不好的是，主家搭的棚里坐满了人，这桌放在了露天的地方，数九寒天，冰天雪地呀。大棚里取暖的煤球炉腾腾冒着红色的火苗，可我在露天里坐真正的冷板凳呀，吃完席估计我也成雕塑了，我时不时地跺跺脚，怕冻住。

最后一道菜，是肉炖豆腐泡，滚烫的，热气腾腾的，脸上立刻蒙上了一层水气，头顶的雪也化了，我自己都觉得吃得真卖力气，吃得头上直冒汗。只是后来我才发现，光顾着吃了，桌子底下早就有人端来一个火炉子，我从头到脚都是热的。

欧阳嫂子的娘家人退席后要回了，乡下风俗，在座的婆家人和来宾都要跟着送，大棚底下的乡亲也吃好了，都跟着人群去送娘家人，欧阳嫂子跟父母告别，我钻到了欧阳嫂子身边，父母再三嘱咐欧阳嫂子，在婆家要孝敬父母夫妻恩爱……娘家人上车了，欧阳嫂子哭了，我是个情感丰富泪点低的人，眼泪也啪嗒啪嗒掉了下来。欧阳嫂子一回身，看到我哭，她却笑了，领着我回到桌上，说："给我们这个小亲戚加个硬菜。"厨房的师傅立刻给我端来一个四喜丸子，据说就剩那一个了。我本来吃饱了，又多吃了一个四喜丸子，撑得我两天都不想吃饭。

多年后，我结婚，也是大雪纷飞的天，我跟欧阳嫂子说不用来了，回头给个红包就行。欧阳嫂子说："拉倒吧，下刀子我们也去。"

欧阳嫂子来了，带着一双儿女，吃了席，她跟着我父母一道要走的时候，我父母嘱咐我要夫妻恩爱孝敬公婆的时候，我笑着说："我知道，我知道，你们上车吧。"娘家人里，欧阳嫂子是最后一个上车的，她说："像不像三分样，你怎么也得假装依依不舍呀，我结婚那天，我都哭了。"

我说："不对呀，那天你笑了，还给我要了个四喜丸子。"

欧阳嫂子说："其实那天，开始我是真哭了，后来我看到你，脸吃得红彤彤的，好喜庆，我就笑了，我凭啥哭？"

田晓丽摘自《扬子晚报》 图：佐夫

藏

@唐承斌

总有幸运的人，能在年前排除万难，顺利回家。这个冬天，家人闲坐，灯火可亲，别样温暖。

多年没回老家过年了，本来打算今年回去，陪父母热热闹闹过个年，让老人也高兴高兴。可年前突然接到任务，又回不成了。我打电话向父母说明情况时，父亲叹了口气，没说话，母亲轻轻地说了一句："工作要紧，回不成就算了吧。"

父母的失落通过电话明白无误地传导过来，我愧疚万分。幸运的是，大年二十九上午，我顺利完成任务，于是急忙往家赶，终于在除夕那天的上午回到父母身边。刚睡完午觉醒来，就发现眼镜不见了。

我记得，睡觉前是把眼镜放在盒子里，而眼镜盒就放在床头柜上，可找来找去，就是找不到眼镜。我第一反应是两个顽皮的小侄子淘气，偷偷藏了我的眼镜。我灵机一动，把本来打算晚上给他们的压岁钱提前拿出来，希望赎回我的眼镜。

侄子们接过红包，开心地道谢。当我问起眼镜时，他们却满脸无辜地说没拿，不过他们很乐意帮我找。两个小家伙手脚麻利，互相协作，迅速在楼上楼下寻找一番后，却沮丧地告诉我没有找到。

我急了，老家附近没有眼镜店。即使有，大年三十也歇业了。

我高度近视，离开眼镜啥事都做不成，哪怕是贴对联这样简单的活计也没法干。更麻烦的是，没有眼镜，正月拜亲访友都很麻烦，难免会出现认错人的尴尬事。

我急得不行，全家人都加入了找眼镜的行列，就连90多岁的爷爷也不例外。爷爷年轻时吃过很多苦，现在身体不太好，患有阿尔茨海默病，家里的活基本不让他干。找东西这种事，他也不在行，我们劝他坐到门口晒太阳，不用管。最后，还是母亲无意中在床头夹缝里帮我找到了眼镜。

我怀疑是侄儿干的好事，但苦于没有证据，再说眼镜也找到了，大过年的也不好找他们算账。或许是知道理亏，或许是领了压岁钱很开心，贴春联的时候，两个小家伙争着帮忙，一个搬梯子，一个拿糨糊和对联，问我先贴哪边？我说："仄起平收，上联在右。"他们疑惑地看着我，我微笑着解释了一通。"仄起平收"的意思是上联最后一个字是仄声，下联最后一个字是平声。这么说吧，你们学的拼音，第一声叫阴平，第二声叫阳平，合称平声。第三声叫上声，第四声叫去声，合称仄声。用平仄区分上下联之后，我们再

按照"上联在右"的方法来贴。也就是说，贴对联时，面对大门右手边贴上联，左手边贴下联。这样做，很简单吧？

"简单，简单！不简单，不简单！"两个小家伙欢呼着，立即行动起来。

红红的对联贴上去，大红的灯笼挂起来。年味，从充满香气的厨房飘出来，从孩子们燃放的花炮里散出来。

享受着浓浓的年味和亲情，一晃就到了正月初六。可当我收拾行李准备回广州上班时，竟然发现眼镜盒又不见了。我愣了一下，好在眼镜架在鼻梁上，眼镜盒实在找不到也没关系，大不了回广州后找个旧的顶上。

准备出发时，我跟爷爷打招呼，他好像明白我要离开家了，又好像不太明白。像变魔法似的，他颤巍巍地从身上掏出了我的眼镜盒，嘴角翕动着。我凑到他身边，竖起耳朵仔细听。爷爷说："我怕你把眼镜盒放在床头柜上找不到，帮你收起来……"

我鼻子一酸，眼前腾起一层雾气。

梁衍军摘自《羊城晚报》 图：孙小片

一样是冰天雪地，这边的年夜饭却有一些特殊，不知道老井心底有没有一点暖意？不过老井，别怕，虽然你与亲人暂时两地分离，但是要相信，每个冬天的句点都是春暖花开，你们终将相聚。

老井的春节

@ 李海燕

这个春节，老井本来想回家的，但最终没走成。

老板说，我三年没回家了，今年我父亲七十大寿，我得回去。我打算让你留下来看守门户，从明天到正月十六，给双工资，年夜饭补贴300块钱。

25天双工资对老井是个不小的诱惑，可他去年就没回家过年，他惦记家中的病妻，惦记七十岁还在为家操劳的老娘，惦记身有残疾的闺女。见老井没说话，老板说，需要考虑一下？

老井忙说，不用考虑，谢谢老板对我的信任。

老板临走时把办公室的钥匙给了老井，还给老井留下两瓶酒。老井不再纠结没能回家的事了，腊月二十二那天，老井把3000元工资转到村主任手机上，麻烦他给老娘送过去，并让他转告老娘，

今年老板让他值班，他不回去过年了。

老井的留守生活，每天从老板办公室开始，喂鱼、浇花、清洁卫生，然后到外面走一趟，中午在大沙发上睡个午觉，睡醒了，再出去走一趟，吃完晚饭躺在大沙发上刷刷短视频，唯一让他遗憾的是家里人还没有手机，不然跟家里人打个视频，就更完美了。

一晃到了除夕，老井清洁完老板办公室，上街买年货。老井买了一只烧鸡，一只熟猪肘子，两斤饺子，一共花了143块钱。两斤饺子，老井分成两份，一份今天跨年夜时吃，在老家叫吃元宝，预示招财进宝，另一份大年初一早上吃。算上小年那天买的半斤猪头肉，老板给的300块年夜饭补贴，还剩下小一半呢。

回去的路上，天上飘起了雪

花，老井笑呵呵地回到老板办公室，把老板椅转到窗子那面，坐下来看外面的雪。看着看着，老井突然想家了，这会儿老娘一定在准备年夜饭，病病歪歪的老婆会给老娘打下手，闺女干啥呢？看电视？剪窗花？老井好想跟家里人通个电话，听听她们的声音。老井这样想着，就回过身来，拿起座机听筒，放在耳朵上，听筒里传来嘟嘟的声音，他点了一串数字。

口袋里的手机响了，老井把手机贴在另一只耳朵上，喂喂两声，妈，过年好！两只耳朵里同时响起"妈，过年好"。老井挂了电话，然后在自己的手机上点了刚才留在上面的号码。座机响了，老井拿起听筒，放在另一只耳朵上，喂喂两声，闺女，我是老爸，你妈呢？两只耳朵里同时响起"闺女，我是老爸，你妈呢"。

就这样，老井轮换着打来打去，一时间，老板办公室里电话铃声响个不停。老井不知怎么就想起了闺女小时候父女俩堆雪人的事，老井不打电话了，老井要出去堆个雪人。

老井来到外面，雪层还没到堆雪人的厚度。老井就用扫把扫啊扫，扫了一堆雪。老井本来想

堆一个雪人，却觉得不尽兴，又堆了一个，还觉得不尽兴，又堆了一个。大中小三个雪人，老井咧开嘴笑了，一家四口人齐全了。

年夜饭，老井是坐在三个雪人中间吃的。老井给大雪人中雪人面前各倒一杯酒，他一拍脑门，咋忘了给闺女买饮料了呢？他顶着雪跑了出去，在附近超市买来一瓶橘汁，给小雪人倒了一杯。

老井举起酒杯，说，娘，老婆，闺女，咱们开始吃年夜饭啦。老井挨个碰了杯，喝下一口酒，然后撕下一只鸡腿，娘，给你，又撕下另一只鸡腿，看看中雪人，又看看小雪人，最后放在小雪人面前，对中雪人说，老婆，你爱吃鸡翅膀，两个都给你。

雪停了，浑身落满雪花的老井喝多了。喝多的老井眼泪汪汪地收下了老板的新年祝福，然后对着那个大雪人跪了下去，娘，儿子给您拜年！然后抱抱那个中雪人，老婆，我想你了！最后抱住小雪人，闺女，你给老爸拜年，老爸给你红包。

远处钟鼓楼的钟声，当——当——悠然地响了十二声。

白丁儒摘自《连云港文学》

立夏老师的
高跟鞋

@ 王新明

九月，废墟上，我们搭起第一座帐篷小学。

地震后第一节课，同学们"叽叽喳喳"地猜立夏老师会穿什么来上课。立夏老师爱臭美，总爱穿新衣服。我明明屁股好好地坐在板凳上，可是，心里却长草了似的，手不停地伸进桌肚摸——我送给立夏老师的礼物正好好地躺在桌肚里。

"起立——"

"老——师——好——"

哎呀，随着大家抑扬顿挫的问好声，一位"一字眉老师"走进帐篷，不是我朝思暮想的立夏老师！

一字眉老师对着花名册点名，点到谁，谁就站起来，洪亮地答："到！"有几个名字，点了三遍，也没人站起来答"到"，一字眉老师就叹口气，在那名字外画上一个长方形的黑框。

一字眉老师给我们上的第一节课是诗歌《珍爱生命》。据说，所有帐篷小学的第一节课都是这个。

第二节课，立夏老师又没来，一字眉老师教我们做算术题。

第三节课，立夏老师还没来，还是一字眉老师！

中午放学时，我忍不住问一字眉老师，立夏老师什么时候来给我们上课。一字眉老师推推眼镜告诉我，立夏老师调到一年级去教课了。

我懒得和一字眉老师废话了，我要亲手把礼物送给立夏老师，她结婚的礼物。

立夏老师总嫌自己个子小，她不止一次说，自己结婚时，一定要穿上一双漂亮的高跟鞋。

我们问她，为什么现在不穿？为什么上课的时候不穿？

> " 阿妈说，我的命是立夏老师救的，送什么都不够。

立夏老师笑眯眯地说，她怕我们淘气，要打我们屁股时，跑不快，追不上。

吃过午饭，我拉着杜鹤四处侦察。一年级的小不点们在一排尖顶帐篷里上课，尖顶帐篷是绿色的，比我们的蓝色平顶帐篷小一号。

我一间一间地找，怀里紧紧抱着送给立夏老师的礼物。

就在倒数第二间，在倒数第二间的绿色尖顶帐篷里，我看见了立夏老师！

立夏老师看起来瘦了，她坐在教室前面，在教小不点们背古诗。一年级的小孩子奶声奶气地

跟着立夏老师，一字一顿地背，他们摇头晃脑的样子，傻得就像我家的小猫。一想到我也是从"小猫"长到现在的，我不禁"扑哧"笑出了声。

"是谁？"立夏老师发现了我，"是麻锐吗？真是刘麻锐吗？"

我红着脸钻进帐篷，站到立夏老师面前，憋在内心深处对立夏老师的想念，全像卡在葫芦嘴了一样，一句也说不出来。杜鹤在后头用手指戳戳我，让我快点儿说话。

立夏老师看见我的样子，笑了，眼睛弯弯的，她告诉小不点们："他们呀，是老师以前的学生，那个黑黑的叫杜鹤，那个更黑的叫刘麻锐。他们从缅甸来，是了不起的小留学生。我和刘麻锐还是地震时的'难兄难弟'呢。"

小不点们哇哇大叫，还使劲地鼓起掌来。

我的脸更红了，心里头一直央告着杜鹤能说两句帮我解解围。

可杜鹤正沉醉在小不点们的盲目崇拜中，一直傻笑呢。

"麻锐，你们怎么不上课，到处乱逛？"立夏老师又板起脸假

装生气，看着我把双手往怀里塞，问："藏了什么？拿出来给老师看看。"

"我们正在午休呢！这是……这是……"原本我想悄悄送给立夏老师的——那是一双高跟鞋，红色的，送给立夏老师结婚时穿的。

阿妈说，我的命是立夏老师救的，送什么都不够。可是，总要送一样礼物给立夏老师，对不对？

我不知应该怎么和立夏老师说，是说感谢立夏老师救了我一命，还是祝立夏老师新婚快乐呢？我低着头，心里头像藏了一百只小兔子，"扑通扑通"地一阵乱跳。

"快去呀！"杜鹤终于回过神来，他不停地用手指戳我，在我耳边"咬耳朵"。

我咬咬牙，磨磨蹭蹭地走近立夏老师，把怀里的红色高跟鞋递了过去——

立夏老师没有接。

立夏老师"哇"的一声哭了，一年级的小孩，并不理解他们的老师为什么号啕大哭，也跟着哭。哭声把隔壁帐篷的几位老师吓坏了，慌忙跑过来看是怎么回事，他们一边安慰小不点们，一边红着眼圈赶我走。

"不，等等。"立夏老师喊我，声音不大，但我听得清清楚楚，"麻锐，你帮老师把鞋子穿上。"

立夏老师慢慢地从讲桌后挪出来，轻轻地拉起裙角。

立夏老师坐在轮椅上，两条腿僵硬地垂着。

那根木梁砸伤了立夏老师的脊椎，立夏老师再也站不起来了。

我手捧着那双红色的高跟鞋，站在那儿，站在立夏老师面前，仿佛被时光掏空了，世界近在咫尺，又似乎远得无法触及。

那应该是一条铺着红色地毯的浪漫的路吧？穿着西装的新郎，等在另一头，等新娘慢慢地走过去。那是立夏老师梦中的婚礼，立夏老师曾经说起过。

而今天，在绿色尖顶帐篷里，在地震的废墟上，一个心怀愧疚与感激的孩子，慢慢地向他的老师走去，时光漫长，仿佛走了一个世纪那么久。

红色的高跟鞋，一双红色的高跟鞋，穿在我最敬爱的立夏老师的脚上，再没有什么比这更好看的了。

白丁儒摘自《小读者·阅世界》

图：豆薇

神秘的地窖

@ 韦如辉

不是那场连绵的秋雨，也许我不会过早知道，父亲笨重的木床下，藏着一个爷爷开挖的地窖。

六岁记忆中的那场秋雨，像父亲晚年没完没了的唠叨。雨水从屋顶一片裂瓦开始，顺着墙角，蚯蚓一样爬到父亲床下，一步步钻到地窖里。

睡梦中，父亲晃醒我，说，快，快起来，下地窖。

父亲点燃一根蜡烛，递到我手里，猫着腰，钻到床下。烛光随着父亲的行进而行进，在雨水滴滴答答的夜晚，父亲慢慢矮下去，只露出一颗荒芜的脑袋和一双慌乱的眼睛。把水桶、水瓢和扫帚一一递到他手里，他嘱咐我，蜡烛要往地窖下伸。

直到无法再伸为止，我听到一声沉闷且清脆的回音。父亲落地了。

就着飘忽的光线，父亲装满水桶提上来，由我接过，倒在门外漆黑的夜里。

地窖里的水，终于清理完了。好奇的心，促使我央求父亲，下去看看。父亲挤出一丝笑容，点了点头。父亲之所以允许我下到那个神秘的地窖，极可能出于对我那晚出色表现的奖励。以后的岁月里，结合父亲反常的反应，我更加坚信了自己的判断。

一小间屋的地窖，放的东西并不多。一条扁担，装在鞘里的一把长刀和一个上了锁的竹编行李箱，仅此而已。扁担和长刀，我都见过。偶尔，在阳光好得不能再好的天气里，父亲把它们请到院子里。此时，他老人家坐在凳子上打盹。有雀儿飞过，他眯一只眼瞅着，见没什么异样，顺手从身边捞起一个粗碗，咕咚喝上一口水。

竹编的行李箱蒙上一层厚厚的泥灰，像一个邋遢的老人，奄奄一息地蹲守在自己的世界里。锁，锈迹斑斑，铜的？铁的？铝的？在昏黄的烛光里，无法辨认。我弯下腰，想靠近它。父亲拽着我的衣领，一把拎起来。你爷爷

留下的东西，他老人家说了，任何人不许动，尤其是自家人，要砍头的！父亲恶狠狠地说。

行李箱带着那把丑陋的锁，无数次走进我的梦里。梦里，它以这样那样的面孔，展现在我眼前。一次是白花花的银子，一次是金灿灿的金子，一次是一把手枪，一次是一副镣铐……还有一次，竟然是一个身材矮小的老头，跟堂屋高挂着的爷爷的画像一个模样。

一次又一次的梦境，把我折磨得寝食难安。课间休息时，我不由得来到街角，在修锁老人的脚下，痴痴盯着他弯曲且神奇的手。趁他扭头翻找东西的时候，迅速把一根细小的铁棒，悄悄握在掌心里。

放学了，父亲还在田间劳作，我悄悄钻到地窖里。

父亲突然神兵天降，他用变了调的责骂，把我从地窖里拽出来，甩到院子里。在他临时安放的两块碎石上，勒令我跪正跪直了。在刺眼的阳光下，我昏倒在渐行渐近的黄昏里。

我跟父亲结下了梁子，直至他在唠唠叨叨的时光里死去，我都没有跟他说过几句话。

其间，不知是父亲威吓的缘故，还是出自内心的恐惧，我渐渐地打消了对行李箱的好奇。好像它就是一颗沉睡的炸弹，不经意就会被世事无常打扰与惊醒。

老屋列入拆迁规划，不得不按要求进行搬迁。那时，父亲离世已过周年，我突然想起他和对他生前的憎恨，愧疚之情一股脑漫过心头。

不用费多大的气力，我轻易打开了爷爷的行李箱。竹编已经腐烂，常年的阴暗潮湿，让它不堪一击。

里面只有一张折叠工整的狗皮，虽然经过熟煮，依然散发着特有的腥臭。我捂着口鼻，一层层打开，惊现一幅红黑颜色勾勒的地图。黑色的线条曲曲弯弯，连接着一个个红色的圆圈，圆圈里写着张王李赵的庄名。在所有的线条与圆圈的包围中，有一个更大的圆圈，上面写着两个更大的红字：据点。经过甄别，红色为狗血，黑色为炭灰。

在市史志办，研究者们一个个睁大了眼睛。他们说，这是一张作战地图。根据图标，据点就是当年日本鬼子在苏北的驻地。史料记载，1939 年深秋的夜晚，这个据点被新四军突袭，全歼敌人一百二十三人。

这张地图是我爷爷保存的。这里不得不说一说我爷爷。

我爷爷是个劁匠。确切地说，就是给猪牛羊乃至猫狗去势的。在我爷爷的手里，那些凶横的东西，一个个变得垂头丧气，直到没有雄性的尊严。所以，家族里觉得我爷爷从事的职业并不光彩，很少有人提起他。

地图几经辗转，送到北京的专家手里。他们一致肯定，就是这张地图，在抗日战争时期，起到十分特殊的作用。

问题又回到我爷爷那里。我爷爷是干什么的？这张重要的地图怎么会在他手里，并一代代传下来？

直到 2019 年的春天，新四军研究总会发函至市史志办，寻找一个外号叫瘌子，大名叫张小根的人，说他是我党地下工作的一名优秀战士。张小根，就是我爷爷。

其时，我爷爷已经被害七十五年。

本文系"荣浩杯"第七届全国微型小说征文二等奖

图：谢颖

房老师的地理课

中学时，我本来是很不喜欢地理这门课的，可是因为教地理的房先生实在太慈爱，教得又好，又是我们班的级任导师，我也就开始喜欢听她的课了。

刚开始上课时，房先生伸出左手，手心向着我们说："中国就像这只手掌，西北高，东南低，所有的河流，都从西北流向东南。"这个比喻真好，我们一个个伸出手来，对着地图愈看愈觉得像。

她要我们把每个省的地图都

记熟，东南西北的邻省也要记得清清楚楚。她说这是第一步要明晰的概念，自己的国家分多少省都不知道，那怎么行。就如同读中国历史，第一步就要会背朝代名称，要记得每一朝的开国元勋和他们成功的原因。如此，才能对历史有整体的概念，否则脑子里一定是一本糊涂账。

整个中国地图默记熟了之后，再逐一默记各省地图，先默记轮廓，次默记山脉、河流，再默记铁路、城市。对地理环境有了概念以后，气候、物产、民情风俗，

八十八分

@琦

君

也就比较容易记住了，因为这些是有连带关系的。她要求每个同学对自己出生地所属的省，要格外熟悉。"这叫作'君子务本，本立而道生'。"她说。

每教完一省，她都要做一次测验，要我们画出这一省的详细地图。有一次我默记江西省，只把"鄱阳湖"误写为"洞庭湖"，其他的部分都没错，她一下子扣了我二十分。我很懊丧地说只是笔误，她说："笔误也不可以，两个湖怎么可以由着你自由搬家呢？"问得我哑口无言。又有一次，我把浙江省的钱塘江误写为"钱唐江"，她扣了我十分，我向她央求："只掉了个'土'字边，少扣五分好不好？"她连连摇头说："莫争，莫争。我扣你十分是要你写字时用心，不要马马虎虎。我虽不是国文老师，错别字也要管。你去地图上找找，中国有没有一条江叫'钱唐江'？这是求正确。无论读书做事，都要认真仔细，不能有差错。"我只好默然了。从那以后，每回看见自己的作文或日记里有错别字，我就会暗暗对自己说："又得扣十分了。"

一个完美的数字

有一次测验，默记的是江苏、浙江两省。我因准备充分，默记得又快又详细，连老师没有要我们注明的浙东次要城市都注上去了。正得意呢，房先生走来站在边上，却发现我桌上有本地图册没有收进抽屉里。她默默伸手拿起来翻翻，偏又发现浙江省那页还夹着一张画有地图轮廓的纸。我有点懊恼自己粗心大意没把地图册收好，却觉问心无愧，抬起头来说："我并没有看。"房先生没作声，却把我画好的地图收去了，她从讲台上拿了张纸来，严肃地说："你再画一张。"我心里万分委屈，连声说："房先生，请相信我，我并没有偷看呀。"她点点头，但仍坚持要我再画。同学们都转过头来朝我看，我眼泪扑簌簌地掉，一滴滴都落在纸上。

我咬着嘴唇，很快就把一张地图画得完完整整的。房先生收去后，摸摸我的头说："不要哭，

> 在对人方面，却不必样样争先，强出风头，倒是八十八分恰恰好。

潘希真，我向你道歉，但你不应当把地图册放在桌上。"

那晚下夜课以后，房先生特地陪我回宿舍。她用手臂围绕着我的肩间："你不怪我吧？"我心情复杂，只想再放声大哭。这一场误会，让我想起在家中，我们母女多次所受的委屈，常使我恼恨困惑——究竟错在何人？房先生把我的手捏得更紧些，我恳切地说："没有什么，我只是好想念妈妈，她回故乡了，我就宁愿住校。我只愿老师能相信我是个诚实的女孩子，妈妈一直是这样教导我的。"说着，我的眼泪又止不住地流下来。

房先生没有再说什么，挽着我的手臂，回到宿舍，一直等我换好睡衣躺到床上，俯身在我耳边低声说："大家应当彼此信任，你好好睡吧。"她跟我邻床的同学也摆摆手，才踮着脚尖走出寝室。

那张地图发回来时，是八十八分。我悄悄地问房先生为什么。她笑笑说，八十八分是她最喜欢的数字，她初中毕业时，平均分就是八十八分。

"八十八分是个完美的数字，"她说，"只差两分就是九十。从九十到一百，还有十分需要努力，这样不是更好吗？"

我仔细想想，也对。好在八十八分以我们学校严格的标准，已经是甲等的高分了。

八十八分恰恰好

我们这班运气差，轮到初中毕业时，刚好举行第一届会考，由省教育厅举办，如同今日的联考。如果考不及格，即使本校毕业考通过了，仍然领不到教育厅颁发的毕业证书。校长集中火力，给我们加油。她对我们宣布："如果会考全体甲等，就可全体免试升本校高中。但如有一人是乙等，就不行。"

她这种承诺究竟是对我们的鼓励还是惩罚呢？至少对我来说，是惩罚。因为我数理很差，考不到甲等，就会成为班上的害群之马，害他们也不能免试升高中。我自觉内心压力更大。偏偏我有个毛病，愈是心情沉重，愈想睡觉。数学或化学还没做完一道题，眼皮就耷拉下来，把同学们气得跳脚。几位数理好的同学，就轮番为我填鸭式恶补。

会考前的几天，我真是首如飞蓬，面目全非。母亲特地从故

亲情剧场 精彩生活

乡赶来照顾我、陪伴我。考试的前一天，我却发起高烧来。

七月的大热天，我烧没退，母亲硬要我穿上夹袄去考试，我闷得浑身是汗，烧反而退下去了。考国文、英文，一点儿都不觉得难。一到考数学，我就抱着必死之心，闭目凝神。

打开卷子，忽觉浑身一阵清凉，回头一看，原来我身旁放了一大块冰。我顿觉头脑清醒过来，同学们为我恶补的方程式，我全想起来了，居然一道道题目都迎刃而解，那种得意兴奋真不用说

了。

成绩揭晓了，果然我们全班都是甲等。这下我扬眉吐气了，昂首阔步地走到学校去看成绩——我的平均分竟然是八十八分。

八十八分，我不由得跳起来，连忙奔到房先生屋子里，大喊道："房先生，您记得吗？您那次给我临时测验默地图的分数就是八十八分，您说您最喜欢八十八分，您初中毕业时的平均分也是八十八分。"

房先生笑逐颜开，点点头说："真巧，八十八分是个吉利的好分数，还有十二分给你努力。希望你高中毕业时，能考到九十八分。"

"那多不容易呀！房先生，您高中毕业时，平均分也是九十八分吗？"我问她。

"也差不多，总之是进步多了。"她笑笑，又接着说，"在学业上、知识上，总要力求进步。在对人方面，却不必样样争先，强出风头，倒是八十八分恰恰好。"

秋水长天摘自《爱与孤独》江苏文艺出版社

图：豆薇

"我爸有点扎"

@ 挂挂釉

女儿刚学会发朋友圈，每天都拿一些旧照片来回发，发完就喊我爱人给她回复。昨天她又找出一张旧照片，一边让我爱人看着她编写文字，一边嘱咐要给她回复。我爱人说："你天天都发，我也没什么可说的了。"她不太服气，说："你跟我爸学学！"看来我在她心里还是有点才气的。她继续说："我每天写作业时，他就能一直在旁边盯着我写，而且天天都有话说。"

我跟女儿一起复习语文作业，有一道题让以 ABB 形式组词，她说不知道。我说："这种词很常用，白茫茫、绿油油都可以，你说一个。"她说："死翘翘。"

每天都要跟女儿追跑打闹一会儿，我扮演不同的妖，去抓她。有一天，我问她："猫妖、狗妖、猪妖、蛇妖我都当了，今天当什么妖？"她说："那要不然当人吧，行吗？"我说："那可太行了。"我心想，终于修炼成人了。她说："那今天你就是'人妖'。"

这学期闺女刚接触作文。有一次作文题目要求写自己的父母，她问我写谁、写什么。我说："写谁、写什么都可以，好的、坏的无所谓，只要是你的真情实感。"

她开始吐槽我的胡子："那就写你的胡子吧！你胡子太扎了，早上叫我起床时，你的脸蹭到我的脸特别疼。"我说："可以啊，你说说怎么个疼法？"

她说："你那个胡子蹭上去的感觉，就像是砂纸和那种不太平的石壁之间的一种材料磨我一样。"我感叹孩子形容感受时已经不限于用疼、难受这种词汇，而是能准确到介于砂纸和石壁之间，这是一个很好的开始。

我说："用砂纸和石壁来形容很精彩。不过你还需要再好好起一下作文题目，最好扣一下你说的这种感受。"她思考了片刻说："就叫《我爸有点扎》。"

辰徽摘自微信公众号露脚脖儿

常识知多少（中国文学篇）11. 第一部推理小说：《包公案》。

扮演

@申平

无论如何，我都不能把我的老师和"老甄婆子"联系在一起。

我的老师甄玉秀，那是多么好的一个老师呀！她从一年级开始当我们的班主任，一直跟我们到五年级。她教我们语文，有时也教我们算数，她还教我们唱歌，教我们舞蹈，她就像妈妈一样陪伴我们成长，毫无保留地在我们幼小心田里播撒着爱与知识的种子，我们早就把她当成最亲最亲的人了。再有一年，我们就要小学毕业了，同学们已经开始悄悄议论，到时候要送甄老师什么样的礼物作纪念呢。可是这一天，她却破天荒地没来班里，一问才

知道，甄老师辞职了……

这消息对我们来说真是晴天霹雳！那天我和同学们都无心上课，放学后就飞奔去甄老师家。我们要当面问她，这消息到底是真是假。没想到老师家里却是铁将军把门。

我们就坐在她家门口等。等啊等啊，一直等到很晚，才有一辆小轿车把她送回来。她看到我们，非常惊讶："孩子们，这么晚了，你们来干什么呀？"

"甄老师，你真的辞职了？你不要我们了吗？"

我们一起紧紧盯住甄老师的脸看，我们多么希望听见她说："哎呀，这是谁在胡说呀，老师怎么

舍得离开你们呢？"

但是甄老师一下子沉默了。半天，她才从嘴里吐出一句话来："是的，孩子们，我不能再给你们当老师了。"

我们立即哇哇大叫，有的扑进她怀里哭，有的跺着脚哭，齐声质问她："老师，你这是为什么呀？"

甄老师也哭了，她哽咽着说："孩子们，对不起，我也不想离开你们呀。只是前些天，我在业余

时间和朋友一起玩抖音，没想到一下子就火了，粉丝涨到上百万，有公司来和我签约，要求每日更新，一天不更新都不行。而我扮演的角色叫'老甄婆子'，是个比较自私、搞笑的形象，这和我的教师身份不相符……所以老师也没办法了。"

那天晚上，我们一直赖在甄老师家不走，希望她能回心转意。最后甄老师说："孩子们，你们不要难过，老师去做抖音只是暂时的，等过两三年，老师就会退出江湖，然后去考中学老师，我还会给你们当班主任的。"

"老师老师，你说话算数吗？"

"算数，一定算数！"

从这一天开始，我们通过大人的手机，每天都会关注"老甄婆子"的视频。

邻居老太太收到孩子寄来的榴梿，不知道怎么吃，老甄婆子跑去说，你闻下这是什么味，这东西肯定是坏了，我替你去扔了吧，然后她就拿回去独享起来；邻居请客，本来没请她，她却"硬要"出席，而且在席上反客为主，最后把主人气走了，大家都气走了，服务员要她买单，她就傻了……

从身材长相上看，这个人就是我们亲爱的甄老师，可是从她现在的穿着打扮，特别是她所做的事情上看，却完全是另外一个人。她穿着一件花袄，抄着手，专门干一些投机取巧、损人利己的事情。所有的人，无论男女老少，一律管她叫"老甄婆子"。才40岁出头的她却一点也不生气，谁这么叫她都笑哈哈地答应。

大人们倒是看得津津有味，纷纷夸赞老甄婆子演得好，把小人物刻画得活灵活现。我气得跟大人争论："好什么好，我们老师才不会那样呢！"大人就说："你个小屁孩懂个啥，知道吧，这叫表演，这叫艺术！"

很快，"老甄婆子"出名了！街头巷尾都有人在谈论她。听说她也发财了，通过粉丝打赏和广告带货，每年收入高达百万以上。

但是我和我的同学们，却渐渐不愿意再提她了。

三年以后，我在市里读中学，有一天和同学一起放学回家，忽然有一辆豪车停在我身边，车上下来一个珠光宝气、穿着时尚的女人。她摘下墨镜，满面笑容地朝我喊："李晓琳，你好呀！"

我一时愣住，看了半天，才认出这是我的老师甄玉秀。我本来想喊她一声"老师"，嘴里却不知道怎么喊成了"老甄婆子"。

她似乎愣了一下，依然亲切地说："晓琳，走，老师请你们吃饭，你们想吃什么都行！"

我看着她，忽然感觉她是那么陌生，离我是那么遥远，我无动于衷地说："老……师，不用了，谢谢您，我们要回家了。"

我看见她的脸上瞬间满是失望，她追了我们几步，柔声说："晓琳，老师一直记着咱们当初的约定呢！如果我再去做你的班主任或者任课老师，你会欢迎吗？"

我默默地看着她，脑子里有两个女人在不断打架，一个是甄玉秀，另一个就是"老甄婆子"。最后，"老甄婆子"占了上风。

我坚定地摇了摇头，转身离去。

离萧天摘自《羊城晚报》

图：孙小片

【编者的话】孩子们眼中的老师究竟是怎样的一种存在，老师是否也有对自身定位的迷惘？

扫描二维码，说说你的看法吧。

我来讲一个故事

@[哥伦比亚] 马尔克斯

从前，有个很小的村子，村里住着个老太太。老太太有两个孩子，儿子十七岁，女儿还不到十四岁。一天，老太太一脸愁容地端来早饭，孩子们见了，问她怎么了，她说："我也不知道，一早起来，总觉得村里会有大难。"

孩子们笑她，说老太太就这样，乱瞎想。儿子去打台球，碰到一个双着，位置极好，绝对一击就中。对手说："我赌一个比索，你中不了。"大家都笑了，这儿子也笑了，可一杆打出去，还真的没中，就输了一个比索。对手问他："怎么回事？这么容易都击不中？"儿子说："是容易。可我妈一早说村里会有大难，我心慌。"大家都笑他。赢钱的人回到家，妈妈和一个表妹或孙女什么的女亲戚在家。他赢了钱，很高兴，说："达马索真笨，让我轻轻巧巧赢了个比索。""他怎么笨了？""笨蛋都能打中的双着他打不中，说是他妈一早起来说村里会有大难，他心慌。"

妈妈说："老人家的预感可笑不得，有时候真灵。"那女亲戚听了，出门买肉，对卖肉的人说："称一磅肉。"卖肉的正在切，她又说，"称两磅吧！都说会有大难，多备点好。"卖肉的把肉递给了她。又来了位太太，也说要称一磅，卖肉的说："称两磅吧！都说会有大难，得备点吃的，都在买。"

于是，那老妇人说："我孩子多，称四磅吧！"就这样称走了四磅肉，之后不再赘述。卖肉的半个小时就卖光了肉，然后宰了头牛，又卖光了。谣言越传越广，

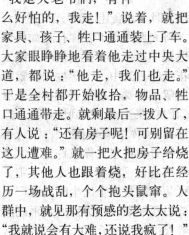

言来，村里人什么都不干了，就等着出事。下午两点，天一如既往地热。突然有人说："瞧，天真热！""村里一直这么热！"这里的乐器都用沥青修补，因为天热，乐师们总在阴凉的地方弹奏，要是在太阳底下，乐器非晒散架不可。有人说："这个点儿没这么热过！""就是，没这么热。"街上没人，广场上也没人，突然飞来一只小鸟，顿时一传十，十传百："广场上飞来一只小鸟。"大家惊慌失措地跑去看小鸟。

"诸位，小鸟飞来是常事！""没错，可不是在这个点儿。"人们越来越紧张，万念俱灰，想走又不敢走。有人说："我是大老爷们，有什么好怕的，我走！"说着，就把家具、孩子、牲口通通装上了车。大家眼睁睁地看着他走过中央大道，都说："他走，我们也走。"于是全村都开始收拾，物品、牲口通通带走。就剩最后一拨人了，有人说："还有房子呢！可别留在这儿遭难。"就一把火把房子给烧了，其他人也跟着烧，好比在经历一场战乱，个个抱头鼠窜。人群中，就见那有预感的老太太说："我就说会有大难，还说我疯了！"

梁衍军摘自故事中国网

图：恒兰

我有一个习惯，每带一届孩子，在初一接手时，都会让他们写下心愿卡：你将来要做什么？你打算如何度过初中这三年？孩子们的心愿五花八门。其中一个学生王鲲鹏的愿望最特殊，他写道：初中争取门门功课及格，拿到毕业证，然后接管妈妈的烧烤摊。

看到这里，你或许会笑：王鲲鹏对自己的要求也太低了吧？可是，这是一个出生时因难产大脑短暂缺氧、智力发展水平比同龄人稍弱的孩子。正是在他身上，我看到内驱力的重要性。

鲲鹏不是一个聪明的孩子，却是一个目标明确并为此可以拼命的孩子。英语单词记不住，就边背边写；还是记不住，就每天在手心里写五个单词，走到哪儿都在背；做错的数学题，整理到错题本上，一天一次，从头到尾。

别人的错题复习一遍可能就再不会错，但他哪怕做了十遍，看到同类题依然觉得是新的。

初一期末考试，数学满分120分，他只得了32分，其他科最高的也不过52分——离及格线太远了，远得让我都觉得不忍心。可是，他却反过来安慰我："老师，

他身上，有真正的少年意气

@ 刘小念

你相信我，还有两年，到初三毕业，我保证科科都80分。"

他的话，几乎让我落泪。我拍拍他的肩膀："鲲鹏，以你的情况，就算没及格，其实也没关系。你的努力，所有老师、同学都看在眼里，你是好样的。"

不承想，他却倔强地说："有关系。"如果没有目标，不给自己一点压力，那这三年他会很煎熬、焦虑。

他以妈妈为例，跟我讲了他对目标的坚信。鲲鹏爸妈在他五岁时离异，妈妈为了照顾他，在校门口租了个不到10平方米的小店卖炸串，每天都给自己设定目标，比如，今天要卖500元，哪怕卖到490元都不收摊。然后，她慢慢发现，只要肯等，一定会有机会，要么是突然来了个外卖订单，要么是加晚班的人刚好路过点上几串……

总之，耐得下心，有信念地去坚持，基本上都会梦想成真。

这是他们母子的约定。妈妈每天卖出自己事先设定好的营业额，鲲鹏每天朝着毕业全科及格努力。

在坚持中培养耐力与信心。这个不及格的孩子，为我上了重要的一课。

初二期末，鲲鹏英语考了65分（满分120分），大大超出了我的期望。公布成绩那天，全班同学为他鼓掌，每个孩子的眼里都充满了光。

那一刻，我见证了愿望的力量。我把每个学生初一写下的愿望卡都发了下去，告诉他们，如果有改动，请郑重地写在上面。那天，他们填写得很认真，一副面对前途的庄重，一副对自我负责的成熟。这份成长，是鲲鹏带给大家的。

下班后，我特意去了鲲鹏妈妈的摊位，向她转达感谢。我告诉这位妈妈，孩子身上的坚韧、执着，是她身体力行给予的。我有幸教到这样的孩子，也替全班同学感谢她和鲲鹏。

这位妈妈哭了。她从没想过，自己那个不是读书料的儿子，也会成为大家学习的榜样。

中考时，鲲鹏除数学得了40分，其他学科都踩在及格线，英语考了79分。令我意外的是，中考结束第二天，他就去了妈妈的摊位帮忙。他的目标是用一周时间熟悉炸串的所有流程，然后接管摊位，承担起养家糊口的责任。

此后每天下班，我都能看到他。炎炎夏日，他在摊位里挥汗如雨。看到我，他远远地打招呼："老师，快来尝尝我的手艺，是不是快赶上妈妈了？"

10平方米的摊位，被他打理得整洁有序。他负责所有的工作，把妈妈安置在一边。不忙的时候，我问鲲鹏："真的决定不继续读书了？"

他笑着说："老师，我不是读书的料，注定要靠体力吃饭。我争取用两年时间把这个小摊位扩大到50平方米。寒暑假淡季时，我就去送外卖。用三年时间，先让我妈实现休息自由，再让她实现旅游自由。"

在鲲鹏身上，我看到了真正的少年意气。知道自己能做什么，然后把能做到的事情做到极致。这样的他是发光的，这样的青春是无悔无憾的。这样自动自发自驱的人生，自带马达。

林一摘自微信公众号写故事的刘小念

我说的秘密长成了疤

@橘炽

不能说的秘密

老师总说，大家要团结友爱，要乐于助人，要正直善良，我自觉地对号入座，觉得自己就是这样的好孩子，直到初二那年发生了一件事……

那时，班上有一个长相普通、成绩也很普通的女同学，叫陈小甜，是初一下学期中间突然转过来的。

要说陈小甜唯一不普通的，大概是她比较"耐热"。夏天气温高，她还穿春秋季的校服外套。问她，她就说不热。

一次偶然的机会，我发现了陈小甜不能说的秘密。

那是六月运动会期间，天气很热，我贪吃雪糕吃坏了肚子，于是就近选了一个女厕所去解决。

厕所位置有点偏，平时也就没什么学生会来。陈小甜进来时，我没发出任何声响，所以她大概以为里面没人，很放心地打起了电话。

想不到平时看起来那么闷的人，居然也违规带手机进学校了。我听她说话的声音越来越激动，不禁有点好奇电话那头是谁。就在这时，我不慎撞到了厕所门板，发出了不小的声响。

陈小甜说话的声音一下子就止住了。被发现偷听，确实挺让人难为情的，但我想着，既然被发现了那就磊落一点吧，于是站了出来。没想到，许是天太热，又以为这边没人，她把袖子卷上去了，露出了斑驳的、有点黑、有点皱的圆形伤疤，有点像……烟头烫的？

察觉到我的视线后，陈小甜赶紧把袖子放了下来，神色惶急。

"拜托，请千万不要说出去。"她望着我，颤抖的声音显露出她的不平静，带着点恐惧，也有些恳切。

说出去什么？我愣愣地点头，隐约感到，自己好像知道了一个了不得的秘密。

我可没造谣

出于寂寞，出于炫耀，出于一些可耻的小心思，我把陈小甜的秘密拿去做谈资，告诉了我的好朋友，而她或许出于和我一样的小心思，也将其分享给了她的好朋友。一个口口相传的"秘密"，在同学们隐晦的目光中流转，在他们的口舌中翻来覆去，扭曲得不成样子。

当越来越多异样的目光汇聚到陈小甜的身上，她发现端倪自然是顺理成章的事。

有好几次她看向我的方向，似乎有话想和我说，但我都有意无意地避过了。

终于有一天，风声传到了班主任耳朵里，她叫陈小甜去办公室谈话。陈小甜回来时我正在自己的座位上吃饭，猝不及防之际，她抄起我桌上的汤盆泼向了我，油腻的汤汁在我的头发上、脸上、衣服上流淌着，滴滴答答，弄脏了我的课桌、我的课本、我的书包。

"谁让你造我的谣！"她红着眼眶，恶狠狠地盯着我。

气味浓重的汤汁严重刺痛了我的嗅觉神经，我反应过来，羞愤之下，抄起手中的饭就朝陈小甜砸去，和她厮打成一团。

因为她拿汤泼我，我再无任何愧疚的情绪，厮打过程中，我甚至有意去扯她的衣袖，心中满是阴暗地想：你不是怕被人看见吗？我偏要把你的伤疤亮出来，好让同学们看看，我可没有说谎造谣！

果不其然，当我硬把陈小甜的衣袖撸了上去时，她暴露的伤疤引起了周围人的注意。

班主任出面，最终结束了这场闹剧。事后，我和她都是一身狼狈。

我们逼走了她

流言蜚语越传越广，渐渐地，不只我们班的同学，连别的年级也都知道了。

和我一样好奇的人，校园里比比皆是。于是，一双又一双陌生的眼睛，用或厌恶或好奇的目光不断打量、探究陈小甜身上的每一点蛛丝马迹，比如手臂上来历不明的伤疤、一落千丈的月考成绩、廉价土气的穿着……

事情愈演愈烈，到了班主任不得不出面的地步。她在班上澄清那些传言，并警告大家不能再说闲话。也许别的老师也这么警告了，所以见效很快，一下子就没什么学生敢在大庭广众下讨论陈小甜了。但是，明面上制止了，暗地里还在流传。

那天班里有同学"正好"去办公室交作业，听到了部分谈话，回来后"家暴论"就小范围地传开了，说是陈小甜有个家暴的父亲，她手臂上的疤是她爸喝醉酒、撒酒疯时烫的。当我以为这就是真相时，又有别的版本传出，说

是有同学偶然听到班主任和别的老师聊天，说陈小甜手臂上的疤是小时候被流浪汉烫的……后来，不知从哪里又传出了别的版本，或有理有据，或荒诞离奇。

然后，就在真相于流言蜚语里变得越来越扑朔迷离时，陈小甜离开了学校。

这在意料之外，又在情理之中，没有人能忍受那么多欺辱而无动于衷，是我们逼走了她。

我将她的秘密当成饭后谈资，狠狠伤害了她，用锋锐的匕首划伤了她的青春，留下了一道去不掉的疤。

这疤，铭刻我的错误，记录她的忧伤，也许改变了她的一生。

随着年岁增长，随着越来越多校园霸凌事件被曝出，我终于知道自己在当年犯下了怎样的错误。为此，我忏悔着，并在回望时发现，原来这疤也早已印刻在我的青春记忆中。

田龙华摘自《中学生百科·小文艺》

图：陆小弟

倘若时光能倒流，这道心上的疤痕能否化解？扫码看心理专家为你解读"不能说的秘密"。

外面的世界

放｜飞｜预｜演

@ 左 琦

中考完的儿子，有了相对悠闲的一段时间。丈夫把他带到南京。

父子俩每天五点半起床，根据"小红书"的指引，扛上单反，去领略这座城市的五彩斑斓。

旅居南京一周，丈夫手头还有工作，儿子将独自一人返回长沙。这在他人生中，还属头一回。尽管有些担心，但我还是决定放手让他试胆。

不就坐个高铁？儿子的脸上，看不出任何惶恐和忐忑不安。也许，内心窃喜万分也未可知。

临行前，丈夫左交代右提醒：包里有相机，行李得留心；注意查看指示牌上显示何种颜色地标，方便寻找车厢的准确位置；电话手表时刻保持畅通，以便第一时间能找到我们……

"拜拜拜拜拜拜！"儿子将背包潇洒地往肩上一甩，似是把刚才的嘱咐也潇洒地甩到九霄云外，大步流星地进了候车厅，头也没回。

没过多久，就来了儿子的问询："我座位号是多少？"

丈夫一脸黑线："不是早发给你车票信息了嘛！"

"哎呀没看，反正你会送我！"儿子一句云淡风轻的话，差点没把丈夫送上即将爆发的火山岛。

高铁启动，儿子对着信号微弱的平板龇牙乐呵，也不知跟谁聊得热乎，时不时抱怨萍踪无定的网络。

一路貌似无惊无险。

直到儿子在武汉站泡方便面，丈夫猛然起身，继而友好地打招呼："你好，儿子！"儿子当场石化，那吃瘪又诧异的表情，让丈夫只能把笑意狠狠地憋在心底。

不是说好了独自返程吗？想象中的自由就这么难实现吗？又被老爹"套路"了？

儿子陷入深深的困惑中。

"老爹跟踪我！"儿子向我吐槽。想必接下来的行程，远没有之前所谓的"自由自在，无忧无虑"了。

回到家，立马召开家庭会议。丈夫早有准备，打开手机上的记

外面的世界

事本，细说了情非得已现身的原委。

原来，丈夫一直坐在离儿子仅隔两排的位子上。从上车起，他便大为光火。儿子先是朝错误方向跑到车头，再折返回来，在寻找车厢号上大费周折。据他观察，行李架满满当当，儿子只能将背包放在较远的地方，这无可厚非。但高铁停靠站点的时候，儿子并未起身留意过自己的行李物品。如果背包里的相机没拿出来倒也罢，但因沿途有雨后初霁的美景，儿子拿出相机来拍照，可正当武汉站人流量大的时候，他为了泡一桶方便面，把相机、平板、手表统统放在座位上，自己却站在车厢连接处狼吞虎咽，在此过程中也丝毫没有察觉到丈夫的存在。诚然，儿子考虑了他人感受，但神经如此大条，毫无防人之心，终究让丈夫坐不住了。

儿子听罢，一言不发，表情庄肃。

"不过，你主动帮女士摆放行李箱，体现了你的善良和热心，这一点我必须肯定。"丈夫以此结束发言。

儿子的眉头稍有舒展。

看着儿子一副不置可否的表情，我问："儿子，老爹说的，你可认同？"

儿子点点头，小本儿记上了刚才的几个要点：贵重物品不脱离视线，通信工具随身携带，合理规划路途上的休息和阅读……

"假如老爹趁你吃面，藏下你的东西，你会怎么处理？"儿子的脸有些惨白，假若真的遗失，他怕是难以交代。

"我会报警，会查监控。"

"那是否会耽误行程，延误工作和学习呢？"

儿子若有所思，又点点头。

会议尾声，我总结："生活是本'大书'，比纸质书更具挑战性，更需要细致、机敏和经验，也更能淬炼人生的钢刃，散发奋斗的色泽。这本书有时情节跌宕、妙趣横生，有时却乱石飞扑、险象环生。它传授你技巧，也给予你教训，这取决于你对这本书的认知与理解。权当这次老爹的暗中陪伴，是对你彻底放飞的预演。不过，既然始作俑者与一桶方便面有关，可以今后不吃它了吗？"

我朝儿子狡黠地眨眼。儿子摸摸后脑勺，腼腆地笑了。把锅甩给方便面，谁都不冤！

白丁儒摘自《阅读时代》

"我的父亲一生只做了一件事，就是办学校，小学；我的一生也只做了一件事，就是写小说，短篇。"

——林斤澜

【作者简介】林斤澜（1923—2009），作家、诗人、评论家。原名林庆澜，曾用名林杰、鲁林杰，浙江温州人。中国作家协会会员，曾任《北京文学》主编，中国作家协会北京分会副主席等职务。被文学界誉为"短篇小说圣手"。

造 句

@ 林斤澜

汉山小学四年级的班主任辛苦了一天，傍晚下班，还要撑着脚步，绕道"家访"——就是找找家长，特别是判分发生问题的时候。

家长刚下班回家。沏上一杯龙井，眼望绿雾如烟，肠胃自在舒张，看见班主任来了只好顺手让茶。

班主任微微喘着气，接过碧绿茶，不觉连喝几口，手里递过去作业本。家长竟觉得班主任太认真了，自己忍着叹气，皱着眉头打开本子——

"造句：天真——昨天真倒霉。"

家长愣了愣，不由得暗笑：

刘强这小子不是不会。就是犟。成心。

"造句：天气——这两天气得我气儿不打一处来。"

家长心想：还带气儿，过分了。也别说，思想倒活跃。

"造句：天天——李石叫天天不应。"

家长忖度：歪用成语。可用得还四平八稳的……他妈老埋怨名字起歪了：刘强，听着是"牛犟"。可你犟得过老师？

班主任喝完了碧绿茶，出来一句话："这叫人怎么判分？"

谁都明白"判分"的分量。"分"就是成绩，就是价值。小成绩加起来就是大成绩，就是前途，就是命运。家长接着往下看——

"造句：但是——毛保宝打

水漂打开了李石的脑袋，但是他爸说开个价吧。"

家长心头一跳：这里边藏着事儿。回头叫刘强，刘强没答应。莫非找李石去了？赶紧跟班主任说：就在胡同口，李石怎么在把角那儿练起摊儿来了。

说着拉上班主任往外走，路上班主任告诉家长，毛保宝的爸爸是大款，难怪开口就是开价。李石的爸爸刚下岗，妈妈又偏瘫，李石三天没来学校……说着走到胡同口，黄昏里，看见摊子已经归置在一边，刘强正指点着裹着纱布的李石，在作业本上划拉着什么。家长望着班主任一笑：好一幅"补课"图画。

班主任正要往前抢上一步，又见李石的爸爸蹬过三轮车来，李石和刘强架起瘫在摊儿边的妈妈，连抱带抬上了三轮，推着过马路去了。

家长随着班主任走到摊儿前，班主任随手拿起作业本，习惯地翻看，家长却盯着儿子的背影，心想谁说"牛犟"跟"缺根弦儿"一般？看看从什么角度判分吧。我也来造句，也造造"但是"……"可以有个性，但是不可以狂。"家长自觉有点抹稀泥的味道，又

来一句，"乐于助人，但是也要坚持原则。"眼角里看见班主任对着作业本摇头，又判了不及格吗？再来一句："判分不等于一切，但是关联着一切。"好哩，家长给自己判了声"好"。虽说还是"抹"，可是他认为抹得"好"。正当他自我欣赏的时候，却又看见班主任把作业本一摔，扭头就走了。

家长赶紧抓过本子看孩子们的"补课"："造句：但是……

——班长哪门功课也不是尖子，但是他听话第一；

——老师说教师节不要送礼，但是家长们送脑黄金脑白金；

——赵庆什么都不送也当干部，但是他妈是局长。

——老师教导我们不说假话，但是说真话不及格。"

这时，家长看见刘强和李石送走了车，正合计着什么往回走来了。还造句吗？简直是哥儿俩。家长的精神一恍惚，眼前竟出现汉山小学的班主任和家长自己。班主任一身绿茶水变稠了，硬了，化不开了，跟苦胆似的吐出苦水：糟糕，把判分忘了。家长自觉透明，毫不抹稀泥，说："真棒，把判分忘了！"

摘自《读写月报·初中版》

天｜意

@ 林斤澜

小说作家坐在小车的副驾驶座位上，斜挎保险带，直闭单眼皮。任凭车轮腾云驾雾，脑筋反复四句"真言"："不懂之懂，不是装懂。若是真懂，懂者董也。"懵懂，又有糊涂的意思。这四句绕嘴，绕得拱嘴。不但把做小说的噱头拱起来，连做人的大说也拱得痒丝丝了。

此刻，作家的笑容"破脸而入"，眼皮随着睁开。大地苍茫，暮色四合。小车右前方，一灯如豆。照见黑灰刷白："大都小吃"，下边是菜单价目，小字横爬，大字醉倒。作家暗暗叫好，且把附近的灯光斑斓，只看作荧光山火，眼前便是荒村野店。吩咐停车，趔趄着投身玻璃柴门。

店门口有一中年汉子，正在拉窗帘上门板。

作家嘴里说着"看看，看看"，自问自答："你是大都经理，还是小吃老板？"

汉子咳了一声，伸手阻拦，却眼睁睁地吃惊住了。

作家看见柜台上昏昏洞洞，角落缩着猪头肉。呀，好一个猪头肉！好久不见，一见不禁联想风雪夜归，作家落座。

不由分说，桌上推过来一碟盐水花生米，又一碟卤煮豆腐干，又是大盘的切片的猪耳朵、猪脸、猪拱嘴。这都是小吃老板又是厨师又是跑堂一人的忙活，又是筷子却两双，又是酒杯也两个，最后上来一壶酒。

诸多超过小说作家的想象。

小吃老板一手举杯、一手抱拳、一声"请"，一饮而尽。作家纳闷，老板开门见山："台上台下，认得认不得，在下从小喜爱文学，早年称得起发烧友，现在还得称粉丝。二十年前,听过你老登台报告小说。"

小说作家嘀咕道:"现在也还懂者董也,二十年前报告什么呢?小说?"

"小说。"

"小说的什么呢?"

小吃老板毫不迟疑,笑道:"忘记了,统统忘记了。"看见作家有些尴尬,补充一句,"小说天生是记不住的。"

"可有记得住的天生吗?"

"有。"老板用筷子点点猪头肉,"你说猪,浑身是宝,猪头肉,宝中之宝。"老板夹起一块拱嘴,"拱嘴天下无双,不腻、不柴,还筋道……"

"哪儿跟哪儿哪。"

"平生第一次听这么讲拱嘴,至今二十年没忘。""不是报告小说吗,肯定是拿拱嘴打比方,比方小说好哪儿?"

"小说顺溜,左耳进,右耳出,把拱嘴留下了。"

作家无奈,叹口气举杯。老板安慰道:"顺溜。""美。""做梦一样。""美梦。""腾云驾雾。"老板连连伸大拇哥,连连端酒杯。

作家顺着猪头肉的思路,琢磨道:"哪儿跟哪儿,拱嘴不腻、

不柴、不肥又不瘦,还筋道,莫非就是拿这个比方那真言:不懂之懂,不是装懂。若是真懂,懂者董也! 齐了齐了,这比方的尺寸跟定做似的……"

"可是报告完了,跟梦醒了似的,全忘了,都不知道身子在哪儿了。"

"我给你解释解释吧,为什么不腻?非肥肉,可是滋润。为什么不柴?非瘦肉,可是入味。为什么筋道?非筋头,一不塞牙,二不落渣,越嚼越有滋有味。这就是比方四句'真言',好比门上墙上把福字倒贴,取其精华弃其糟粕……你只点头做什么?"

"你眼色发亮,皮色透红。"

"你记住了。"

"这几句解释,算是留下了。不腻、不柴,还筋道。保证二十年不忘。平生没听过这么解释拱嘴的。"

作家长叹一声,举杯祝酒:"天意,天意。"

摘自《光明日报》 图:陈明贵

扫码进入中国微型小说学会微信公众号,更多精彩微型小说等您发现。

少年的最后一课

@程则尔

那一年，得知家族里一位远亲在同城另一所小学当班主任，父亲立即惊喜地为我办理转学。把子女交到熟人手里，或许能多几分特殊关照，这是父母不惧折腾的意义。

在新学校门口，我见到了那个我从前称呼王阿姨，此后称呼王老师的人。她握住我的手，笑容和煦地说："欢迎加入。你看起来很聪明，一定是个优秀的好孩子。"作为中等生，我不曾听过这样的好评，竟然当场红了脸。

随后，王老师热情地把我介绍给全班同学，请大家一定要关照我，并把我安排在光线明亮的靠窗座位。来自新集体的温暖，很快消解了我内心的忐忑。

在稚嫩的年纪，一朵小红花便能激发无限动力。为了能对得起王老师的厚爱，我对自己要求严格了许多，认真对待每一项作业，积极举手回答提问，经常去办公室与老师互动，学习成绩稳步提升。

新小学在城乡接合部，同学基本上都是附近农民、菜贩的子女，对田野很熟悉，离城市略远。相比之下，我来自中心城区，见识略微多一点。当我彻底融入班级，不再有新同学的拘谨后，随之而来的是一种鹤立鸡群、春风得意般的优越感。

在期末考试中，我的语文、数学双双获得满分。王老师笑得合不拢嘴，请我去饱餐一顿，并趁势让我担任班长。就此，我成为各科老师眼中的宠儿、班上的风云人物。

> 老师的偏爱只能陪伴一程，你终究要独自面对漫长的人生……

在王老师的关照下，我度过了堪称人生高光的一年，至今回味，仍觉悠长。我协助老师批改作业，管理班级秩序，主持元旦晚会，代表班级上台为灾区募捐，还竞选了学校少先队大队委，获得诸多同龄人不曾有的体验。

少年时光如水流，转眼间，六年级下学期到来。开学时，王老师找我谈心，表示准备让其他同学担任班长，让人人都有锻炼机会。没有征兆的"下岗"让我很诧异，父母安慰我："或许王老师是想让你专心备战小升初考试。"

但事态的发展证明了我是自作多情。第二天的语文课学习古诗，王老师请大家发言谈体会。看见诗中那句"一枝红杏出墙来"，有些早熟的我抢先发言："我想到了红杏出墙这个成语。"

这不是一个小学生应该掌握的成语。在同学似懂非懂的稚嫩目光中，我没有等来王老师赞赏的笑容，"知道了，其他人呢？"她的目光只在我身上停留了半秒，没有给予肯定或否定，就不耐烦地摆手示意我坐下。

从前，王老师非常期待我的发言，每次举手，必会被她抽中。陡然的转变就连同桌都看出了异样，凑过来说："我感觉王老师没从前那么喜欢你了。"

这话确实没错。毕业前最后半个学期，我发现王老师对我的态度真的变了，仿佛一夜之间换了个人。从前总是被她写满赞赏评语的作文本，如今只有两句简洁的评语；国旗下发言、队伍前领操等亮相机会，不再是我的专属；组织各类班级活动，我也不再是她第一时间寻找的"小智囊"……

我们之间，仿佛隔了一道无

形的壁垒，谈不上遥远，但也不再亲近。我回家向父母哭诉，他们也无法对老师的教育方式指手画脚，只叮嘱我好好表现，不要惹老师生气。

老实讲，尽职尽责的王老师挑不出任何毛病，对我也没什么不公平的针对。只是当一个享受惯了热情关照的少年，一夕被剥夺所有特权，变回普通学生时，那种高位落差足以在稚嫩的内心触发一场地震。

整个学期，冷遇没有转暖，我像一只失去搀扶的斗败的小鸡，跌撞学习，独立行走。在那不断反思自己的半年，我性格收敛了许多，也安静了许多，终究沿着按部就班的成长路线，如愿考取理想的初中。

因为突然生出的距离感，小学毕业后，我和王老师再无联络，师生情戛然而止，重回相知不相见的远亲关系。

在多年以后的一场宴席上，我们再度重逢。惊觉时光摧折之力，更叹服岁月疗伤之效，稀释过往不快，让一对多年不见的师生，还能在人群中一眼认出彼此，举杯欢碰。

趁着气氛融洽，我直截了当开口，渴望解开年少时的疑团。

桃李满天下的王老师回想许久才恍然，问我还记不记得六年级时的浮躁。在她的引导下，我回想起了那些仗着优等生身份与老师偏爱特宠而骄的画面：想要努力的后进生向我请教习题，被我嘲笑装模作样；为了制止午休时讲话的女同学，我狠狠一脚踢在对方的课桌上；我故意不带画笔，把刚刚毕业的美术老师气得眼角含泪……

"能得到大家青睐，是你刻苦努力、积极上进的必然结果，但若因优秀而不群，甚至看轻一切、傲比天高，却是我不愿意见到的。"王老师和盘托出那些被掩藏的初衷，"故意冷落一个小学六年级的孩子是否合适，我内心曾有挣扎，但我仍决定磨一磨你的利刺，让你在挫折中学会谦虚和稳重，更让你明白老师的偏爱只能陪伴一程，你终究要独自面对漫长的人生……"

王老师继续说下去，和煦的笑容一如当年："我认为，这是比学习知识更重要的人生一课。"

海城楼摘自《知识窗》

图：豆薇

@ 杨学涛

传国玉玺的"传国史"

被叫作传国玉玺的玺自古以来有且只有一个，就是秦始皇的那一个，玺文是"受命于天，既寿永昌"。既然得到传国玉玺是"受命于天"，失去玉玺就是"气数已尽"，那新旧政权必定把它作为必争之物，于是，就有了传国玉玺两千多年颠沛流离、光怪陆离、离谱离奇的所谓"传国史"……

传奇之一：湖里捞起来

据《史记·秦始皇本纪》记载，秦王政二十八年，也就是公元前219年，秦始皇坐船经过洞庭湖口，风浪骤起，眼瞅着马上就要翻船，秦始皇一阵慌乱，想想船上好像只有玉玺有可能发挥一点神力，于是便把这玺抛到了湖中，祈求神灵显灵保佑，这一扔，传国玺自此失踪。

大概过了八年，一位秦朝的使者经过华阴的时候，被一个手持玉璧的神秘人挡住，持璧人说："今年祖龙死。"所谓"祖龙"即人之先也，又天子称龙，秦始皇

乃"皇帝"之始创者，因而亦被称为"祖龙"。后来，使者就把玉璧给了秦始皇，并把情况告诉了他。嬴政知道这件事后，忐忑不安，细细观察这块玉璧，发现正是沉到湖底、消失多年的传国玉玺。

你看，就是这么巧，就是这么传奇，想来这位持璧人是专业潜水或者捞鱼的吧，信不信由你。

传奇之二：碎了补起来

秦朝覆灭之后，传国玉玺被献到了刘邦手上，这块玉玺真的开始传国了，或者说开始流浪了。

据《汉书·元后传》和《册府元龟》记载，王莽篡汉后，当然要标榜自己的皇帝"正统"地位，传国玉玺也必须拿到手，于是便叫人逼迫他的亲姑姑孝元皇太后王政君交出手里的传国玉玺。但这位太后也是个鱼死网破、玉石俱焚的狠角色，一气之下将玉玺用力地摔在了地上，碎了一角。这王莽一点儿不嫌弃，得到传国玉玺后大喜，并连忙找人用黄金

把这摔碎的一角给填补了上去。

这就是中国特色"金镶玉"的起源。

传奇之三：宫女藏起来

根据《册府元龟》和西晋史学家乐资所著的《山阳公载记》记载，东汉末年，十八路诸侯讨伐董卓，董卓放弃洛阳皇宫逃跑，而孙坚率兵驻扎在洛阳城南的宫殿中。一天，孙坚突然发现宫殿中一口井里闪着五彩的光，结果一捞，就捞起来一具宫女的尸体，宫女身上有个锦囊，里面有一枚玉玺，上面篆书"受命于天，既寿永昌"，还缺了一小角，这不就是传国玉玺吗？于是，孙坚就把玉玺交给了妻子保管。后来袁术知道了这件事，下令扣押孙坚的妻子，孙坚被逼无奈，只好交出玉玺。可惜后来袁氏败于曹操手下，传国玉玺又回到了汉献帝手中。

兜兜转转，这传国玉玺像是一匹识途老马，又回到了老刘家。

传奇之四：地里挖出来

据《册府元龟》记载，后唐末帝李从珂被契丹击败，登上玄武楼自焚，这玉玺也跟着遭殃，自此下落不明。

都被烧了，这传国玉玺的故事想必应该结束了吧？不，接下来就是见证奇迹的时刻：北宋哲宗时，有一农夫在耕田的时候发现了传国玉玺，随后送到朝廷，虽然朝野上下大多数人都怀疑它的真伪，但经过十三位学士的考证，"认定"这就是始皇帝所制的传国玉玺。你看，这玉玺像是浴火的凤凰，它又重生啦！

靖康之耻后，金兵攻破汴梁，"传国玉玺"随徽钦二帝被金国掳走，随后销声匿迹。

传奇之五：贝加尔湖畔找出来

那，你以为终于可以结束了？不，1293年，元世祖忽必烈去世，在大都，传国玉玺忽然又在集市上冒了出来，大臣伯颜立马让人把它买了下来，"玉玺"自此归入大元。朱元璋称帝以后，元朝廷逃往蒙古草原，后来，朱元璋还派遣徐达到漠北追击蒙古朝廷，据说真正的目的就是去找传国玉玺，但最终空手而返。有人据此猜测，这传国玉玺极有可能至今还在美丽的贝加尔湖畔，等待着我们去让它重见天日。

离萧天摘自《北京青年报》

小偷的留言

@ [日]黑井千次
陈喜儒 译

用手指轻轻一推，被雨打湿的铁门无声地开了。果然不出所料，雨水像润滑油一样浸透了门上的合页，没有一点儿声响。

从院门到房门只有两三步。街角路灯的光亮，被邻家的树木遮住了，照不到这里。他在黑暗中蹲下来对付这门锁。这是潜入人家时最紧张的时刻，说不定哪里有双眼睛正在看着？他背上直冒冷气。

今天晚上这门锁不好对付。一般的门锁用工具轻轻捅两三下，就能找到门道，再加把劲就能打开，但今天这门锁鼓捣了半天却没有要开的迹象。他心里直打鼓，仿佛面对着一个摆好了阵势的无敌将军。

他与这门锁格斗了好一会儿，突然无声地笑了。俺太糊涂了，道行实在太浅……

原来这门根本就没有锁。

根据他掌握的情况，这个时间房主人不会回来。不过，也说不定。他小心翼翼地走了进去，突然踩上一个硬邦邦的东西，差点摔倒。他急忙屏住气，但黑乎乎的屋子里一点动静也没有。

他拿出手电筒照了照脚下，原来是踩上了一只黑色高跟鞋。另一只高跟鞋扔在房门的对面。不只是这一双，水泥地上到处是男鞋和女鞋。他想，为了逃跑时方便，应该把这些鞋归拢一下，于是在水泥地上把一双双鞋摆成一排。全都是成人鞋，整整有13双。

在铺着地板的门廊里，拖鞋东一只，西一只，横躺竖卧，一片狼藉。他急忙把拖鞋放在鞋架上，以防踩上滑倒。

寝室里更是一塌糊涂。床上摊着打开的报纸，暖炉上放着用过的碗筷，烟灰缸里堆满了烟头，还有单只袜子，黑乎乎的枕头，吃剩的苹果，残缺不全的衣架……

他想，在动手之前，应该先清理一下，于是就手疾眼快地干了起来。他把碗筷送到厨房，发现水池子脏得叫人恶心，不得不洗一洗。他打开洗衣机，把枕套、袜子、衬衫扔到里面，又把澡盆里不知积了多久的水排掉，擦洗那黏黏糊糊的瓷砖。

打扫卫生用去了不少工夫，最后连偷东西的时间也没有了。他在擦得干干净净的桌子上，怒气冲冲地留下了一张纸条：

好好整理一下！脏得使俺连偷东西的情绪都没有了。小偷。

第二天，他装作若无其事的样子从那家门前走过，发现那家的信箱上贴着这样的留言：

感谢你的清扫，欢迎常来。一个妻子被盗的男人。

摘自《世界文学》 图：佐夫

冬日愉快

@林帝浣

天冷了，
我的脂肪肯定不是亲生的，
它们都不愿意为我燃烧。

冬天能穿多少穿多少，
夏天能穿多少穿多少。

你会发现，
袜子永远只会丢一只，
如果两只都丢了，
你根本发现不了。

有些人坐久了站起来，
就是为了
调整一下秋裤的角度。

上帝关了一扇门，
然后把窗户也关上了，
上帝这是要给你开暖气。

不管今天做错了什么，
被窝都会原谅我。

他人笑我穿得厚，
我笑他人冻得透。

实在太冷的时候，
只能靠
把手夹在屁股下面取暖。

摘自微信公众号小林

一碗清油白汤面

@海波

延川县动物卫生监督所所长高向林给我讲过一件事。他说小时候对外爷（外祖父）没好感，因为外爷一来就要吃他家的白面，他们弟兄三人不仅吃不上，还无缘无故受气。

他说，外爷家村子离他们村很近，只有五里路，外爷常来，来了不住，吃一顿饭就走。他妈总留一点白面在小罐里，谁也不给吃，只等外爷来吃。外爷一进门，他妈就开始骂他们了，一会儿嫌他们把炕上席子踏坏了，一会儿嫌他们把"脚地"弄脏了，直到把他们骂出门为止。

他们虽然小，但心里都清楚，这是他妈要给外爷做白面吃，因此都不肯走远，只在院子里玩。一边玩，一边竖起耳朵听。听见窑里发出"扑朗、扑朗"的声音时，就知道那是他妈用铁勺从小罐里往外挖白面。罐罐小，勺子大，面不多，窑里安静，加上他们早有预感，所以这声音显得格外响亮，震得他们心锤儿直动弹，身子不由得朝门前蹭。哥哥扒在窗台上舔开窗纸往里瞅，他和弟弟扒在门上透过门缝往里看。

只见外爷坐在靠近锅灶的炕头上，端着一根长杆子旱烟袋，一边抽烟，一边说话；妈妈一边漫应，一边揉面，同时还看管着灶口里的柴火。平时做饭时，妈妈总喝令哥哥和他帮助烧火或者拉风箱，总说她一个人做不过来，抱怨没人帮忙。这时候好像能做过来了，不但能做过来，还做得很利索。只见她把那块小碗口大小的面团在案板上揉过来，揉过去，揉了擀，擀了叠，叠了切，切完后又提起个头头在半空里抖。面抖好了，锅里的水就开了，妈妈揭开锅盖下面时，水蒸气一下冒出来，弥漫了窑洞，什么也看不见。

"
你妈妈是他的女儿，是六个儿女中最小的，从小就没了娘，是他又当老子又当娘抚育大的哩。

等到水蒸气散尽时，外爷已经磕了烟灰，套上假牙，挥动高高的颧骨开始吃面了。别看外爷牙不好，吃起白面来还挺利索，第一碗已经吃完了，第二碗也端起来吃开了，这时他们的心收紧了，都把目光集中在第三碗上——这碗最少，是个"残底子"，但对他们弟兄三人的意义最大。根据以往的经验，外爷有两碗就够了，

剩下的这碗"残底子"是他们的，至于具体落到谁手里，不好说，全出在妈妈的嘴里。

妈妈分配这个事不但没规律、没原则、没道理，还有多重标准，给弟弟吃时说，大的就应该让小的；给哥哥吃时，又说大的做营生，小的光会吃；给他吃时理由更奇怪，说："这点就让二子吃了，他常因为犟嘴挨打哩。"听得他好心酸。虽然很心酸，但还是希望听到这句话。比起那碗带清油汤的白面来，心酸是个小事情。

因为都有希望，所以三个人都挤在门边等，都盯着外爷的脸和妈妈的手，尤其是妈妈手里的那只碗。时间虽然过得慢，但总在前进着，关键的时刻终于来到了。外爷终于吃完了第二碗，慢慢地放下碗，然后一手往下放筷子，一手在嘴巴上抹，显然是不吃了。

妈妈端起那碗"残底子"，先朝门边看了一眼，然后曼声对外爷说："大，再吃上一碗，做下的

多哩。"按照惯例，外爷这时会很认真地批评妈妈："你不一颟顸（mān hān，糊涂而又马虎）得哩么，肚子的大小有数哩么。"这话一出口，就轮上他们弟兄三人比拼和命运之神的亲密程度了。

谁知那天外爷没说这话，看了一会儿盘子，看了一会儿面，看了一会儿妈妈因营养不良而清瘦的脸，甚至还朝门口看了一眼，竟然用商量的口气轻声说："你说吃了？那也能哩，我也是个眼馋肚饱。"说着伸手接过了那只碗。

妈妈对此似乎也没有准备，脸上有笑，但眼里有点茫然，散散地看着外爷，似乎在叹息。外爷倒是从容不迫，正忙着往面里加调料。放别的调料时他们没注意，只注意到放辣子时的姿势：狠狠地挖了一筷子，重重放到面碗里，然后慢慢地往匀里搅。外爷在碗里搅，他们在心里灰，就像眼看着一只马上到手的蝴蝶飞走了那样。因为他们都不敢吃辣子，一放进辣子，这面就和他们无关了。于是，就准备离开，灰溜溜地离开。

可就在这时，转机出现了。外爷把调料调好后，突然宣布他不吃了，还郑重其事甚至有点危言耸听地说："吃了，说不定还要受这东西的害哩。"

这时，他们看见妈妈不高兴了，这是他们第一次看见妈妈在外爷面前表现出不高兴。妈妈抱怨说："你老人家也是老憋了，你不吃，放什么辣子啊？还放这么多？"外爷似乎不解，用咨询的口吻问："你不是爱吃辣子吗？现在不吃了？"

妈妈一听，没说话，闭了眼睛，摇了摇头，然后用筷子尖尖一丝一丝地往外挑那辣子星星……

高向林说到这里，不说了，反问我："你说我外爷这样做是为什么？"我当时口里没回应，心里说："为什么？为了让女儿也吃一点呗。你妈妈是他的女儿，是六个儿女中最小的，从小就没了娘，是他又当老子又当娘抚育大的哩。"

读这文章的人可能会问，这事好奇怪，你怎么知道人家的事呢？这事不奇怪，高向林是我的表弟，他妈是我三姑，他外爷是我的爷爷，自己家里的事能不清楚吗？

林冬冬摘自《延川城里去赶集》

陕西人民出版社　图：陈明贵

分寸

@[新加坡]尤今

学生玉敏热爱写作，一日，将一篇千余字的习作呈交给我。

我仔细读了，发现她的长处是词汇丰富，短处是内容贫乏。

题目是《友情》，写她和一个同学从好友关系到翻脸成仇的故事。在那种"把一只蚂蚁变成一头大象"的敏感年龄里，友谊变质，全都源于一些不值一晒的小事。玉敏以纯熟的文笔，把一桩桩芝麻绿豆的琐事点滴不漏地写出来，婆婆妈妈、啰啰唆唆；尽管文采斐然，却全然无法掩饰内容的苍白。

我指出了她的毛病，她一脸迷惑地说："老师，您不是时常要我们取材于现实吗？我写的，都是百分之百的真事啊！"

是是是，"取材于现实"固然是创作的"金科玉律"，可是，素材有珠玉也有鱼目；取了珠玉，文章便闪烁生光；取了鱼目，全文便黯淡无光。取舍之间，必须有个分寸啊！

她听了，若有所悟，点头而去。

一周过后，她同样以"友情"为素材，呈交另一篇习作。文中写她和一名好友到野外露营。两人在树下谈得正欢时，突然，雷电交加，大雨倾盆而下，百年老树轰然倒塌，好友不幸被压个正着。她冒着被雷电击中的危险，费尽九牛二虎之力，把大树移开，将奄奄一息的好友驮在背上，跋涉数里，送进医院。经过抢救后，安然脱离险境。患难见真情，这段经历，使她们一生友谊坚如磐石。

读毕，哑然失笑。

过犹不及，第一篇太真，第二篇又太假。不经剪裁的真，使作品流于平凡、流于琐碎；而随意杜撰的假，又使作品变得滑稽、变得矫情。

我指出她文章里许多不合常理的纰漏，她听后也不由得掩嘴而笑。

为文造情，情比戏假。文章想要感动别人，必得先感动自己啊！

第三篇习作，依然以"友情"为题。这回，她以充满感情的笔调，写好友如何在她阮囊羞涩时、感情失意时、考试落第时，向她伸出援手，帮助她、安慰她、鼓励她。友谊的暖流，涓涓流经全文。文章写得很平实，可是，举出的具体实例却意义深长，读来亲切感人。

此刻，我欣慰地知道，玉敏已初步掌握了写作的分寸了。

当然，玉敏还得走上一段很长的道路，才会知道，"作品取材于现实而又高于现实"，才是创作的要诀。

离萧天摘自《孩子，我们一起学习》

海天出版社

图：小黑孩

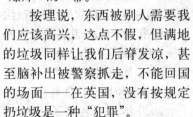

归国前夕，我和室友打车倒垃圾

@ 石悦欣

英国留学倒数第三天的午夜，我在半梦半醒中听到窗外一通"叮咣"声，但因为实在太困，懒得爬起来查看。直到第二天早上推开门，看到家门口半人高的垃圾桶从里到外被"洗劫"一空，每一个垃圾袋都被拆开，纸袋、箱子、杂物满地都是，心想："完了。"

事情还要从几天前说起。

我在诺丁汉的住址是瓦金街41号，和另外四名朋友合居。临回国前，我们上一秒还沉浸在抢到机票的喜悦中，下一秒，回头看着满屋的被子、枕头、鞋、旧衣物和日用品时，感到了一丝压力。

我们把不能回收利用的，打包好，放进家门口的垃圾桶；把可以用但带不走的，装在置物箱里摆在门口，还立了牌子，想让有需要的人自取。没想到，邻居们一点都不客气，东西被成箱搬走，紧接着就出现了开头垃圾桶"爆炸"的一幕。

按理说，东西被别人需要我们应该高兴，这点不假，但满地的垃圾同样让我们后脊发凉，甚至脑补出被警察抓走，不能回国的场面——在英国，没有按规定扔垃圾是一种"犯罪"。

英国的垃圾管理规定非常严格。以诺丁汉为例，每个家庭通常有三个垃圾桶，每周或每两周由政府清理一次。绿色为生活垃圾，灰色或棕色为可回收垃圾，黑色为花园垃圾，专门回收花、草、叶子和泥土。点开政府官网，输入住所邮编，就可以看到哪个颜色的垃圾桶会在哪一天被清理。

我们家有两个垃圾桶，一个在长满杂草的后院，用于收纳厨余或花园垃圾，另一个在前门，专门收纳生活垃圾。每周四晚上，我们都要拖着垃圾桶，走出后院门，然后经巷道和主路，将垃圾桶拖到正门口。第二天一早，垃圾车会挨家挨户收垃圾。

如果垃圾超过整桶的四分之三，导致桶盖合不上，垃圾车就会抛弃我们。接下来的一周，新的垃圾无法处理，堆多了，就会被罚款。

可不要低估英国的垃圾罚款力度：在诺丁汉，垃圾分错类，罚款100英镑（约合人民币904元）；乱丢垃圾，罚65—100英镑（约合人民币587—904元）；如果乱丢的是旧电器、沙发或花园垃圾，罚款更甚。

2020年，一名男子因在18个地区非法倾倒垃圾，被当地法院判处监禁20个月；2023年，一位70岁的英国奶奶，因为没及时处理花园里的烂苹果而招来了黄蜂，导致邻居黄蜂过敏，这个奶奶可能得卖房赔钱了。

那么，英国为什么会对垃圾管理如此严格呢？这还得说回到黑死病肆虐欧洲的时候。

14世纪，人们做完家务，会直接把垃圾扔到窗外，动物们自然会消解掉它们，但这却为黑死病的传播助燃了一把烈火。

为了减缓病毒传播，1388年，英国议会开始禁止向沟渠和公共水道里倒垃圾。1874年，第一个垃圾焚化炉在诺丁汉建成。1875年颁布的《公共卫生法案》规定，以家庭为单位，每周的垃圾必须被放到容器内，垃圾桶的雏形就此诞生。之后的100多年，英国不断细化并完善垃圾的相关规则，制定严格的分类标准。

对于我们五个人来说，每人每周产生一包垃圾，是垃圾箱正好能承受的。每周四晚，我们还要头脑风暴一番，计算一下垃圾大概的体积，确保不会因为太多而遭到拒收和罚款。时间一长，我还养成了一个习惯：每到周五早晨，只有听到垃圾被顺利收走的声音，才能安心睡个回笼觉。

但是回国前，面对满屋子需要丢弃的旧物，我们陷入了沉思。两个垃圾桶显然不够装，于是我和舍友们想出了一个主意，那就是打车，去20分钟车程外的垃圾场亲自倒垃圾。这个想法乍一听确实很荒唐，但在比较被罚钱和打车费哪个更划算后，我们一行人果断打开了叫车软件。

于是，在回国前的一天，我们每个人拎着至少两大包垃圾，叫来了两辆出租车，并在司机惊讶的凝视中，来到了诺丁汉垃圾回收站。

我们把垃圾袋高高抛起，再看着它跌落，滚向属于它们的深处。不知道为什么，在那一刻，我们明明没有被抓走，却感受到了一种出狱般的快乐。

梁衍军摘自《看天下》

拯救大兵耿恭

@ 宋 燕

东汉初年，发生过一起"拯救大兵"的故事。

经过王莽篡位、赤眉起义等一系列变乱，东汉续上了汉朝的国祚，但变乱导致数十年的内政外交荒废，本来属于大汉的势力范围西域，有相当一部分被匈奴控制。汉明帝上台后，进行了一系列的收复工作，花了几年时间，击破伊吾，打败车师，一定程度上夺回了在西域的控制力，然后重设西域都护，任命陈睦当都护，耿恭当戊己校尉，还有几个官，分别各率几百人驻防。

明帝永平十八年春，匈奴单于率两万人回击，包围车师首都金蒲城，耿恭连诈带吓，暂时解围。因为知道他们早晚还会回来，耿恭重新选址疏勒城，准备持久战。据考证，这个疏勒城应该在喀什东北一千多公里外，中间隔着天山和塔克拉玛干沙漠。

当年七月，匈奴兵果然回来了，直取疏勒城，在上游堵塞溪水，断绝城中水源。那边地处沙漠边缘地带，虽然那时候气候可能会湿润些，不过取水也不容易，城中打井打了十五丈深，都没有一

滴水出来，军民渴得发疯，只能榨马粪里的汤解渴。在这种情况下，耿恭亲率部属，继续深挖，一竹笼一竹笼的水往外舀，终于出了水。一时间欢声雷动，耿恭命人把水从城墙上泼出去给匈奴看，匈奴看到，以为汉军有神助，暂时退兵。

就在此时，汉国发生剧变。明帝去世，新帝登基，而西域的局势也发生变化，本来骑墙的焉耆、龟兹倒向匈奴，攻击车师，西域都护陈睦全军覆没，另一将领关宠被围，匈奴大军再次南下围城。由于国内局势紧张，无法派出援兵，已归降的车师也再度反叛，耿恭成了一支困守城中的孤军。

面对这种内外交困的严重局面，耿恭与将士"推诚同死生，故皆无二心"。数月后，耿恭数千士兵只剩下几十人，粮食也吃光了，匈奴开始了劝降攻势，以"封王，嫁公主"诱之，但耿恭手刃匈奴劝降使者以示誓死不降，然后"煮铠弩食其筋革"以示誓与疏勒共存亡。

西域都护府的幸存官员飞书求救。国内当时已经打算放弃西

域地区，那还要不要去拯救这几十人？国内开始了一场辩论。虽然那时候还没有"人性""人道"这类普世价值观，但有道义观，司空第五伦从利弊角度分析认为没必要为这几十个人做更大牺牲，司徒鲍昱则认为："派人前往险地，一出事就把人遗弃，会让国民伤心。有这个事例在先，下次边关再有事谁还愿意去？！"然后从战术的角度分析了一下救援的可行性。最后，新皇帝刘炟同意了他的观点。于是大军七千人，从酒泉、张掖出发。

援军在柳中，也就是现在的鄯善县附近与匈奴及西域叛军交手，很快击溃了匈奴并重新令车师投降。但耿恭所在地实在太远，中间又隔着天山，难以到达，援军将领们也有了畏难情绪。恰好军中有一个叫范羌的，是原来耿恭的部下，他晓之以理动之以情，坚持要去救。从道义出发，良心让将领们无法说"不"，于是他们拨给范羌两千人，让范羌自己去。

彼时正值冬季，大雪不止，尤其在山上，雪深"一丈有余"。就说那时候计量单位比现在的夸张，那"一丈"也得有现在的两米来深了。援军就在这样的艰苦条件中艰苦挣扎、翻山越岭，勉强抵达了疏勒城。到城下时正值深夜，城中听到人喊马嘶，以为匈奴又来援军了，十分震骇。范羌从远处高呼："我是范羌，带兵来接耿将军。"城中人开门将他们迎入，大家互相拥抱在一起，失声痛哭。

天明，被营救的幸存者与援军一起班师，踏上回国的漫长而艰险的路程，此时幸存者只剩二十六人。匈奴军一直在后追击，耿恭、范羌且战且走，又累又饿，人困马乏。等终于在三月回到玉门关的时候，耿恭的人马只剩了十三人，而且都衣服破烂，鞋袜洞穿，面容枯槁不成人形。

耿恭的事迹感动了很多人，大家纷纷上书请求对其表彰。朝廷任命耿恭为骑都尉，其属下石修为雒阳市丞，张封为雍营司马，范羌为共丞，余九人皆为羽林军。

大兵耿恭后来又带兵平定过西羌，不过他的下场很惨，他因为无意中得罪了皇亲国戚，明明打了胜仗，回来却被以莫须有的罪名下狱，出狱不久就死了，他的经历再次证明官场上的刀光剑影比战场上的厉害。

心香一瓣摘自《历史何其相似》中信出版社

摆摊记

@两色风景

摆摊

一直没工作也不知道要干啥的大学室友老蜗，玩游戏时听一个网友说，干路边摊每月能挣好几万元。老蜗一拍大腿："我也要去摆摊！"我们问老蜗："打算摆什么摊？"老蜗说："当然要摆小吃摊！"我们纷纷贡献意见："拉面！海鲜！烧烤！寿司！汉堡！佛跳墙！"老蜗："不是让你们点餐！"

老蜗心中的战略高地是小学门口：学生放学那会儿饥饿，手里又有零花钱，就会禁不住诱惑而消费。我们都是过来人，觉得这生意有赚头，同时不禁怀念起当年那些乱七八糟的零食，比如，添加剂很多的饼干、不知会不会刺激早熟的糖果、越喝越渴的饮料……

老蜗跟网友表达了要追随他的脚步摆摊的决心。网友："我把我的车子借给你练练手，你就知道有多辛苦了。"老蜗："你这人还怪好咧。"网友："怎么说也一起玩了这么久，租金我算你便宜点。"

老蜗拿到了摊车。那是个大型手推车，有遮阳挡雨的顶棚，侧面竖着铁架子，挂招牌、食材、调料、毛巾等，居中一块铁板，下面的柜子放煤气罐和储备粮。我们光临过无数小吃摊，没想到有一天会离它这么近，于是纷纷合影，但合完影又觉得倒也不必。

练摊

要出摊，先练摊。老蜗烧热铁板，把一根火腿肠放上去，半晌，他惊呼："忘记放油了！"匆匆关火，然而可怜的火腿肠已经焦黑。老蜗要把焦黑的火腿肠丢进垃圾桶，说时迟那时快，八达抢去吃了。老蜗："给钱！""凭什么？你都要丢了，这已经是垃圾了！"八达说，"我们今天扮演顾客，不好吃不给钱。"老蜗："我敢说就没一道菜你会满意。"

这种铁板可以做山东煎饼。老蜗已经事先看过教程，租赁炭车的费用也包括了一些现成食材。他先调好面糊，然后往铁板上倒油，接着倒入面糊，烙成薄饼，再往里搁食材，涂酱料，卷起来装袋，搞定。然而，油顺着壶嘴流了老蜗满手，又在铁板上各种喷溅……

大卫："我看不下去了！"他推开老蜗，从柜子里翻出一把刷子，贴着壶嘴蘸了油，在铁板上刷出一片区域，行云流水，点滴不浪费。老蜗恍然大悟，推开大卫自己上，结果面糊四溅……老

蜗再度退位让贤。我们惊讶地看着大卫，随即意识到他打算出国，而中国人在异国打工往往从餐饮做起，所以大卫一边学外语，一边学厨。我们一时不知道如何向他表达钦佩之情。

煎饼里可以加各种食材，最好放现成可吃的，比如，辣条、豆干、肉松，这样只要饼皮烙好，怎样都不会难吃。不过当时车上并没有多少材料，所以放了个鸡蛋，撒了点葱花和火腿肠丁后，就无以为继。金氏突发奇想，放进去一块巧克力，巧克力很快就化了。他说："也不是不行吧？"我们觉得有趣，陆续贡献出手头的零食，你放一块牛肉干，他倒一包坚果……

虽然很乱来，但或许会很好吃哦！直到不知谁丢进去一片口香糖……也许这就叫一粒老鼠屎坏了一锅粥。我们质问谁放的口香糖，目光集中到了一灿身上。一灿："我才没有，我刚才也就是差点儿放了烟头。"幸好你没那么做。

出摊

在大卫的特训下，老蜗的煎饼技术突飞猛进。生活部活动室

持续传出香味，吸引了一些留校学生。他们先是惊讶这里居然有煎饼摊，随后表示要来一份。老吾的生意迎来开门红。趁着这股气势，我们决定傍晚就出摊。

老蜗："每天都推车也很累啊。"我："等我们做起来了，就把这辆车改装成三轮蹬着走！"排长："出息！到时候高低上个电动的！"锅炉工："其他人没事干就当托儿，增加人气！"容嬷嬷："也许有一天我们每人一辆摊车，整条街都是我们的！"金氏："到时候就打价格战，客人嫌弃这家而选那家，殊不知每家都是我们的！"大卫："再买些店面，事业就算稳定了。"一灿："时候到了，我们就上市！"一个商业帝国冉冉升起。

我们本来要去附近的小学，半途想起小学生都放假了，出师未捷。好在学生街客流量也很大，我们就往那里去。但我们忽略了地盘的问题，学生街早已被老鸟们以各种不成文的规矩瓜分——虽然都没交摊位费，但谁占哪里都是多年的默契。

我们毫无立足之地，想跟人商量着挤挤，招来老大的白眼；想在靠路中间的地方强行营业，

附近的摊贩当场翻脸，其他摊主也同仇敌忾发来谴责，团结程度不容小觑……眼看气氛愈加沉重，为了不被卷入其中，我们纷纷加入对老蜗的抨击。老蜗："……"

我们决定换个地方再战，可以摆摊的地方还是挺多的，我们在一处路口安营扎寨。八达建议老蜗先做出几份饼来，我们边吃边夸，肯定能吸引客人。老蜗正要骂他，就见远处有小贩在跑。我们迷茫了一会儿，一灿叫："城管！"这是我们完全疏忽了的设定，当即手忙脚乱地帮老蜗把摊车推到飞起。排长还急中生智折回去拦住城管："你得替我做主啊，我交了钱，那个人没给我饼就跑了啊！"

回学校的路上，老蜗的创业热情已冷，我们也觉得手头正在奋斗的事业挺好，至少不会跳出个人要抓你……

老蜗："我打算明天把车子还回去，再找其他工作了。"我们不置可否。老蜗："不过材料我已经付过钱了，干脆晚上回去全部做出来，大家吃掉！"我们顿时欢呼。

杨子江摘自《漫客·小说绘》

图：小黑孩

地球到底有多重

@ 黄书君

大千世界，似乎无边无际，而地球之大，也不是我们可以凭空想象出来的，但总是有人喜欢探索地球的"边界"和奥秘。

"任何两个物体都是互相吸引的，引力大小与这两个物体质量的乘积成正比，与它们中心距离的平方成反比。"这就是著名的万有引力定律。万有引力定律的

诞生促成了地球质量的计量，人类对地球到底有多重也开始有了计算的概念。可以说，牛顿开创了地球计量的开端，但遗憾的是，牛顿经过多次实验，并没有成功。

1750 年，法国科学家布格尔在南美洲的厄瓜多尔琴玻拉错山顶，利用"铅垂线法"原理对地球重量进行了一次测量，但是山体和铅球之间渺小的引力受到山风和各种运动的影响，此次实验并没有成功。

1774 年，英国科学家尼维尔·马斯基林再一次利用"铅垂线法"在珀斯郡的一座陡峭悬崖上进行了实验。实验的过程中，他采用了一些方法规避了山风和震动的影响，但依然以失败而告终。

关于地球重量测量，虽然多位科学家都以失败而告终，但在科学的道路上始终是"前赴后继"的。1750 年，刚满 19 岁的卡文迪许向剑桥大学约翰·米歇尔求教，学会了一套测量方法：将磁针吊在一根绳子的中间，细绳的

扭转程度表示力的大小。通过这种方法引申出测量微小力量的方法。他将一个细长的杆子两端拴上两个小铅球，再从中间将其吊起，将两个大的铅球慢慢地靠近小的铅球，由于万有引力的作用，小铅球会发生微弱的转动，通过计算扭转的程度来测算两个球之间引力的大小，进而计算地球的重量。不过，他经过多次实验还是没能成功。

卡文迪许屡战屡败，屡败屡战。经过多次推敲、改进，他一次又一次突破，利用光线等多次尝试，最终消除了各种干扰，制造出了一个可以测量微小力量的仪器，并称它为"扭秤"。

卡文迪许用了将近50年的时间，在1798年终于测算出了地球的重量，大约为60万亿亿吨。1810年，终身未婚的卡文迪许在英国伦敦逝世，他穷其一生只为了一个数值；他的伟大成果在天体测量上起到了至关重要的作用；他的"扭秤"被载入史册，他也被誉为"第一个称地球的人"！

王传生摘自《我就纳闷了：那些稀奇古怪的冷知识》北京日报出版社

图：恒兰

意外的绑架

@［美］约翰·卢茨 无机客 译

5月25日，清晨七点。长岛，福斯丘家大宅。克拉克·福斯丘接到一通电话："福斯丘先生，别说话，光听就行。这会是唯一一通电话，而且会很短。你的继女伊莫金在我们手上，在以后的信件里，她会被称为'纯真宠儿'，这个名字很适合她那样被宠坏了的十岁大富家女。想获得更多信息，到你家附近伍德路尽头的那处废弃的加弗农场，察看门前锈迹斑斑的旧邮箱。假若你报警或把此事告诉除你妻子之外的任何人，这个女孩就会丧命。我们会知道的。我们是来真的。"

亲爱的福斯丘先生：

关于我们先前讨论过的"纯真宠儿"一事：若要货物毫发无损地回到你手上的话，你将要花费一百万美元。我们已经研究过，知道这在你的支付能力之内。用钱就能终止你和妻子正在经受的痛苦。通过信件告诉我们你的回复。

一位真诚的绑架者
绑架者股份有限公司，5月26日

绑匪先生：

不要伤害"纯真宠儿"。我未曾联络过当局，也不打算这么做。

但你的研究者犯了个差错。我不晓得一百万美元是否在我的支付能力之内，我要花费少许时间来找出答案。请放心，你在此事上拥有我的完全配合。当然，假如"纯真宠儿"受到伤害的话，这一合作会即刻终止。

焦虑的克拉克·福斯丘

亲爱的福斯丘先生：

别玩把戏。我们知道你能拿出一百万美元。可是，鉴于你提到的合作，我们愿意把归还"纯真宠儿"的价格降到七十五万美元。我们将会很乐意将这件"货物"脱手，无论是以哪种方式。

一名毅然决然的绑架者

绑架者股份有限公司，5月27日

亲爱的绑匪先生：

我在宁静的阳台写下这封信，这么多年来，这儿头一次如此安静，令我能够清晰地思考。我确信你也清楚，一百万美元的四分之三仍然是笔庞大的钱款。即便是我这种地位的人，也无法在短时间内弄到那么多钱，你可否考虑更低的赎金数目？

通情达理的克拉克·福斯丘

亲爱的福斯丘先生：

"纯真宠儿"是一件易坏的货物，储存非常不便。由于此点，我们同意你的降价要求，把收费降低到五十万美元，要立即支付。这是我们的最终报价。对于我们来说，处理掉这件货物，再到别的地方做生意会更容易办，事实上那是让我们高兴的事。

一名仍然毅然决然的绑架者

绑架者股份有限公司，5月29日

亲爱的绑匪先生：

我的妻子曾经因为"纯真宠儿"的失踪而伤心欲绝，然而在新买的毛皮衣服和首饰的帮助下，她已经从伤痛中恢复过来。由于我的紧张状况迅速得到改善，最初的悲伤和焦虑不知怎么都平息了，我发觉自己不同意妻子的观点，你的五十万美元报价高得离谱。请更多地想想几万几千美元的报价吧。

祝好。

克拉克·福斯丘

福斯丘：

就九万美元！最终价格！明天午夜时分把钱放进加弗农场门

前的邮箱，不然"纯真宠儿"会被解决掉。你让我们处于不适的处境，我们很不喜欢。我们不是杀手，但我们可以成为杀手。

一名绑架者

绑架者股份有限公司，5月30日

亲爱的绑匪先生：

我在这么多年的恼人痛苦后重获自由，自然能相当客观地考虑这件事。虽然妻子要求我支付一笔赎金，九万美元是绝不可能的。我建议你解决掉之前讨论过的那件货物，正如你先前暗示你可能的做法那样。在你证明已那么做之后，两万美元的酬劳会和我的下一封信一起放进加弗农场的邮箱。因为我一直坦诚对你，从未联络过相关当局，所以没人——包括我妻子在内——需要知道我俩交易的最终协定。

热诚的克拉克·福斯丘

福斯丘：

你是杀手，但你在一件事上说对了——多少钱也比不上你的健康。设想下我们明天晚上把"纯真宠儿"毫发无损地归还回来？只需五千美元来补偿我们的麻烦，保持沉默就够了。

一名绑架者

绑架者股份有限公司，5月31日

亲爱的绑匪先生：

在一番深思之后，我必须毫不含糊地拒绝你的上个提议，并重申我的提议，即你以自己的方式来处置手头的那件货物。我觉得我们无须就此事而继续通信了。

克拉克·福斯丘

克拉克·福斯丘：

绑架者股份有限公司的董事会刚刚发生了收购，我的两名副总裁别无选择，只能同意我来当新任总裁。我手头有绑架者的所有书信，包括你给我们的所有回信。

法律对于绑匪十分严厉，而对于那些想要杀害儿童的人甚至更加严厉。然而，法律对于儿童就不那么严厉……假如你不想这些信件被交到警察手上，明天晚上要在加弗农场的旧邮箱里留下五十万美元。我是说真的。我们想要小额钞票，不过有部分五十元和一百元的大钞也行。

诚挚的纯真宠儿

秋水长天摘自作者新浪博客

图：谢颖

大张说了他们家前不久发生的一件事。征得大张同意，明人就用文字记述了下来。并谨遵大张的叮嘱，可以大张旗鼓地讲述，但须隐去他的真名。明人想卖者诸君自会明白，遂用了大张之名替代。

梦游

@安谅

说的是大张出差那段时间。夜半三更，唯天穹的星月，透出蒙胧的光晕。分居三间卧室的大张的太太，十来岁的女儿和七岁的儿子，早已就寝了。

一个身影出现在了楼道上。却步轻盈，像踩在云雾上，身子缓慢地前行，沉默着，未发出一丝声响。紧接着，另一个卧室里也悄然走出了一个身影。站在门口，也不吱声。前面的是女儿，她走向了楼道尽头的厨房。后面出门的是太太，她也蹑手蹑脚地行走了几步，又返回到了门口。女儿从厨房返身回走，似乎看了看母亲，也没说话，自顾自地走开了。母亲好像也注视着女儿，一言不发。黑暗里，借着一缕天光，两人你看看我，我看看你，保持着一定的距离，都没走近，或者发声。

第二天，女儿起得早，自己做了早餐，就上学去了，晚上在

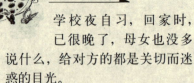

学校夜自习，回家时，已很晚了，母女也没多说什么，给对方的都是关切而迷惑的目光。

当晚，又是子夜过后，大张太太穿着睡衣，又静静地出现在了楼道上。而女儿偏偏这时也云一般飘出了屋子，走向了厨房，随后，又无声地折回，在母亲身边，轻轻走过。鬼使神差一般，两人就在这幽夜里，互不言语，又仿佛都在关注着对方。

骤然，又一扇卧室门打开，儿子出来了，随即"啊"地叫了一声，心急慌乱地迅速按亮了楼道里的灯，彬彬瞪大着双眼，吃惊地看着缄口不言的她们，嚷叫了起来："你们在干什么，灯都不开？"母亲和姐姐几乎同时将手指竖在嘴唇上，暗示他不要发声。彬彬一会儿看看母亲，一会儿看看姐姐，还是忍不住喊道："这么晚了，你们在干什么呀？"这下，母亲和女儿的目光对视了，片刻停顿后，都笑出了声。她们相拥在一起。

母亲说："你吓坏我了！"女儿说："你也一样呀，我都不敢喘气，怕惊扰了你！"

原来，母亲在睡梦中，听到

了隔壁女儿的开门声，她心生疑惑，赶紧起床，她怀疑女儿是在梦游，听人说，梦游时不能叫醒，不然会惊吓到她。而女儿其实是到厨房找点吃的，蓦地看见母亲在门口一动不动，也以为她在梦游呢，便也小心谨慎，不敢惊动她。要不是彬彬半夜嘴也馋了，想溜进厨房，惊见这一幕，不管不顾地叫嚷起来，母女俩还在亦真亦幻的黑魆魆的楼道里，持续下去呢！

离萧天摘自《新民晚报》

图：佐夫

领导给我讲了一个早年间他们抓贼的事儿，给我笑得坐在椅子上半天起不来。

那会儿领导还是个小伙子，一大清早和同事在来广营附近的一个公交站发现几个贼，抓其中一个时，他把对方扑倒在地，骑在他的身上准备上铐子时，五大三粗的贼忽然弓起身子反扑，领导不敢松懈，一直挂在他身上，好家伙，那贼就开始背着领导满街跑。

在周围群众错愕的眼光中，贼跑了十几米又摔趴下了，但伏在地上仍不住打挺。领导在其后背上被颠得七荤八素，正手忙脚乱之际，旁边一对小夫妻路过，男的问："哟，这是干吗呢？"

"抓小偷呢！"

男的一听，愤恨地叫了句："小偷啊！"然后照着不断扭动身躯的贼的脑袋就是一脚。

贼被踢蒙，领导赶紧趁机给上了铐子。这会儿同事赶来，一同将人控制住，这才发现贼的眼睛流了血，一直嚷嚷着疼。

领导寻思，坏了，别是给踢

能不能管贼要点儿医药费

@马 拓

坏了，这说不清啊！赶紧回头找那对儿夫妻，结果人都没影了。

到了派出所，办案民警也傻眼了，问领导这血了呼啦的是怎么弄的？领导赶紧解释："真不是我们打的，是热心群众一脚给闷的，人现在找不着啦。"

真的吗？真的真的。

贼又哇啦哇啦地喊疼，说自己肯定是瞎了！

甭管谁干的，赶紧带人看伤要紧。到了医院，领导把贼放在急诊室门口，冲进去亮明身份，火急火燎叫出一个大夫。大夫掏出一个小手电，哈下腰掰开贼的眼皮开始查看伤情。

贼哇哇大叫，领导惴惴不安。

大夫起身，朝领导做了一个耳语的手势："没事儿，瞎不了。针都不用缝，我给你开点儿眼药水给他抹就行。"

"那他咋疼成这样？"

"装的呗。"

领导心里的一块石头终于落了地，开了药带着人回到单位。

这会儿已经是中午了。领导刚一进门，就听值班民警叫他："嘿，刚才还有个老太太找你呢！"

领导问咋回事，对方说："老太太问民警，你们的人今儿早上是不是抓了一个小偷？"

民警说："抓了仨呢，您指哪个啊？"

老太太说："嘿，哪个我也说不准，我就说啊，今早我儿子上班路上，看见你们警察抓小偷，见义勇为啊，帮着踢了一脚，结果到单位发现脚骨折啦！太可气了那小偷，我能不能管他要点儿医药费？"

民警说："嗨，是您儿子呀！真是感谢小伙子仗义相助！不过您老得等会儿，人现在不在这儿。"

"哟，这么快就拘留啦？"

"没有，小偷被踢了一脸的血，说自己瞎了，现在被带着到医院看病去啦。"

老太太一听这话，扭头走了！

田晓丽摘自《北京青年报》

图：小黑孩

电子邮箱

编辑部	wenzhaiban@126.com
蔡美凤	836361585@qq.com
胡 捷	gxy1987@foxmail.com
吴 艳	976248344@qq.com
杨怡君	499081339@qq.com

笑话与幽默

常识知多少（中国文学篇）34.第一部关于农业和手工业生产的综合性著作：《天工开物》。

黄河之水，浩浩汤汤。黄河川流不息千万年，流淌着中华文化绵延不绝的血脉，孕育了黄河流域数之不尽、精彩纷呈的非物质文化遗产……黄河本身，亦有着最壮美的传说……

黄河的来历

@ 纽约客

相传几万年前，人们还过着披树叶、吃野果的生活。好些人同住在一起，没有房子，只在树上搭个窝。那时候，还不知道种地，人们整天东奔西走，打猎捕鱼过日子。

后来，不知从什么地方飞来了一只大鸟，落下来像座山。光这腿就有一二十丈高，飞起来，翅膀一展，像阴了天。老虎、豹子、大象、蛇，它都吃，找不到野兽就吃人。含住个人，头颈一伸，就囫囵咽了。

自从来了这只大鸟，人们不能安生了，老是搬来搬去躲着它。大鸟越来越凶，天天伤人。

又过了好多好多年，人们学会了钻木取火。这一天，大家围着火堆在烧野兽吃。一阵天阴，大鸟飞来了。人们一惊，知道又要遭殃了。谁知大鸟看见火，一抖身，慌里慌张飞走了。人们这才发现大鸟怕火。

这一来，有办法了。人们决

心赶跑这只大鸟。于是聚集了好多人，点起火把追赶。大鸟见眼前成了火海，吓得飞起就跑。人们紧紧追赶，越追越近，大鸟翅膀用劲一扇，呼的一阵狂风，飞沙走石，火被刮灭了。大鸟一阵高兴，又吃了许多人。

人们吃了一次亏，就又生了一个办法。找来许多红颜色的东西，顶在头上，远远一看，像是火，来吓唬大鸟。大鸟使劲扇着翅膀，火刮不灭。它害怕了，就没命地飞跑，人们喊着追着，从高山到海边，从海边到中原，不知追赶了多少天，把大鸟累坏了。

这天，大鸟飞到现在的青海境内，实在飞不动了，落下来喘气。可一下子人们追上来了。大鸟一展翅膀，浑身酸痛，飞不起来了。眼看就要被人捉住，大鸟急忙下了个蛋，那蛋见风就大，顷刻像山一样挡住了人们的去路。

人们拿来斧子、凿子、锤子，叮叮当当凿鸟蛋，三天三夜没有停手。鸟蛋终于裂了缝，大鸟又气又累又怕，一伸腿就死了。大鸟伸腿死的时候，蹬住了鸟蛋，这边人们又正下死命地凿打，两边一用力，只听一声惊天动地的巨响，鸟蛋崩开了。

大鸟的蛋一崩，蛋清哗地流出来，向西滚滚而去。接着涌出蛋黄，向东流去，向西流去的蛋清成了青海；向东流去的蛋黄就成了黄河。

常识知多少（中国文学篇）35. 第一部中医学书籍：《黄帝内经》。

新手套和新围脖

@ 郊县天王老田

你的新手套哪来的？我没记着给你买过啊……

哦，是我同事小雪，她给她弟弟买的，号买大了，就转手送给我了……

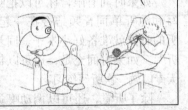

你不看电视了？弄什么呢？

天冷了，连你同事都知道关心你，我也给你织个围脖……

织好了，来试一下……

摘自微信公众号老田唯爱高丽丽

从小学一年级到哈佛硕士毕业，学习高手都有哪些记忆妙招？

10 天背完 4000 个 GRE 生词

@ 李柘远

多感官刺激记忆法

同时动用我们的多种感官，如视觉、听觉和嗅觉等，来进行记忆。当多种感官齐发时，大脑受刺激的效果会显著增强，记忆中枢才能得到充分调动。

以背单词为例：如果你只是用眼睛盯着新单词记忆，只刺激了视觉区域，无法对大脑形成足够的刺激，就达不到很好的记忆效果。在背单词时，一定要动用听觉。具体做法有两个：一是在碎片时间里戴上耳机，听单词音频；二是尽量抽时间做单词听写练习。选择配有音频的单词书，每天至少听三次音频，并把这三次拆分成"1+2 次"。

"1+2 次"中的"1"，指的是在背诵新词当天就要同步听录音。开始背诵前，先完整听一遍音频，听的同时浏览对应的新词，建立最初的印象。把当天所有新词都背完后，再完整地放一遍音频，一个词一个词地听，尽量不看书，逼自己快速拼读出单词。如果某个单词卡壳了，就重听一遍音频，再次尝试记忆，直到熟练为止。

"1+2 次"中的"2"，指的是一天结束前至少再利用两段碎片时间，如中午吃饭和晚上睡前，听两遍当天的单词音频。

如果时间有限，你可以把听写和纯听单词音频结合在一起，听的时候就准备好小本子，同步听写。如果时间充足，还可以每天专门做一次听写练习。

除了听觉，还可以调动嗅觉

和味觉。比如，背"chocolate"（巧克力）这个单词时，吃一块巧克力，边嚼边记，当再次吃到巧克力的时候就更容易回忆起这个词。

说来有趣，"durian"（榴梿）这个词我记得特别牢固，就是因为我读小学三年级时，父亲去马来西亚出差，捎回了当地的冰冻榴梿。当我品尝这种味道独特的水果时，妈妈在一旁笑着说："知道榴梿的英语怎么说吗？durian，durian，durian……"一边是"上了头"的又臭又香的榴梿滋味，一边是妈妈清亮的英语复读，从此我对durian印象深刻。

缩略词记忆法

当我们需要记忆一个系列的知识点时，不要马上开始从头到尾、一字不差地背诵，而是把这个知识系列拆分成若干个"关键元素"，再把它们组成一串缩略语，然后，通过背诵这串缩略语，以点带面地记住全部内容。

举个例子，北美洲有著名的五大湖：苏必利尔湖（Lake Superior）、密歇根湖（Lake Michigan）、休伦湖（Lake Huron）、安大略湖（Lake Ontario）以及伊利湖（Lake Erie）。这五个词乍看没有任何关联，但如果把它们的首字母抽出来再看呢？S、M、H、O、E——好像还是没看出什么门道。再把这些字母的顺序调换一下呢？是不是就变成了——H、O、M、E、S，也就是英文单词home（家）的复数形式homes。这时，我们就把五个单词变成了一串缩略语——homes。由此一来，记忆五大湖就变成了以HOMES这个缩略词为线索，再通过每个字母记下相对应的湖泊名称。记忆过程瞬间简单许多，记忆效果却更加牢固。

联想记忆法

联想记忆法主要包含以下几种分类和用法。

1. 接近联想：就是利用相互接近的事物进行联想和记忆。

知乎的记忆力大V馨月老师就分享过"用接近联想记历史事件"。比如，当你学习我国汉朝历史、了解大汉王朝的强盛时，可以思考一下，同时期世界其他地方是否存在和汉朝相当的强大国家呢？这时，你可以联想到罗马帝国。汉朝和罗马都是伟大的王朝帝国，这就是重要的相近属性。

继续延伸，想想这两个国家为什么在几乎同一时期变得如此强大？当时各自发展与崛起的背景是什么？两个国家都发生过哪些大事件？

接近联想非常有助于知识面的拓宽，从而加大学习的广度和深度。

2. 相似联想：就是通过联想一个看上去相近的具体图像，来记忆一个新知识点。

举个非常通俗的例子：当你记忆中国地图时，如果生硬地去记哪座山在中国的哪个区位、哪条河流经什么省，可能不太容易记住。但如果你把中国地图想象成一只雄鸡，鸡冠是什么位置，对应什么省份，有哪些山川河流；鸡尾是什么省份，有哪些重要城市和名胜古迹，这样记忆就容易多了。类似的，你还可以把意大利的领土形状想象成一只靴子，把日本联想成一条蚕或一只海马，把伊朗的轮廓联想为一顶草帽……

相似联想的精髓是把抽象陌生的新事物生动化、具象化，从而达到降低记忆难度的目的。

3. 归类联想：俗话说"物以类聚"，我们在记忆新事物的时候，可以把它和相同类别的东西捆绑起来，统一记忆。

比如，在我国文学史上，诗词家多如繁星，可以根据相近的风格或时代将他们归入特定流派，统一记忆。比方说，晋代的陶渊明、唐代的杜甫和白居易以及宋代的陆游都可以划进"现实主义流派"，其共同点是能够真实形象地反映社会生活。

故事串联记忆法

就是把一个个知识点"零件"串联起来，编成小故事，把它们放到有上下文的语境中背诵。有一个典型案例：夏目漱石是日本著名作家，主要作品有《我是猫》《草枕》《虞美人草》《三四郎》《从此以后》《门》《行人》《道草》《明暗》等。日本著名记忆大师坂井照夫利用"故事串联记忆法"，轻而易举地把这些作品都记了下来。他是这么"讲故事"的："我们是这间屋子里的猫，枕草枕睡觉，草枕上画着虞美人草，三四郎从此入门进到屋里，门前来往的行人在采道草，道草是有明暗之别的道路。"不必纠结故事编得好不好、有没有逻辑，只要你能通过编故事把信息串起来，便于记忆，目的就达到了。

以上就是我亲测好用的四种记忆方法。必须说的是，方法固然有用，但记忆没有捷径。不管用什么方法，首先都需要你高度专注、肯下苦力。

高效记忆法挑战 GRE 生词

我曾有过 10 天背完 4000 个 GRE 生词的"拼命三郎"经历，当时我读高三，升学目标是耶鲁大学，而申请美国本科必须考 SAT。当时由于时间有限，我必须在 10 天内把难度极大的 GRE 单词一举拿下。GRE 单词有多难呢？这么说吧，其中相当数量的词，很多美国人一辈子都没见过、没听过。

当时我买回 GRE 词汇红宝书，里面有 9000 个 GRE 词汇，除去我已经掌握的 5000 个托福词汇，还需要搞定剩下的 4000 多个从未见过的新词。现在回想起那 10 天的疯狂，我都觉得难以置信。那几天，我和红宝书形影不离，枕头旁是它，被窝里是它，浴缸边还是它。

当时我没有走任何捷径，就是结合了多种高效记忆方法——多感官刺激、反复磨耳、结合音

节和释义做单词拆分，并且特别注意把单词放在例句中做上下文理解记忆。

我还在背单词时积极"联想"：在按字母顺序背过一遍后，我又从网上下载了分类词库，看到"fastidious"（挑剔的）这个词时，马上在眼前和脑海中联想近义词 picky、critical、stringent，背一个词的同时复习五六个词，事半功倍。

另外，我坚持"听单词入眠"，循环播放词汇音频，通过听觉刺激大脑记忆中枢，直到累得沉沉睡去。

再有就是不服输的那股劲，一种走火入魔的状态。跟妈妈聊天时，我会突然走神，念叨出刚在脑子里安家的单词；我会逼妈妈随时随地考我记在小本子上的难词，以至于那几天她见了我就想躲；看电视新闻时，我会不自觉地将播音员念出的中文实时翻译成英文；就连有时说的梦话，都会用上红宝书里的词汇。

这段经历刷新了我对自己记忆潜力的认识，我意识到，只要肯吃苦，没有什么是记不下来的。

清清摘自《学习高手》北京联合出版公司

图：孙小片

斜着走 大伞喜欢

@吴厚颖

我家鞋柜上挂着一把伞，伞柄生锈了，斑驳粗糙。一看见它，我就会想起奶奶。

上幼儿园时，明明上一秒还是艳阳高照的大晴天，到了放学前，天空却像娃娃脸，说变就变，瓢泼大雨接踵而至。我等在门口，焦急地盼望着奶奶的到来。

奶奶从包里拿出那把旧雨伞，轻快地打开，大雨敲打在伞面上，发出"啪嗒啪嗒"的声音。

伞下的我生怕被淋湿，紧紧地贴在奶奶身上。我俩就这么慢慢往家走。伞虽然旧，但我一点也没被淋湿，抱着奶奶，暖烘烘的。然而当我抬头看奶奶时，才发现她的左肩已经湿透了。我连忙告诉奶奶："奶奶，伞斜了！"奶奶笑了笑，柔声说："傻孩子，大伞喜欢斜着走呢！"看着奶奶慈祥的笑容，我也跟着笑了起来。

等我上了小学，又是一次放学，细雨纷纷扬扬地下个不停。奶奶依旧打着那把旧伞来接我。这次，我又看到奶奶的左肩湿了一片，我自己却一点也没被雨淋湿。大伞真的喜欢斜着走吗？我看看伞外的细雨，再抬头看伞。虽然雨被伞面挡住了，我的眼睛却湿了。

菁菁校园 成长笔记

日子如流水般逝去，三年级了，我不用人接了。那天我独自一人撑着伞回到家，一进门就听到爷爷说："奶奶有些不舒服，去医院了。"我急忙扔下自己的小伞，抓起鞋柜上挂着的那把伞，推开门就往医院奔去。我心里只有一个念头，就是要见到奶奶。我飞快地跑着，老远就看到，奶奶正在医院门口来回踱步。她看着天空，忽然视线落到我身上，又惊又喜。

"奶奶！"我激动地大喊一声，把伞朝她举了过去。

回家的路上，打伞的不是奶奶，而是我。这次，我很确定，大伞喜欢斜着走，所以我特意把

伞向奶奶那边倾斜，我的右肩被淋湿了。奶奶见了，忙说："伞又斜了。"我笑了笑："大伞喜欢斜着走呢！"奶奶摇摇头："大伞要往好孩子那边斜。"说着，她把伞往我这边轻轻推了推。我们一起撑着伞，慢慢回到家，我的心底暖洋洋的。

那把旧伞如今依然挂在我家鞋柜上，但从那以后这把伞永远斜向我的奶奶。

每当看到伞柄上的斑驳锈迹，我都会想起当年奶奶轻快地打开伞的场景，雨滴一颗颗打在伞上，而我紧贴着奶奶，温暖而绵长。

作者系上海市金山区金山小学学生

指导老师：姚丹 图：陆小弟

"故事大课堂"开讲啦!

第一堂:时事报告。近段时间都有哪些热点新闻?我们给你梳理了一份时事简报。"秀才"不出门,天下事尽知。

* 11 月 27 日,据新华社报道:首张完整覆盖我国国土全境及"一带一路"共建国家沿线重点区域的高轨卫星互联网初步建成。

* 11 月 28 日,历经 12 年艰难修筑,川青铁路四川首段贯通运营。

* 12 月 1 日,联合国机构发布《全球干旱概况》:全球干旱已达前所未有的紧急状况。

* 12 月 4 日,湖北屈家岭遗址发现距今 5100 年史前水利系统。

* 12 月 6 日,全球首座第四代核电站——华能石岛湾高温气冷堆核电站商运投产。

* 12 月 7 日,世界最深、最大的极深地下实验室锦屏大设施投入科学运行。

* 12 月 9 日,国家文物局发布了中华文明探源工程最新成果。

* 12 月 12 日,中共中央总书记、国家主席习近平对越南进行国事访问,在越共中央驻地同越共中央总书记阮富仲举行会谈。

* 12 月 13 日,据新华社报道:中国天眼探测并构建世界最大的中性氢星系样本。

* 12 月 18 日 23 时 59 分,甘肃临夏州积石山县发生 6.2 级地震。

* 12 月 19 日,全国中医古籍文献资源普查工作标志性成果《新编中国中医古籍总目》发布。

* 12 月 20 日,我国发布首批 789 处陆生野生动物重要栖息地名录。

* 12 月 26 日,中共中央举行纪念毛泽东同志诞辰 130 周年座谈会。

* 12 月 31 日,国家主席习近平发表二〇二四年新年贺词。

(本刊综合人民网、新华网、《半月谈》等媒体消息)

第二堂：不一样的写作课。 好作品是改出来的。为什么要这样改而不是那样改？文末附有核心提示。反复揣摩，必有收获。

写春联[1]

@ 徐天伟

原稿

"消失"的快递

快过年前，我开口问爸爸："你小时候春节有什么活动吗？"

"有啊，我们小时候过年前要去请家里最有学问的长辈[3]，写上一副新年的春联呢。"

"写春联啊，我知道！我们上课不就是学写书法吗？爸爸，你看今年我能给家里写一副春联吗？"

爸爸扶了扶眼镜，看着我说："写春联那可是要请有学问的人动笔，如果字写得太丑，可不好往外贴。再说，爸爸前两天已经在网上买好了。"

爸爸分明就是不太愿意让我写；哼，小瞧人，我气鼓鼓地想。

吃过午饭，我准备下楼打球去。爸爸顺手给我一张纸，上面写着好几个号码，他让我回家时，把快递从快递柜里拿上来。我取快递时，注意到一个软绵绵的文件袋快递，

修改稿

快过年了。这天，我问爸爸："您小时候，春节有什么重要习俗吗？[2]"

爸爸沉吟半晌，道："有啊，比如，过年前要去请最有学问的人，写上一副春联呢。"

"写春联？我知道！我们上课不就是练习书法吗？爸爸，您看今年我能给家里写一副春联吗？"

爸爸扶了扶眼镜，看着我说："写春联那可是要请有学问的人动笔，如果字写得太丑，可不好往外贴。再说，爸爸前两天已经在网上买好了。"

爸爸分明就是不太愿意让我写，哼，小瞧人！我气鼓鼓地想。

吃过午饭，我准备下楼打球去。爸爸顺手递给我一张纸，说是快递，让我回家时，从快递柜里取出来。纸上写着一串号码。打球回来，我取快递时，发现是

快递单上的备注栏写着：春联三副。突然，我酝酿出一个完美的计划。

吃过晚餐后，大家都专心做自己手头上的事情，而我酝酿的计划就要上场了。

"爸爸，明天一起去奶奶家的东西都带齐了吗？"

"要带的都在那几个袋子里，但是总感觉还少一样，我看看……"爸爸回答道，"啊，我知道了，网上买的春联是还没有到吗？我来看看订单信息……签收了啊，儿子，你下午拿快递的时候看见没？"

"好像是有一个快递，软绵绵的。"我故作镇静地回答道，然后假惺惺地追问了一句，"爸爸，你再找找看，会不会下午大扫除时，你把它当垃圾扔掉了啊？"

只见爸爸开始在门厅里面寻找，过了一会儿，爸爸走到我身边，看着我说："儿子，你没弄丢吧？"

"怎么会啊，我可没有弄丢快递啊！"我提高嗓门回答道。

"那怎么办，过年前已经没有快递了啊，这下要被爷爷和外公责怪了。"

"要不，我来试试，我来写吧！"我依旧提高着嗓门说。

"你行吗？"

"你就让他试试吧，万一不行，

一个软绵绵的文件袋，快递单上的备注栏写着：春联一副[4]。突然，我酝酿出一个完美的计划。

吃过晚饭后，大家都专心做自己手头上的事情，而我酝酿的计划就要上场了。

"爸爸，明天一起去奶奶家的东西都带齐了吗？"[5]

"要带的都在那几个袋子里……"爸爸回答道，"网上买的春联是还没有到吗？我来看看订单信息……签收了啊，你下午拿快递的时候看见没？"

"好像是有一个快递，软绵绵的。"我故作镇静地回答道，然后假惺惺地追问了一句，"爸爸，您再找找看，会不会下午大扫除时，您把它当垃圾扔掉了啊？"

只见爸爸开始在门厅里面寻找，过了一会儿，爸爸走到我身边，看着我说："你没弄丢吧？"

"怎么会啊，我可没有弄丢快递啊！"我提高嗓门回答道。

"那怎么办，过年前已经没有快递了啊，这下要被爷爷责怪了。"[5]

"要不，我来试试，我来写吧！"我依旧提高着嗓门说。

"你行吗？"

"你就让他试试吧，万一不行，

你还可以顶一下呢。"妈妈说道，还朝我挤了一下眼。

"好吧，试试吧。"爸爸带着奇怪的语气说。

我立刻就去拿笔墨盒，妈妈帮我拿来红色的纸张，哥哥拿来了剪刀。铺上毡布倒出墨汁，当我念到"一年四季春常在，万紫千红永开花，喜迎新春"时，我看见爸爸放下了手中的键盘，看着我，还假装喝茶。我拿起手中的毛笔，吐了一口气，认认真真地书写起来，上联、下联、横批。当我写完后回头，浑然不知爸爸已经站在了我的身后，一手端着茶杯，一手扶着眼镜："好小子，写得好啊！隶书，起笔蚕头收笔燕尾，没想到你们学校教得不错，你也写得不错！"

"学校里特意给他们留出了课堂和作业时间让他们练习，周末你在工作时他还加练呢！"妈妈摸着我的头说道。

"这是好事啊，书法是我们中华民族的瑰宝，应该好好学习。我们这代人现在常常会提笔忘字，那是电脑用多了，读书时也没有特别重视传统文化的学习，像他们这代孩子就应该多学习一些老祖宗留下的东西，今后文化上会更自信。"爸爸边说边拿起第二副对联红纸，

你还可以顶一下呢。"妈妈说道，还朝我挤了一下眼。

"好吧，那就试试吧。"爸爸半信半疑地说。

大家立刻行动起来。妈妈去超市买来红纸，我铺上毡布，倒出墨汁，当我念到"一年四季春常在，万紫千红花永开；喜迎新春"时[6]，我看见爸爸放下了手中的键盘，看着我，还假装喝茶。我拿起手中的毛笔，吐了一口气，认认真真地书写起来，上联、下联、横批。当我写完后回头，浑然不知爸爸已经站在了我的身后，一手端着茶杯，一手扶着眼镜："好小子，写得好啊！隶书，起笔蚕头收笔燕尾，没想到你们学校教得不错，你也写得不错！"

"学校也鼓励学生写春联，周末你在工作时他还加练呢！"妈妈摸着我的头说道。

"这是好事啊，书法是我们中华民族的瑰宝，应该好好学习。"爸爸边说边拿起春联欣赏起来，"好事，以后啊，每年写春联的任务，就交给你了！对了，如果买的春联快递包裹找到了，我要把它收藏起来，那可是我最后一次花钱买的春联了。"

故事大课堂

"写吧，以后啊，每年都是你们哥俩写春联，自己写的春联饱含热情，也是家庭生活的自信，我们的小家也会越来越好！你们啊，就是我们家最有学问的、可以写春联的人了。如果买的春联快递包裹找到了，我就把它收藏起来，那可是我最后一次花钱买的春联了。"

"可以七天无理由退货的。"

"哈哈哈哈……"客厅里大家乐开了花，就像妈妈为新年买的红色天竺葵，开花了，红艳艳的。

"可以七天无理由退货的。"妈妈瞥了我一眼。

"不要退货！快递我早就收起来了！我想，我们明天不是去奶奶家吗？我写的春联就作为礼物送给他们吧！"[7]

"你这孩子，人小鬼大！哈哈哈哈……"客厅里大家乐开了花，就像妈妈为新年买的红色天竺葵，开花了，红艳艳的。

（作者系上海市普陀区金洲小学学生

指导老师：潘丽燕）

首席编辑核心提示

一、题解：

从买春联到写春联，再到送春联，作品始终围绕"春联"这条主线，有层次地展开活动。"我"作为事件主体，形象饱满。稍感不足的是，作品所提的"七天无理由退货"，看似是解决问题的办法，但权衡下来，对人物设计却是个不小的伤害。修改时，采用"一举三得法"，较好地维护了人物的形象。

二、修改思路：

1. 原标题所指较为含混，"消失"可能真的消失，又可能没有消失；而快递可指快递物，也可指快递员。在本文中春联是中心话题，故改为现标题。

2. "你"改为尊称"您"，称谓虽是细节，却能反映一个人的修养。

3. "家里""长辈"，不确定。因为早年受教育的，仅是少数人，因此，写春联的有学问的人，不一定就是"家里"的"长辈"。

4. "三副"改为"一副"，主要是为下文铺垫所用。

5. 注意，前面只提到明天去"奶奶"家，这里又出来了"外公"。为保持"同一律"，"外公"可删。

6. 春联是对联的一种，讲究工对，"永开花"拟改为"花永开"。

7. "七天无理由退货"，是个好条款，却经常被人"钻空子"。现在有新改动，实是一种"利人利己"的做法。

第三堂：讲出你的精彩。 看完故事，自己先讲一遍。讲不好不要怕，看视频是怎么讲的。故事大王告诉你哪些才是关键点。好口才就是这样练成的。

孝仁县太爷

@ 申王乐 讲述

话说山阳县有个老妇，膝下有三个儿子。老大名叫吴刚，力大无穷，可整日游手好闲，还总闯祸；老二名叫吴成，肚子里倒有些墨水，可总想着天上掉馅饼，好吃懒做，至今一事无成；老三名叫吴仁，仪表堂堂，却因为小时候的一场高烧，成了智障，平日里除了呵呵傻笑，连句囫囵话都说不全。老妇总认为老三指望不上，所以平日里对老三呼来喝去，没有好脸色，对老大老二则是万事依着顺着，极为宠爱。

一日，老妇带着三个儿子去邻县走亲戚，途经万峰林时，不慎被一红蛇咬伤，当即就晕了过去，醒来已是气若游丝地躺在家中榻上了。老妇开始上吐下泻，浑身抽搐，大夫请了几拨都无济于事。其中一位大夫摇着头说："唉……老人家这关估计是挺不

过去了，这毒已经中得极深，除非……万峰庙的老神医前来一试，兴许还有一线生机，只是这位老神医性格刁钻，要想请动他，我看是难如登天咯……"听了大夫的话，夜里，老大和老二开始商量："咱娘这病，恐怕是没得治了，这样下去，这个家都要拖垮了……"老二也应声："是啊，大哥，那老神医天知道会提什么要求呢，累死累活跑一趟，完全犯不着啊……"这兄弟二人狠心一下："老母亲的病，听天由命吧。"唯有一旁的老三吴仁，始终除了傻笑还是一言不发。

谁知到了半夜，老三吴仁摸黑来到母亲榻前，他把母亲用被子裹起，驮到背上，趁着夜色夺门而出。到了第二天晌午，吴仁背着老母亲气喘吁吁地瘫倒在万峰庙门前，扫地的医童领着他们见到了老神医。退隐山林多年的老神医，哪里还愿意给人瞧病啊，抬手就要轰他们出去，可意外的是，呵呵傻笑的吴仁"扑通"跪

故事大课堂

倒在地，"砰！砰！砰！"地磕起头来，嘴里还断断续续嘟囔着："救娘，救娘……"老神医见此情形，仔细上前一瞧，才发现原来这个后生是个智障，然而他又惊讶："一个智障之人背着一个中毒极深之人来到我门前，他是如何做到的呢？"带着心中疑惑，老神医决定与吴仁做笔交易："你若答应为我试药，我便医治你老母亲，意下如何？"吴仁似懂非懂的模样，还是呵呵傻笑，脑袋却像捣蒜般地点着。

接下来的一个月里，老神医每天为老妇人清理蛇毒，而吴仁则是每天给老神医以身试药，其间吐过血，抽过风，多次昏迷，

可以说几次都被折腾得死去活来。直到那日醒来，吴仁缓缓睁开眼睛，看见坐在床头的老母亲，清楚地唤了一句："娘，您怎么样了？"至此，吴仁也终于恢复神智，而悔不当初的老母亲也终于抱紧儿子，流下了忏悔的泪水。原来啊，当初老神医也是被这个善良孝顺的后生感动了，他一直想尽办法地给吴仁治病呢，如今，终于妙手仁心，得偿所愿。

吴仁恢复意识后，经过三年勤学苦读，终于考中科举，成为山阳县有名的县太爷，为百姓做了许多好事，而他为母以身试药的故事也被百姓们津津乐道，所以大家也敬称他为"孝仁县太爷"。

上海故事家协会秘书长丁娴瑶点评：《孝仁县太爷》是一篇传统题材的孝心故事，很适合学生讲演。申王乐小朋友一人扮演多个角色，在不同人物的语气切换这一点上，做得还是相当不错的。比如，吴家老大和老二对病重老母的"嫌弃吐槽"、老神医泰然自若地讲话等，他都有表现到位。尤其难得的是，小朋友还抓住了一个重要的细节——吴仁患有智障时和康复后说话的不同状态，前者是含糊、结巴的，后者则吐词清晰、顺畅。申王乐小朋友能吃透情节，把握住同一个人物不同境遇下的语气变化，值得称赞。此外，如在讲演中再注意一下肢体和眼神的配合，效果会更好。比如，吴家老二对老大说话时，小朋友侧身、抬头，以仰视的姿态说话，就不太符合兄弟之间的人物关系，微微侧身，平视前方即可。

扫码看申王乐同学的讲演视频，讲演技巧等你来学！

民防小知识：1.冬日假期不能盲目吃喝，要遵守常见的饮食禁忌。

经典悦读

第四堂：经典悦读。 经典文学作品需要经常阅读、反复揣摩。我们为你提供与这些经典作品有关的故事，几分钟的阅读体验带你领略经典的魅力。

耳听为虚，眼见为实，对吗？

@景志祥

《论语》是春秋时期思想家、教育家孔子的弟子及再传弟子记录孔子及其弟子言行而编成的语录文集，较为集中地体现了孔子及儒家学派的政治主张、伦理思想、道德观念、教育原则等，是儒家最重要的一本经典，也是中国文化中非常重要的一册典籍。钱穆先生说，《论语》是一部中国人人人必读的书，于是，我们从论语中截取了这样一则小故事，分享给你，希望能够开启你阅读《论语》之路。

公元前489年，吴国开始攻打陈国。陈国是一个小国，面对家国存亡之际，便求救楚国帮着出兵。楚国是大国，对小国陈国颇为照顾，立马就派出军队来援助，并驻扎在了城父。

其时，孔子正带着弟子周游列国，不巧，正好到了陈国和蔡国之间，这个消息不知怎么被楚昭王给获悉了，就派人去请孔子。

然而，楚昭王招揽孔子以及门人的消息走漏了出去，传到了陈国和蔡国。两国的大夫听说了这件事后，立马就不答应了。他们认为孔子去了楚国，那么接下来陈国和蔡国的好日子只怕是到头了，但他们又不敢惹恼楚国，于是两国大夫舍弃了往日的恩仇，坐在一起商量，最终想出了一个既不得罪楚国，又让楚昭王得不到孔子的"两全其美"的法子：派人将孔子一行人给围困在陈、蔡之间，断绝他们的粮食，再让人去阻挠楚国的使者，这样等到楚国使者到了，见到一个死的孔子，也就无力回天了！

陈、蔡两国说干就干，事情也进行得很顺利。孔子一行人面对数千陈、蔡国的将士，只能乖乖地缴出粮食，被围困在陈、蔡之间的位置。

过了几日，孔子的弟子开始饿得不行了，只能吃树皮、草根，到了第七天，草根、树皮都没得吃了，饿得快不行的孔子，只能躺在那里，有气无力地念几句道德文章。

他问弟子颜回："《诗经》上说：'匪兕匪虎，率彼旷野。'老师的主张

故事会校园版 2024年1月 **87**

故事大课堂

难道是不对的吗？为何会沦落到这个地步呢？"

颜回答道："老师的主张太过宏大，以至普天之下才没有可以容得下您主张的地方。可即便如此，老师依旧努力到各国推广，纵然不被接受，落到被围困的地步又有什么关系呢，老师不是常说，君子本来就是穷途末路的，只有小人无路可走的时候才会胡作非为吗？我们现在就是这样的！"

孔子欣然笑道："你说得对，哪天你发达了，我来给你管家吧。"

一行人靠着这个理念又支撑了几日，眼看着再这样下去，大家势必会饿死，颜回便厚着脸皮，揣着碗四处讨要粮食。

孔子一觉醒来，闻到煮饭的香味。他睁开双眼，却看见了颜回用手正抓锅里的饭吃。

孔子咽了口唾沫，又假装睡着了。

没多一会儿，饭彻底熟透了，颜回走到孔子面前叫醒孔子吃饭，孔子拍了拍身上的灰尘，站起来，走到饭锅前，看着香喷喷的大米饭，忍不住说道："刚才为师做了一个梦，我梦见了我的先人，可能是我太饿了，竟然只光顾着自己吃了，自己吃好后才将饭菜给他们吃！着实不应该啊。"

孔子一番话，颜回立即明白了老师的意思，忙解释说："老师您误会了，刚才我煮饭的时候，不小心让炭灰飘进了锅里，弄脏了米饭，丢掉又可惜，我就抓来吃了。"

一席话让孔子忍不住感慨道："所信者目也，而目犹不可信；所恃者心也，而心犹不足恃。"（按说，我应该相信我看见的，但看见的东西也不一定可信；所以我们应该相信自己的心，可自己的心有时也未必值得相信，我就是因为这个误会了颜回，所以你们记住，要了解一个人很不容易。）

靠着颜回的乞讨，一行人熬过了七天。

七天后，孔子派弟子之中最勇敢的子路偷偷逃到了楚国，将自己被困之事告诉了楚昭王。

楚昭王得知此事后，即刻兴兵来救孔子，就这样孔子及其门人才得以从陈、蔡两国之间顺利脱身，这才有了后来的《论语》，如果那时孔子一行饿死了，说不定儒家经典《论语》就不会刊行于世了吧。

《经典悦读》全新升级，敬请关注！

第五堂：与作家一起散步。为你提供的是现代文阅读题。有几道考试真题，答对了吗？不要急，有请作家本人给你支招。

门

@ 杨静龙

2023 年云南省昆明市西山区中考二模语文试题

① 因为赶着处理一个文件，这天一大早，我就来到了单位。干完手头的活儿，还没到上班时间，单位静悄悄的。

② 我把文件打印了一份，骑上车去外面吃早饭，饭后把文件送到另一家单位。办完事回来，已经过了上班打卡的时间，单位里热热闹闹的，同事们都在办公室里忙碌着。

③ 我走向自己的办公室，发现办公室的门被关上了。记得刚才离开的时候，我特意没有关门，有意让初秋清爽的晨风吹一吹，让办公室里充满新鲜空气。可是现在，办公室的门却紧闭着。我在办公室门前驻足四望，来单位里办事的人很多，人来人往的。我迟疑了一下，推开了门。

④ 我重新给自己泡了一杯茶，坐到办公桌前，喝了一口。我开始怀疑是不是自己记错了，也许刚才离开时确实关了门，否则，谁会无缘无故地把我的门关上呢？

⑤ 正胡乱地想着，隔壁财务处老李走了进来。老李手上拿着一沓财务报表，往我面前一放，说："昨天下班你忘记关办公室门了吧？我给你关上了……"

⑥ 我"哦"了一声，正想开口解释，老李笑着说："你知道我每天都是第一个到单位的，等我把单位里的开水烧好了，大家才陆陆续续来上班呢。今天一到单位，见你办公室的门大开着，等我烧好了开水，门还开着。来单位办事的人多，人来人往的，我就把门关上了。"

⑦ 晨风从窗外吹进来，吹得那些报表"窸窸窣窣"响，有几张纸落到了地上，老李弯腰捡起来，冲我笑了笑，走了出去。

⑧ 我对着老李的背影，迟迟疑疑地说："老李，谢谢你！"老李头也没回，说："哈，同事之间这有什么好谢的……"

⑨ 我到底没有向老李解释，要说这个道谢，其实也有点儿莫名其妙的。可不管怎么说，同事之谊还是让人心里感到暖暖的。

⑩ 老陈是第二个来告诉我关门的人。

⑪ 老陈戴一副高度近视眼镜，急匆匆地从我办公室门口走过，然后又退回来，抻长脖子，扭过脸来看着我，说："你来上班啦，昨天下班忘记关办公室门了吧？"不等我回答，他又急声说，"我路过你门口几次，都没见着你，就帮你把门带上了，嘿嘿。"老陈说完，冲我挥挥手，身影一闪，走了。

⑫ 老陈的话让我不淡定了，这算哪门子的事呀，他们不知道我一大早赶来办公室加班，不知道我加完班外出吃早餐送文件，不知道我是故意开门透透新鲜空气也就算了，他们帮我带上门给了我温暖让我心存感激，这也是事实。但是，一扇门怎么会有两个人来关呢？

⑬ 我正在发愣，"哒哒哒哒"，一阵高跟皮鞋敲打瓷砖地面的声音，自远而近，来到门前。听这皮鞋声，我就知道是单位的美女秘书小潘。"哟哟哟，你工作真是认真呀，昨天都忘记关门了吧？"小潘倚在办公室门框上，笑眯眯地说，她的嗓音和人一样温柔。

⑭ 我望着小潘漂亮的脸蛋，心里突然闪过一个奇怪的念头，脱口问道："……不会是你帮我关的门吧？"小潘咧嘴一笑，道："那还不是举手之劳嘛，小事一桩，咯咯咯咯……"小潘说完，笑着走了。"咯咯咯咯"的笑声由近而远，最后消失在走廊的转弯处。

⑮ 整整一个上午，我的心里都迷迷瞪瞪的。我在想，老李老陈小潘三人当中，肯定有两个人是说谎的，一扇门只能有一个人去关，不可能三个人去关同一扇门，这是

　民防小知识：3. 火锅涮羊肉，单纯讲究肉"嫩"，容易感染上旋毛虫病。

一道再清晰不过的算术题。但是，他们就这样说了。看起来似乎他们谁都有可能会顺手把我办公室的门带上，换成我，也会这样做。这既是同事之谊，又是举手之劳，何乐而不为呢。然而，毕竟只有一扇门，却先后有三个人来告诉我替我关了门，我心里总有一种说不出来的味道。

⑯ 当然，还有一种可能，三个人当时谁都想关门，然后选了一个代表来执行，所以一个人关门，也代表了三个人的心意。但这个猜想经不起推敲。

⑰ 我一边干着手头上的活儿，一边翻来覆去地猜测分析，一直到吃午饭的时候，心里也没一个清晰的想法。

⑱ 我迷迷瞪瞪地来到单位食堂，打了一份饭菜，刚吃两口，一个声音在我耳边响起："我说你呀，下班也不关门，你知道是谁帮你关的门吗？"

⑲ 我抬起头，惊诧地望着一张笑意盈盈的女人的脸，那是单位的工会主席，一位善良的老大姐。她把盘子往我对面一放，坐下来，夹了一筷子菜送到嘴里，慢慢嚼着，没再往下说，但听她的口气，好像这扇门，是她关的。

摘自《小小说选刊》

图：陆小弟

1. 请你联系文本，分析本篇小说选用第一人称叙述的两点好处。
2. 析人物，品细节。
   ① 联系语境，分析加点词语所表现的人物心理。
   老陈戴一副高度近视眼镜，急匆匆地从我办公室门口走过，然后又退回来，抻长脖子，扭过脸来看着我。
   ② 文中小潘的出场和离场描写很有特点，请分析这样安排的表达效果。
   出场："哒哒哒哒"，一阵高跟皮鞋敲打瓷砖地面的声音，自远而近，来到门前。
   离场："咯咯咯咯"的笑声由近而远，最后消失在走廊的转弯处。
3. 请说说第③段画横线的句子在全文的作用。
4. 请给本文标题《门》加一个副标题，并联系文本说出理由。

扫码进入真题实战，看一看作者的解题方法和写作思路。

故事大课堂

第六堂：事典。写议论文时，你是不是常常感到，你的文章事实论据不够准确？或者准确了，又不够生动？或者准确生动了，还不够新颖？我们开发开放的这个"论据库"，就是让你有机会看到更多有用有料有观点、见人见事见精神的小故事。倘若你身边恰好也有这类案例，请不要忘了与大家分享哦。

一字万金

一次，梅兰芳忙里偷闲，约挚友到香山小憩。他在一个幽密之处，发现一方掩映在绿荫之中的巨石，一时兴起，在巨石上写下"梅"字，又在左下方写了"兰芳"。

过了段时间，梅兰芳深感不安：这不就是乱刻"到此一游"吗？他主动找到主管香山慈幼院的熊希龄认错，道歉道："未经同意就在石头上写字，我请求罚款。"熊希龄正为办学经费短缺发愁，灵机一动，说："那好吧，就罚你在香山搞一场义演，收入全部捐给我们。"梅兰芳爽快答应。演出后，将全部收入一万余元捐献了出去。

（关键词：知错能改，勇于担当）

马连良一字之错

马连良与高亭公司合作录制《甘露寺》唱片，一位戏迷听后发现，唱词中"汉寿亭侯"唱成了"寿亭侯"。其实，梨园界一直这么唱，马先生以为汉寿亭侯的"汉"是指汉朝。实际上，汉寿是个地名。得知自己犯了这一字之错，马先生自掏腰包买回了全部唱片，一次性销毁。马先生说："一字之错必须纠正，否则就是亵渎观众，贻害后辈。"

（关键词：严谨，责任心）

李汝珍治穷病

清代小说家李汝珍颇通脉理，这天，一个小伙子请他看穷病。李汝珍沉吟片刻，提笔开了药方。小伙子照方抓药，竟然是十个鲜枇杷核。再看处方上的医嘱：浇水、施肥、培土、除虫、早晚勤劳莫偷懒，到时穷病自除！

枇杷树长大了，鲜枇杷叶可入药，枇杷果也人人爱吃，小伙子很快脱贫致富，还娶了妻，生了子。

（关键词：勤劳致富）

民防小知识：4.火锅汤中的"卟啉"，经肝脏代谢生成尿酸，容易引发痛风。

实在人刘昆

西汉年间，湖北江陵县突发大火，时任县令的刘昆情急之下跪地向天求雨，结果大雨浇灭了大火。后来他升任弘农郡太守，这地方本来虎患猖獗，然而刘昆主政三年，老虎竟然纷纷离开。

汉武帝得知后召见了刘昆，问他缘故，刘昆如实回答："纯属巧合。"很多人得知此事，都为他惋惜，刘昆却说："如果我借机自我吹嘘，皇帝真拿我当了神人，再遇虎患、火灾，我该如何应对？"

（关键词：实事求是）

老农的文采

早年，作家许地山与几个朋友到乡下采风，看到几棵白杨树长得又高又直。有人提议，用一句话来描述白杨树的高大。有人便说，白杨树高耸入云；也有人说，鸟儿在白杨树的枝丫间嬉戏；还有人说，风筝的线放到了极致，才能与树叶共同起舞。许地山想了想说："我爬上房顶，想摘下一片树叶，恼人的是手臂不够长。"这时，路过的一位老农随口说道："白杨树高得呀，每次仰头看，帽子都要掉。"

众人一听，忍不住一起鼓掌：绝妙的文采，就是来自生活啊！

（关键词：艺术与生活）

曹冲撕衣救库吏

曹操有一副心爱的马鞍，平时放在库房之中。这天，主管库房的库吏突然发现马鞍被老鼠咬坏了，他很害怕。古人迷信，说大将马鞍坏了预示大将会遭遇不测，库吏准备向曹操请罪。两天后，曹冲拿着一件都是破洞的衣服找到了曹操，说："听说衣服被老鼠咬坏对本人不利。"曹操开导说："都是迷信，不要当真。"此时库吏进来请罪，曹操听了没生气，反而安慰了库吏一番。

殊不知曹冲衣服上的洞都是他自己撕破的，他这么做的目的就是为了让曹操不要给库吏治罪。

（关键词：善良）

第七堂：给你一双慧眼。故事中有多处差错，你能找出来吗？比一比，看谁找得对找得快。

"冬天不要砍树"

@ 辰玉 设计

冬天来了，寒风凛冽，院子里花草树木凋零，满地枯枝落叶。有棵树似乎已经死了，树皮开裂，枝叶枯黄。小男孩指着树对爸爸说："爸爸，它死了，砍掉它吧。"

爸爸走近这棵树，仔细端祥。爸爸用姆指一按，一大片树皮应声而落，树枝更是轻轻一碰就折断。"这棵树也许真的死去了，但是，"爸爸轻轻抚摸着树干，说道，"冬天不要砍树，也许到了春天，它就活过来了。"

之后，小男孩便一直掂记着这棵树。第二年开春，小男孩惊讶地发现，这棵树竟然发出了新芽。爸爸说："它并没有完全死去，春天一到，又焕发出生命的活力。"

这件事给小男孩留下了深刻的印象。在长大的过程中，他无数次地见证了"枯木发新枝"的道理。邻居家的"锯嘴葫芦"长大后做起了律师，在法廷上与人唇枪舌战。班上那个成绩倒数的男孩，高考前竟然悬梁刺骨，刻苦学习，最终金榜提名，考上了名校。还有自己，当年身体赢弱，被人预言难以长大，现在却硕壮无比。这正是因为父亲懂得"冬天不要砍树"的道理，没有在无望中放弃。

只要不轻易放弃，凡事都有转机！

摘自《咬文嚼字》

扫码看答案，和同学比比，谁的分数高？

吴 艳
故事会校园版编辑
Wu Yan Stories Editor

让父母卸下沉重的爱

刚毕业那会儿，我自己租房子住。临近过年，听到我还要加班，母亲不放心，风尘仆仆赶来照顾我。

母亲心疼我，每天都做满满一桌菜等我回来。那年的腊月二十九，我特意打电话给母亲："我今天很晚才能回来，你早点吃饭，不要等我。"然而半夜回来，看到母亲还在熬夜等我，饭也没吃。我的情绪一下子爆发了："不是和你说了不要等我吗？"

母亲显然没有想到我会这样，眼里的期待变成委屈："你又不会做饭，我特意赶过来不就是为了照顾你吗？"

这样沉重的爱，让我愧疚又难受，不知如何面对。

无独有偶，最近听到朋友的一个故事。前几年，他的公司受到疫情影响，收益一直不好，他的父母担惊受怕，从此节俭度日。去年过年回家，他发现天气冷了父母也不舍得买新棉袄。他无法理解，和父母大吵一架，父母生气地说："这不是在给你省钱吗？"

我问："那后来呢？""后来我请他们去我公司帮我处理一些简单的事务，虽然他们嘴里颇有怨言，但干得很认真。今年公司效益好了，他们还不肯走呢。"

我若有所思，回家后，陪母亲一起去菜市场，问她不同菜的挑选方式。买完菜，我让她教我做春卷、红烧鱼。大年三十的晚上，我不断"麻烦"母亲："妈，你看鱼鳞刮干净了吗？""妈，西蓝花是不是要先焯水？"……

当一桌子菜做成，我看到了母亲灿烂的笑容。原来让父母卸下沉重的爱的秘密，就是偶尔"麻烦"他们，让他们知道自己仍被子女需要，也意识到孩子已经长大。

本期锐话题"年年过春节，年年不一样"，新的一年里，大家或成长，或收获。万家灯火共赴团圆之时，也祝各位读者在新的一年里，阖家欢乐、心想事成。

114

CONTENTS

扫二维码，听全本故事会

2024
STORIES DIGEST
2月校园版

故事中国网：www.storychina.cn　邮发代号：4-900　国外代号：MO9178　定价：8.00

社长、主编：夏一鸣

副社长：张 凯

副主编：高 健

本期责任编辑：吴 艳

发稿编辑：高 健 蔡美凤
　　　　　胡 捷 杨怡君

美术编辑：孙 娌

责编电话：021-53204043

邮编：201101

地址：上海市闵行区号景路 159 弄
　　　A 座 3 楼

主管：上海文艺出版总社

主办：上海文艺出版总社

出版单位：《故事会》编辑部

发行范围：公开

出版、发行电话：021-53204159

发行业务：021-53204165

发行经理：钮 颖

媒介合作：021-53204090

广告业务：021-53204161

新媒体广告：021-53204191

国外发行：中国图书贸易总公司

印刷：上海四维数字图文有限公司

发行：上海邮政报刊发行局

邮发代号：4-900

国外代号：MO9178

定价：8.00 元

故事会公众号　　故事会 App 下载二维码

事会》微博：@ 故事会　《故事会》微信：story63

故事会 校园版欢迎投稿

　　稿件要求：来自最新的报刊、图书或网络，故事性强，文字明快，主题健康，视野开放，纪实或虚构均可，体现"新、知、情、巧、趣、智"的特点，同时欢迎第一手的翻译作品。推荐作品须注明原文出处、原作者姓名，确保转载不存在侵害版权的行为，并请留下推荐者真实姓名及通信地址。作品一经采用，即致推荐者 50 至 200 元推荐费，并向作品著作权人支付稿酬。

故事会 校园版 投稿信箱
wenzhaiban@126.com
故事中国网：www.storychina.cn

　　本刊所付作者的稿酬，已包括以纸质形态出版的故事会校园版、汇编出版、音像制品及相关内容数字化传播的费用。

　　部分作者因各种原因未能联系到，本刊已按法律规定将稿酬交由中国文字著作权协会转付，敬请作者与该协会联系领取。地址：北京市西城区珠市口西大街 120 号 1 号楼 太丰惠中大厦 1027—1036，邮编：100050，电话：010-65978917，传真：010-65978926，E-mail:wenzhuxie@126.com。

　　本刊未署名图片均由视觉中国提供

丸子的朋友圈

做梦

王大脸真的不是女汉子

自从上班后，我经常会梦到自己一夜暴富，但每次都在看到钱的时候突然惊醒。大家能帮我从科学的角度分析一下这是什么原因吗？

> 金融小王子刘思聪：这是人体的保护机制，就是想告诉你，现实中得不到的，梦里你依然得不到。

+35，饱和度 −15，对比度 −15，色温 −12。

> 丸子：谢谢提供修图参数，我这就去试试！
> 王大脸真的不是女汉子：那我把数据反过来调，是不是就可以看到你的素颜了？
> 哲学系二师兄：你对大脸掏心窝子，大脸对你玩心眼儿。

修图

郭美眉

朋友问我，我平时发的照片为什么看上去皮肤很好，是怎么保养的？我告诉他们，亮度

商业思维

大老板张富贵

你们猜，为什么很多老板卖紫砂壶，都会强调"一个紫砂壶只泡一种茶"？

常识知多少（古代科技篇）1. 我国最早的历法夏历是以正月为岁首的记历方法，流传至今。

金融小王子刘思聪：为了避免串味！
大老板张富贵：错。因为这样说，卖的壶多。

对策

快递员小马

过年回家，亲戚一直问东问西，心里很烦。这时候我发现胡说八道真是太有用了。

丸子：你胡说了啥？

快递员小马：有个亲戚问我做啥工作，我说没有工作，她问我那怎么生活，我说靠找亲戚借钱生活，她就不说话了。

备用钥匙

丸子

我过年回老家，给你带了礼物，现在人在你家门口，你啥时候回来？@郭美眉

郭美眉：我还有两小时才能回来，你先进去。门外伞架下面有盒猫罐头，打开它，把隔壁邻居的猫引出来，然后那只猫的右前爪，就是我家指纹锁的备用钥匙！

丸子：你家的备用钥匙藏得可真隐秘。

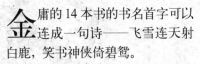

连字

哲学系二师兄

金庸的14本书的书名首字可以连成一句诗——飞雪连天射白鹿，笑书神侠倚碧鸳。

丸子：J.K.罗琳的7本书的书名首字也可以连成一句话——哈哈哈哈哈哈哈。

换什么

金融小王子刘思聪

大家帮我参考一下，日常通勤90公里，是换油车还是电车？

快递员小马：换电车，省加油费。
郭美眉：换油车，不怕途中断电。
大老板张富贵：我看你还是换工作吧。

学车

丸子

昨天我去练车，看到二师兄也在车上。教练说："这是你的前辈。"@哲学系二师兄，所以科目二你学了多久？

哲学系二师兄：呵，看到场边新长出来的西瓜藤了吗？那是我去年夏天吃西瓜时吐的籽，你看，它已经长大了。

牛大姐家乐事多

主要人物：牛大姐（妈妈）　牛大哥（爸爸）　牛小美（女儿）　牛小宝（儿子）
钱多多（牛小美的男朋友）　刘姥姥（牛小美的外婆）

想看多远

牛小宝对牛大姐说："我看不清太远的东西。"

"你跟我来。"牛大姐把牛小宝带到外面，用手指着天上的太阳，问道，"你看那是什么？"

"太阳。"牛小宝回答。

"太阳离地球那么远，你还想看多远！"

水的奇效

牛大哥对刘姥姥说："牛大姐最近脾气很差，无缘无故就发火，快吓死我了。"

刘姥姥说："我有办法，当她看起来快要发火时，你就喝一口水，把它含在嘴里，不要咽下去，直到她安静下来。"

两周后，牛大哥容光焕发，他好奇地问刘姥姥："妈，您的方法可真管用，只是我不明白，一杯水怎么会有这么大的功效？"

刘姥姥回答："水本身起不了作用，关键是让你闭上嘴。"

戒烟

一年前，牛大姐让牛大哥戒烟，为此她给牛大哥讲了好多道理:"为了孩子的健康,为了你自己的身体……老公,戒烟吧!我会每天帮你把烟钱存起来,一年后,你就知道戒烟能省多少钱了。"

今天,牛大姐拿着一个全新的包包,非常得意地在牛大哥面前展示:"老公,看到了吗?这就是你戒烟这一年省下的钱!"

心领神会

晚饭后,牛大哥和牛大姐窝在沙发上各自刷着手机。突然,牛大姐把手机举到牛大哥的面前,指着屏幕上的广告问:"老公,你觉得这个口红颜色好不好看?"

牛大哥看了一眼,立马明白了牛大姐的用意,随后转了30元钱给她。牛大姐收到钱,一脸疑惑地问:"30元也不够买口红啊?"

牛大哥说:"这钱给你充个视频会员,这样你就看不到广告了。"

都一样

牛大姐和牛大哥因为谁做家务多这一事情吵架了。牛大姐一气之下回了刘姥姥家。

牛大哥把她哄回来后,特地干了家务。谁知牛大姐进屋转了一圈又要走:"我不在家,你把屋子收拾得比我在家时都干净。这个家有没有我都一样,我还留在这儿干什么?"

上班

牛大哥带牛小宝去探望刘姥姥,刘姥姥高兴地包了一个红包给牛小宝。

牛小宝连忙说:"谢谢姥姥!"然后转身将红包交给牛大哥,并说道:"爸爸,请把我的红包收好。这可是我一年的工资!"

牛大哥听后一愣,问:"你又没上班,怎么会是工资呢?"

牛小宝:"我怎么没有上班呀,我不是每周都在上班吗?"

牛大哥问:"那你倒是说说你上了什么班?"

牛小宝:"珠算班、羽毛球兴趣班、素描班……很辛苦的!"

不好好听课的理由

牛大姐教育牛小宝:"你上语文课为什么不好好听讲呢?"

牛小宝:"我觉得上语文课没什么意思。"

牛大姐:"你已经四年级了,难道还不知道'少壮不努力,老大徒伤悲'的道理吗?"

牛小宝:"道理我都懂,可是我是家里的老二啊!"

一年中，不管我们有多少遗憾与哀怨，但在大年三十的晚上，看着一桌丰盛的年夜饭，我们都会举起杯子，互相说着祝福话。家人的笑容，像窗外一盏盏红色的灯笼，照亮了你。毕竟，脸上无忧，来年无愁。本期锐话题：年年过春节，年年不一样。让我们一起感受普通人过年的心酸与欢乐。

过年，怕的是无处奔波

@ 林特特

过年时最为奔波，也最怨奔波，后来才知道，最可怕的是无处奔波。

小时候，去姥姥家过年是一件大事。

姥姥家在安徽寿县的一个小镇上，汽车只到邻近的"马头集"，剩下的三十里地都要靠步行。

据说，我一岁多第一次去姥姥家过年时，下了车，我爸带着借来的扁担，前面挑着行李，后面挑着我，我被装在一只桶里。他一边走，一边跟两手空空的妈妈瞎贫："这位大姐，能多给点钱吗？您看东西这么重，我又这么卖力……"竟有路人帮腔："是啊，大过年的，都不容易！"妈妈说起这个段子，总哈哈大笑。

我真正有记忆，已上小学四年级了。

那年冬天不太冷，路上没有冰。腊月二十九一早，天还没亮，我就被叫起。爸爸妈妈拎着大包

常识知多少（古代科技篇）3.《尚书》中有我国目前发现最早的记载日食的内容。

小包，甚至带了一辆自行车。我们在路边站着，直至厂里的司机郑刚叔叔开着东风大卡车出现。

驾驶室离地面好远。

天还是黑的，出合肥市区是小蜀山，车灯闪烁，一座座墓碑阴森森地排着队，小坟包此起彼伏如波浪线。爸爸一支接一支地给郑刚叔叔递烟，还陪他说话，我很快睡去，又很快在烟雾缭绕中呛醒。

"就送你们到这啦！"至六安汽车站，郑刚叔叔把我们放下。

我想吃车站旁大排档的胡辣汤，被妈妈打了手："脏！"她打开随身的包，拿出早就准备好的粢饭。

然后就是等，等六安去寿县的车。

车很少，也没有固定的点，买了票，一遍遍去窗口问什么时候发车。"快了，快了"，答案千篇一律，车呢？却遥遥无期。

午饭还是粢饭，坐在车站候车室红漆斑驳的木椅上，每个人都在做两件事：一边挥手赶苍蝇，一边打发一拨拨的乞丐。下午一点，忽然广播提示去寿县的旅客做准备，呼啦啦，人群扑向车站停车场指定的那辆车，爸爸和司机说了半天，终于，自行车不用绑在车顶，放在我们座位旁的过道上。

我的脚边是"咯咯"叫的母鸡，很快排出粪便。可怕的是它还有可能啄我的脚，心惊胆战，又在局促空间不停躲闪，我竟吓得没敢睡，而困意在下车后袭来。这时，我才知道自行车的用处。"我带着行李在后面走，你妈骑车带你先行。"爸爸解释。

比小蜀山、母鸡还让人感到恐惧的是我妈的车技。

让他们自信的理由是这三十里地不通车，撞也撞不到哪儿去。但他们忘记了一路上坑坑洼洼坡连坡，有几个坡挨着，谷底如窝，而车马劳顿又起得早，我已困得不行。没多久，爸爸妈妈又会师了。在剧烈的上下坡中，正睡着的我从车上摔下来，跌落某个"谷底"，醒后旁顾左右，大哭；而妈妈骑着骑着觉得身轻如燕，往回一看，魂飞魄散，孩子没了！也大哭着往回找。爸爸从后往前走，在路上捡到我。

有惊无险，但为避免闹剧重演，妈妈推着自行车，我坐在后座，一家三口往姥姥家前进。

天又黑了。"还好今年没下雪，

路上没有冰。"他们在路上喃喃。

"等以后通了车……"他们开始畅想未来。

"我希望能一部车就到，哪怕从早坐到晚。"这是妈妈的终极梦想。

"要是干脆不用回来……把你娘接到合肥。"爸爸另有思路。

"还有几站？"这时，我对距离的测算还以公交车的"站"为单位。"就一站了！"他俩异口同声。"为什么这一站这么长？"

路口，有人拿着手电筒，是二姨。

我们看清彼此后欢呼起来，二姨一把拽过行李，有些嗔怪："我从下午四点就在这看了！"

小路绕小路，巷子拐巷子，在一扇门前停住，二姨边拍边喊："合肥的，回来了！"门打开，许多人站起来，都是亲戚，他们说着带侉音的土话，热情招呼我们，姥姥在正中间笑着。

"今年去哪儿过年？"电话中，我明知故问——七月，姥姥去世了，我以为他们再也不会去寿县。

"还回你姥姥家。"妈妈的话让我大吃一惊，她解释，姥姥跟二姨一辈子，每年春节大家都回去，多热闹。今年不能老人刚走，就让二姨伤心再加寒心。

"反正方便，开车两小时就到。"这话让我瞬间想起二十五年前妈妈的终极梦想，我提醒她，捎带提起小蜀山、母鸡、摔在谷底的春运往事。

"以前过年真是奔波，现在才知道最可怕的是没处奔波，"妈妈叹口气，又强调一遍，"今年还回寿县。"

离萧天摘自《从你的全世界错过》

上海文艺出版社 图：谢颖

那年春节，大雪纷飞

@葛闪

大雪纷飞的那一年，即使一贫如洗，也向往过年的美味佳肴。圆满过年，来年圆满。

那年冬天，大雪在苏北大地上空足足折腾了好几天。眼看春节将近，我家每个人心里覆盖着一层厚厚的雪。

有一孙姓人家是村里的大户，做杀猪营生。弟弟被父亲抓到时，正在孙家大快朵颐。

弟弟去孙家那天，雪刚停没多久。他和孙家的福柱玩得特别好，福柱不像富家孩子眼高，和弟弟像是亲兄弟。因为父亲家教严，弟弟很少敢接他的东西，"不是自家果树掉下的果子，再香再甜也不能吃"。福柱脾气犟，经常把东西往弟弟手里塞。我和姐姐暗示弟弟："人家真心给的东西，你不吃，就是不尊重人家。再说，

咱家都三年没吃过肉了。"

父亲把弟弟抓回来，一路上叫他闭嘴。天寒地冻，弟弟上半身全裸，下半身穿着条短裤，不停地用冻得像胡萝卜一样的手哈着气，互相搓揉。前胸、后背，赫然是父亲用藤条抽打的印痕。

母亲一把泪一把泪地掉，眼睁睁看弟弟在门外受冻。打累了的父亲坐在石阶上，边抽旱烟边骂："你想吃猪肉想疯了，居然给人家卖体力。你说，咱家祖宗的面子，是不是都让你丢光了？"

弟弟嗫嚅半天，告诉父亲，他在福柱家玩，天气太冷，冻得受不了，才想干点活驱驱寒。活干完了，出了一身大汗，福柱爹

过意不去，硬拉着他吃猪肉。再说，孙家就是干这营生，缺啥也不会缺猪肉。

父亲一愣，这才想起，弟弟穿的衣服是姐姐穿剩下的。父亲的眼圈红了，他把旱烟朝地上使劲磕了一下，叫弟弟把衣服穿上。

弟弟突然冒出一句："爸，那猪肉真好吃。"刚消气的父亲，冲上来又要打，母亲一把拦住了。

弟弟扑到父母面前，哭着说："猪肉确实好吃嘛。我只能在福柱家里吃，又不能带回来，哥哥姐姐还没这福分吃哩。你都说了三年了，今儿第四年，我们全家还是没吃着猪肉。"

我家一贫如洗，自从三年前母亲身体不好，更是雪上加霜。父亲瘫坐在地上，说："今年，老子一定让你们吃上肉。"说完冲出家门，消失在一片银白之中。

母亲知道，一辈子不肯低头的父亲出去借钱了。暮色四合，外面的风更大了，直到最后一丝亮光快要褪去时，一个黑点出现了。我们欢呼着迎上去，却见父亲脸色铁青，慢慢蹲下身，把弟弟抱在怀里，又放了下来。

突然间，父亲把我们三个朝怀里一搂，"呜哇呜哇"大哭起来，

大声说自己没用。不难想象，那个穷苦的年代，再加上逼近年关，再亲再近的人，也不会轻易松开捂着钱袋子的手。

那一刻，我们知道，想吃顿带肉的年夜饭的愿望又泡汤了。

或许是父亲去借钱时受了风寒，第二天他就感冒了。一向刚强的父亲主动说扛不住了，要去医院。医生说，是重感冒引发的急性肺炎，需要住院几天。母亲身体不好，我们又小，只好告知亲朋好友，希望能帮忙照看一下。

那是我们看到亲戚最多的一次。虽然大家都穷，但依照惯例，来医院瞧病人不能空手，条件好点的，还会给上一两块钱。

出院时，眼看就要过年，收拾好东西，母亲数了数钱，除去住院费，还剩一些。弟弟突然跳起来说："年夜饭有着落了。"母亲气得挥手给了他两个大耳光，打完以后，又痛哭不止……

大年三十前夕，大雪纷纷扬扬。父亲站在院里，一个劲儿地嘟哝："瑞雪兆丰年，瑞雪兆丰年呀。"然后将我们召集到一起，问想吃什么，明天是年前最后一次逢集，都给买回来。

下午，姐姐带着我，偷偷跑

到离家一两公里的村西池塘边。我们把冰面砸开一个小口子，将渔线轻轻放入水中，等待鱼上钩。

雪继续肆虐，姐姐从河边扯了一点枯草过来，垫在身子底下，又叫我凑近她，搂我入怀。一个多小时，只钓了一条瘦得可怜的小鱼苗。眼看天色将黑，姐姐急得掉下泪来。或许是上天垂怜，终究还是钓起一条大鱼。姐姐兴奋地拉起我就走。

上岸的时候，因为兴奋，我几乎从冰面半滑行到岸。双脚刚上岸，听到身后一声惊呼，姐姐瞬间掉进河里。我把鱼朝地上一放，就要扑过去。姐姐喊着："鱼跑了，鱼跑了。"我再回头一看，岸上的鱼在地上噼啪作响，眼看要挣脱渔网，跳回河里。我转身扑了过去，把鱼死死压在身下。

幸好姐姐懂水性，几番挣扎，爬上岸，抱着我哭了起来。

回家时，经过村头窑洞，姐姐说要生火把衣服烤干，这样父母才不会责骂。外面的风雪很大，窑洞里温暖如春。姐姐说，咱们钓到了鱼，家里省了一笔钱。

我问："亲戚们留下的钱也不少，何必天寒地冻找罪受。"

姐姐说："不是缺不缺一条鱼的事，而是能为家里做点什么，既省钱也心安。"

姐姐告诉我，父亲住院是故意的，母亲偷偷告诉她的。

我这才知道，父亲那天借钱无果，回来烧了一大桶水，把自己泡在大木桶里，直到大汗淋漓，然后只穿一条短裤，一头扎进寒风之中，用地上的残雪在自己身上搓洗。就这样，天没亮，父亲就发起高烧来。

姐姐泪眼婆娑地说："这样，亲戚朋友来探望，我们才有钱过年。"

大年三十，全家聚在一起吃饭，外面的雪铺天盖地，面对桌上的鸡鸭鱼肉，父亲拼命催我们夹菜。母亲边吃边哭，我和姐姐趁着埋头吃饭时，把眼泪滴进饭碗里。只有弟弟，小脸涨得通红，站起来，这里一筷子，那里一筷子，肚子撑得圆圆的，活像一尊小弥勒佛。

去年，一家人聚在饭店吃年夜饭。弟弟的孩子最小，一边往嘴里塞着鸡鸭鱼肉，一边指着窗外喊："看，雪，好大的雪呀！"

一瞬间，我仿佛看到，那年的雪，再度扑面而来。

张秋伟摘自《辽宁青年》 图：陆小弟

风中的字

@肖复兴

当黄昏降临，人们匆匆回家吃年夜饭时，有一幅字正和大自然交融呢，它们迎着风，一起过年。

年三十，黄昏显得很短，一眨眼的工夫，就会迅速完成和夜色的交班。街上的行人已经不多，偶尔几个骑自行车的人匆匆赶着往家奔。这时候，谁不着急回家？暖暖的家里，年夜饭的香味正在满屋飘散呢。

我家街对面是潘家园市场，这一天，较往常的人满为患虽然清静了不少，但依然有市声喧嚣，就连便道上都有人摆摊，不过，卖的大多是过年的窗花、对联，也有一些自己书写的书法作品。这时候了，这些零星的小摊早都收拾好家伙什回家过年了，只有一个人在寒风中坚持到现在。

这是一个中年人，听口音是河北沧县人，沧县是我的老家，一听就能听得出来，便感到有些亲切。我在马路这边就看见了他，穿着一件枣红色的羽绒服，在便道隔离的栏杆前，他正在弯腰收拾地上摆着的东西。长长一溜儿的便道上，硕果仅存只剩下他一个人，显得格外醒目。在街这边看，他的身前是一座绿色的报刊零售亭，早已经挂上了门板，但绿色的亭子和他身后白色的栏杆，街树的枯枝，市场灰色的外墙，颜色艳丽的广告牌，这些静物和他

组合在一起，构成了一幅画。如果作为新年画，还怪有意思的。

我过了马路，除了地上还摆着两幅书法，他已经收拾好了东西，正准备要走。我匆匆瞥了一眼地上的两幅字，一幅隶书，一幅行草，尺幅都不小，没来得及仔细看，只是客气地和他打过招呼，知道卖的都是他自己写的书法作品。问了句今天卖的行情可好，他摇摇头说今儿不行，一幅没卖出去；又问这么晚了回沧县过年吗，他说在北京租有房子，全家今年都在这儿过年了。然后，彼此拜了个早年就分手了。寒风中，看见他的身影，显得有些孤独和凄清，怎么都感觉像是巴金《寒夜》里的人物。

办完事，我原路返回，天已经彻底黑了下来，路灯早亮了，倒悬的莲花一般，盛开在寂静的街道旁。路过报刊零售亭的时候，忽然看见门板上贴着两幅书法，在街灯的映照下，白纸黑字，非常打眼。看出来了，是刚才那个中年男人摆在地上的那两幅字，一幅隶书，一幅行草。仔细一看，隶书是四个横写的大字：龙马精神。行草是四句诗：箫鼓追随春社近，衣冠简朴古风存，从今若

许闲乘月，莫笑农家腊酒浑。禁不住莞尔一笑，字虽然写得一般，但觉得有点儿意思。两幅字都和春节相关呢，一幅为新年祝福而写，一幅为春天到来而写。后一幅，是放翁诗的改写，改得风趣有神，有点儿功夫，并非等闲之辈。

这位老兄，一天没有卖出去一幅字，索性把这两幅字留了下来，贴在报亭上，留给人观赏，也留于风抚摸，留下即将燃放的鞭炮的欢庆。这是他心情的宣泄，也是他拜年的特殊方式，是个不错的创意。

既然清风朗月不用一文钱买，那么，白纸黑字也可以无须一文钱卖，和大自然交融，一起过年迎春，是一种别样的境界呢。到潘家园来卖字画的人，多如过江之鲫，如他这样有创意的人，我还真的没有见过。

只是担心，不知道这两幅字能否熬过大年夜，明天一早，人们出门到各家拜年的时候还能否看得到？走过马路，禁不住回头又望了望，寒风吹过，报亭上的那两幅字在猎猎地抖动。

心香一瓣摘自《荔枝依旧年年红》

北京联合出版公司 图：佐夫

刀螂记

@赵菱

在我们这儿，用方言喊螳螂就是"刀螂"。刀螂们非常机敏，大大的、透明的眼睛几乎占了三角形脑袋的二分之一。捉的次数多了，我大概在刀螂王国里上了黑名单，往往一看到我，它们就"嗖"的一声，立刻窜到了另一边。但只要被我看到，想再逃脱就难如登天了。

我猛地一跳，迅速捏住一只绿刀螂细长的脖子，它立即张开两把长满锯齿的绿镰刀倒抓我的手指。我用指甲猛弹它的绿镰刀，趁它被弹得七荤八素时，打开火柴盒扔进去，关它个一天一夜。

第二天，它就老实些了。另一只火柴盒里先前已关了一只灰紫色的大刀螂。这种颜色的刀螂比绿刀螂少见多了，我把它看得很珍贵，郑重其事地将它命名为"灰老"。

新来的这只还相当年轻，翅膀青绿得可爱，我给它取名"小青"。

我把文具盒掏出来，倒出一条豌豆虫，放在小青嘴边，小心地抚摩着它的脖子，喃喃说："小青最乖了，来，这是最好吃的豌豆虫，快来吃一口。"这家伙警惕地一回头，差点咬住我的手。

灰老长得非常有气势，几乎比小青大一倍。灰老的眼睛也是灰紫色的，看我的时候很温柔，简直像两颗紫玉石。我轻轻抚摩着它的头，它温驯地动动头上的触须。我一阵感动，还是灰老和我亲热啊！我又得寸进尺地抚摩它的脖子和光滑的后背，它慢慢地转过身来，优雅地挥了挥两把紫镰刀，似乎在和我打招呼。

我激动得一跳三尺高，心中有一个声音拼命地呼喊：天哪！莫非我是一个天生的昆虫学家？要不怎么连小小的刀螂都能和我进行默契交流呢？

我小心翼翼地托起灰老，喃喃地说："谢谢你对我这么亲！灰老，你是我最好的朋友……"

说完，我把灰老的三角嘴巴贴在自己嘴唇上："让我亲亲你吧，我的好灰老……"话音未落，我"啊呀"一声，厉声惨叫起来，我妈一听，立刻冲了进来，连声问我怎么了。

我惊魂未定，结巴着说："没……没什么。"

"没什么嘴唇怎么流血了？"我妈大惊小怪地叫起来，一眼瞥见旁边的虫子，又嚷起来："啊！你又养刀螂了？这嘴唇不会是被

刀螂咬的吧？"她的脸都白了，"它怎么会咬着你的嘴的啊……"

我冲进房间，把她的话通通抛在脑后，无力地倒在了床上。

那天上午，表哥小飞恰好来做客，还特意带了一只荷叶鸡来给我解馋。如若是往日，我早就如狼似虎地扑了上去，可那天没有，我情绪低落得要命，不全是因为嘴唇疼——我失望极了，原来灰老还是没把我当好朋友啊！

表哥听说我养了刀螂，非要欣赏欣赏。他啧啧地看着，称赞着。我矜持地保持着微笑，其实心里得意死了。

表哥从我家离开后，我又睡了会儿午觉。醒来后第一件事就是跑去看灰老。

可是，我找遍了整个抽屉，都没发现灰老的踪迹！

我额头上的冷汗冒了出来。小青还在的呀！灰老怎么突然失踪了？谁偷走了它？

表哥！

我的脑海中清楚地浮现出表哥对灰老爱不释手的样子。这个无耻的盗贼！

幸好表哥家离我家不远，我一口气跑到他家楼下，冲着窗子

大声喊："陈小飞！快给我滚下来！"

表哥惊讶地睁大了眼睛，问："怎么啦？"

我恼怒得双眼喷火："少给我装蒜了！快把灰老还给我！""我没拿啊！"表哥一脸憨厚，看样子不像说谎。

我当场就在他家楼下撕心裂肺地哭号起来："你赔我！你不看它就不会丢……"

不知怎么回事，灰老失踪后，小青变得病恹恹的，一周后，小青也离开了我。

这次我没有哭，撕下一张绿色信纸折了一只纸船。表哥站在我身边，连大气也不敢喘，生怕我又发疯。

"你看，这是一艘可以在泥土里航行的船，它们坐上后，在地底下，想去哪里，就去哪里。"我对表哥说。

我在河边的一棵桑树下挖了一个坑，把绿纸船放进去，大声抽噎起来。

我们沿着河岸往回走，两岸生长着高大的白杨树。忽然，表哥大声喊起来："快看那是什么！"

我抬眼望去，天哪！我简直不敢相信自己的眼睛！

我看到一根纤细的白杨树枝条上有一个椭圆的、坚硬的虫卵，此刻正裂出一条条很细的小缝，像有人整齐地用最薄的刀一点一点切成的。从一道道小得几乎看不清的缝隙里，正轻轻地爬出一只只幼小的绿刀螂，幼嫩得像轻轻一碰就会融化。它们安静地从虫卵里一只只爬出来，随着风慢慢地离开自己的兄弟姐妹，飘到一个谁也无法预知的地方去，然后开始崭新的生活。

我们就这样屏着呼吸，一动不动地看着这些美丽的绿刀螂，生怕呼吸稍微重了点，它们就突然消失不见了。

原来，生命是如此脆弱，又是如此生生不息！

这幅景象就这样永远地留在了我的眼帘里，稍稍眨一下眼睛，它就又会鲜活地重现。从此以后，我再也没养过刀螂，再也没遇到过像灰老那样威武神秘的刀螂了。我一直都固执地相信，灰老曾经真的把我当作了它最好的朋友，因为它那样温柔地注视过我。

它是永远的唯一。

扬灵摘自《巧克力的夏天》

江西高校出版社

图：恒兰

给大海唱戏

@ 谢志强

事后，父亲对他说："幸亏没带你上船，你畏水，那是很大的水。"父亲还感慨："鸡蛋不能放在一个篮子里呀。"

父亲是草台班子里的台柱子。那一带，祝个寿，开个业，都请戏班子去助兴。草台班子像一条船在江河上漂流。一年里，很多时候他见不到父亲。每次回来，父亲都会带个糖人，甜甜他的嘴。

自小，他耳濡目染，一个招式，一段唱腔，都很像父亲。戏班子里，他已混熟了，都说他是一块演戏的好料。

他十岁时，有一次，不慎落入镇前的小河，差一点就溺水。

那一年，要乘船，走海路。一个富商派了船来接应。他没见过海，吵着要跟去，父亲犹豫了，最后还是让他留在家里。

那是清朝雍正年间，一条载着演员和道具的船，出了运河，入了东海。霎时，乌云密布，狂风大作，恶浪翻滚。船像一片枯叶，一会儿被托上浪尖，一会儿又落入浪底。

父亲以为难逃此劫。平时，父子很少交流，他很遗憾，连一句话也不能对儿子交代了。但又欣慰，不知生出什么念头，没带儿子上船。

船已不可掌控，父亲处乱不

惊，反倒异常平静。船起起伏伏，摇摇晃晃，不知过了多久，忽然不动了——搁浅了。风浪竟将船推上了海滩。

海边有一块大石头，像一座楼房。耳边净是涛声。浪涛似乎要推翻巨石，溅出白色泡沫一样的浪花，仿佛大海吞不进那块大石头，也似大海消受不了就吐出了那块巨石。

随即，风停，浪歇，潮水退去。船在沙石滩上不动了。船上的人回过神来，乱作一团。有的拿起桨，有的跳下船，又撑又推。船一动不动。

父亲走南闯北，见多识广，他说："那块大岩石，很像一个高高的戏台。"

戏班子里的人说他："到了这个时候，还想着戏，不要命了？没命了怎么演戏？"

父亲对班主说："看来，大海把我们送到这里，是想让我们演一台戏呢，演了戏就有了命。"

大家发现，那块大岩石，真像一个天然的戏台。班主尊敬台柱子，说："面朝大海，何来观众？"

父亲说："今日的天气，有些奇怪，是不是海龙王和水族见戏班子路过，也想听一出戏，就用这种方式留住我们了？看来，不演就脱不了身。"

一个演过小龙女的演员说："你怎么知道海龙王看见我们了呢？"

父亲说："怪不得你演不好，我们看不见海龙王，可海龙王能看见我们。"

班主看一看大石，望一望大海，说："那就演一出吧，现成的戏台有了，演哪一出呢？"

父亲常给儿子讲神话传说，有一肚子故事，有一脑子戏文。父亲脱口说："《小八仙》。"

班主叫十一个演员上船换戏装。不一会儿，八个演员就亮相了。穿着八洞仙的戏服，戴着八洞仙的头盔，持着八洞仙的法器。另有一个演员穿着王母娘娘的戏衣，戴着王母娘娘的凤冠。还有两个演宫娥。他们一齐登上了大岩石。

父亲对儿子比画道："海边的大岩石六米长、五米宽、三米高。岩顶平坦，有水迹，像被冲洗过一样干净明亮。岩石后两米处，右边有一个平台，恰好能容下器乐队，便是后台了。"

后台击起鼓板，奏起音乐。十一个演员在那块大岩石顶，面朝大海，演起了《小八仙》。似乎命运都维系在这台戏上了，演了戏，能出海，很要紧，都演得很认真。

鼓板静了，戏演完了，班主笑了。奇怪的是，一阵一阵潮水滚滚而来，像大海在鼓掌喝彩。潮水涌上沙滩，船慢慢浮起。顾不得卸妆，众人轻松一推，船下了海。

父亲把当时的情景对儿子说时，还在虚空中辅以一动作，好像将船托起，放入海中。儿子听时，如同听父亲讲神话。八仙过海，各显神通。

海边的那块大岩石，就有了名字：戏台岩。据说，渔民祭海，也凑份子邀请他父亲所在的那个戏班子，登石演戏。

儿子向往大海。父亲有过那次海上的经历，不再让儿子学戏。儿子渐渐长大，本该子承父业，但父亲知道儿子畏水，哪受得了大海？就私下里与吹糖人的小贩（也是个戏迷）商定，让儿子拜了师。喜欢糖人，就学吹糖。

儿子出徒，挑起货郎担，走村串户，后边常跟着一帮小孩。他吹出的糖人，都是古装戏里的人物，他最为拿手的是吹八仙，八仙过海，活灵活现。他的吆喝是唱腔，唱词是《小八仙》里的。戏班子走到哪儿，他的货郎担就跟到哪儿，只是没上过渡海的船——父子俩有约定。

摘自《百花洲》 图：孙小片

『河东狮子吼』里的冤情

@施崇伟

"河东狮子吼"比喻悍妒的妻子对丈夫大吵大闹，借以讽讽惧内的人。

这笔文债一直算在苏东坡黄州的好友陈慥的头上。说是北宋时期，苏轼有一个好朋友，名叫陈慥，字季常。陈季常信佛，自称龙丘先生。他很喜欢请客，宴会时又爱安排歌女唱歌。但他的太太柳氏是个妒忌心很重的人，而且是出了名的凶悍。陈季常宴客时如果有歌女在场，她便会大喊大叫，用拐杖猛敲墙壁，把客人赶走，所以陈季常怕她。

有一次，苏东坡去看季常，还没踏进门槛，就听到一声大吼，紧接着一阵拐杖落地的声音，苏东坡被吓得连退三步，愣了一会儿，才跑进去探个究竟。他进门一瞧，笑了出来，原来，柳氏正竖着眉瞪着眼在骂着陈季常，陈季常躲在一旁发抖，口里连连称是。于是，苏东坡题了一首诗送给陈季常，有句曰："龙丘居士亦可怜，谈空说有夜不眠。忽闻河东狮子吼，拄杖落手心茫然。"

其实，这是有"冤情"的。元丰五年（1082年）三月，苏东坡欲访壮年致仕归隐蕲州的吴德仁，后因兴尽未果。回到黄州后，

东坡先生作了那几句诗。

"狮子吼"是佛家修炼的术语，以喻威严。佛说诸经，每言"作狮子吼"，是说佛音震动十方世界，外道慑服，有如狮子一吼，百兽慑伏。"龙丘居士"陈季常"谈空说有夜不眠"，不会是自己与自己说，谈话的对象一定是懂得禅学的人。按照苏东坡诗句上下文的内容，这个人姓柳，因为河东是柳姓的郡望。在陈季常身边恰有两个姓柳的人，一个是他的妻子柳氏，一个是柳真龄。柳真龄曾将他珍藏多年的铁拄杖赠送给了苏东坡，苏东坡又将铁拄杖转送给了张方平。据柳真龄介绍，此铁拄杖由五代后梁时福州大都督王审知赠给一向重视佛教的吴越王钱镠，钱镠又转赠给了另一位高僧。几经周折才为柳真龄所得。此铁拄杖与佛家有着难分难解的因缘，珍藏铁拄杖的柳真龄显然也是修佛之人，他才是"河东狮子吼"中的主角。

田晓丽摘自《联谊报》

常识知多少（古代科技篇）10. 元郭守敬编《授时历》，年周期与现行公历基本相同。

笑话与幽默

请18号顾客到1号窗口

ATM

抢银行

@鹿 玲

刚到新西兰时，我一星期之内接连看到两则银行被抢的新闻。我惴惴不安地跑到在银行工作的邻居南希家里问究竟。

南希竟然不知道这新闻。听我一五一十地讲完后，她笑了笑，说这算什么事呀，我来教你怎么抢银行。在新西兰抢银行不用那么费劲，什么武器也不用带，走到银行窗口，用手做个持枪姿势就行了，工作人员会把钱给你。

从小就被灌输了满脑子见义勇为、保护公物观念的我，听得一头雾水：他要钱，你就给，这银行的员工也太没有责任感了吧？南希说，银行员工没有任何问题，完全是按照公司的要求做的。警察在银行进行安全教育时，反复告诫职员，遇到抢劫，一定不要反抗，要服从。人的生命安

全是第一位的，他要钱就给他钱好了，破案是警察的事情，经济损失是银行的事情。

银行教育员工，遇到抢劫者，最好的做法就是完全配合，最好的结果就是没有死伤。

警察认为，抢银行的人一定是手头紧了才会做出这种事，没有什么大不了的。接到报案后，做做笔录，调调录像，发个新闻稿征集线索。警察们坚信：这么一个小国家，早晚会有破案的一天。

此后，看到抢银行的新闻，我不再如临大敌，反而有点看花边新闻的感觉了。

在罗托鲁阿的豪帕帕大街上，有一个西太平洋银行。在这里发生过一起让人匪夷所思的银行抢劫案。一名穿着整齐的中年男子走进银行后就排在长长的队伍后

边，当他排到窗口的时候，轻声对银行的员工讲，他包里面有枪，把钱交出来。银行的工作人员递上少量现金之后，男子离开了。银行内办理业务的顾客没有察觉到任何异常，一场银行抢劫案悄无声息地完成了。

奇怪的是，十分钟之后，这名男子走进罗托鲁阿警察局自首，把抢来的钱交给了警察。

这名男子被指控恶性抢劫，在罗托鲁阿地方法院出庭受审。该男子在法庭上表示，他不需要钱，身上也根本没有枪支，抢劫银行只是想让自己回到监狱中。

这个43岁的男子名叫布莱尔，是无业游民，曾因抢劫罪入狱，刑期两年半。这次之所以抢劫，只是想回到监狱中，因为他怀念监狱里舒适的生活。

让新西兰警察颜面尽失的是去年奥克兰接连发生的三起银行抢劫案。

第一起事发奥克兰东区的一家银行。这天，银行门口来了个骑自行车的小伙子，小伙子停下自行车后，戴着头盔和墨镜走进银行。新西兰政府规定，所有骑自行车的人都必须戴头盔，所以这个小伙子并没有引起人们的注意。他走到银行柜台前，递过一张字条，上面写着："把柜台里所有的现金装到我的袋子里。"银行职员按其吩咐把现金装好给他。他出门骑上自行车，一会儿就消失在人流中。

警察例行公事，向公众发协查公报。当然，这起平凡的抢劫案并没有引起多少人关注。

没过几天，奥克兰西区一家银行又发生了类似的抢劫案，同样有字条、头盔、自行车。警察调出监控录像一看，还是这个人。

凭一张字条和一辆自行车，抢劫了两次银行，警察都没能破案。这件事一下子成了报纸、电视、电台的热点。

正当大家热烈讨论警察如何如何无能的时候，南区一家银行又被抢了，作案的还是那个人。

警察局长大为恼怒，增加警力破案，终于将作案者抓捕归案。

新西兰人很少用现金，即使被抢也不会有太大的损失。尽管如此，不胜其烦的各家银行还是出台了新的规定，进银行不能戴墨镜，不能戴头盔。

秋水长天摘自《我在新西兰当"地主"》

中央广播电视大学出版社

图：小黑孩

主人家为什么叫东家

@ 李开周

北宋初年，中原一带属于大宋，归宋太祖赵匡胤领导；江浙一带属于吴越，归吴越国王钱俶领导。大宋地盘大，兵力强；吴越地盘小，兵力弱，所以吴越不得不归顺大宋，成了大宋的附属国。

归顺大宋以后，吴越国王钱俶很难适应自己的身份。他去东京汴梁，见了赵匡胤得磕头，身份明显是个臣子；可他一回杭州，江浙群臣都得向他磕头，仍然保留了国君的体面。既是臣子，又是国君，钱俶不知道该怎样对待大宋派来的使臣了。

刚开始，大宋派使臣去吴越慰问，钱俶在正殿设宴款待，总是坐在餐桌的北边，而让使者坐在餐桌西边。正殿的大门朝南，餐桌北边正对大门，自然是长辈和上司才能坐的位置，他把自己的座位安排到那里，说明他认为自己比大宋派来的使臣高一级。

宋太祖赵匡胤听说这个消息以后很恼火，换了一个比较强势的使臣去吴越。钱俶照旧设宴款待，照旧坐在餐桌北边，那个使臣站起来大声说："这样安排不对！"钱俶问怎么不对，使臣说："我是大宋皇帝的臣子，你也是大宋皇帝的臣子，我们身份平级，座位也该平级，你凭什么坐在北边？"钱俶被他说服了，于是把自己的座位挪到了东边。

宋朝的规矩就是这样，正对房门的座位最尊贵，背对房门的座位最低贱，两边的座位差不多平级。平级归平级，主客之分还是有的，主人应该坐在首席的左边，客人应该坐在首席的右边。

一般来说，正式的宴席都是在正厅里举行，正厅大门在南，所以当主人和客人之间没有明显的辈分和级别差异的时候，主人一般是坐在东边（首席左手边），客人一般是坐在西边（首席右手边）。这个规矩在宋朝以后一直延续，时间长了，人们就把主人称为"东家"，而把家庭教师和私人幕僚这些受人尊敬的客人称为"西宾"。

心香一瓣摘自《吃一场有趣的宋朝宴席》

中国法制出版社

送 花

@ 郊县天王老田

常识知多少（古代科技篇）12.《九章算术》是当时世界上最先进的应用数学。

摘自《咔嚓！老田就爱高丽丽》湖南文艺出版社

12岁，她与小根的小学时光结束，暑假后两人将上镇中学。如果说两小无猜指男女自小的感情，她与小根除了同性别外，其他真是无猜的。不仅平时结伴上下学，即使周日或假期也一起割猪草、放羊，而且谁有了好吃的，也会想尽办法给对方留一口。她至今记得那块冰糕，就是你一口我一口吃光光的。

但是，那个暑假过半的一天，两人遇到一件风轻云淡的事。

她们一起写了一会儿作业，各背了藤筐奔后山的小坡割草。家里养的猪，其实也是她们的学费。阳光很好，心情也好。

割草的不经意间，她发现了老核桃树下的那个钱包，她箭一般冲过去，小根也跟着飞跑。然后两人喘着气，眼看钱包口露出的钱币，她高兴地在空中摇摇说："有钱了。"她至少有半年不曾摸过哪怕一块钱了。

"别动，把钱包放回原地！"喊声吓了她们一跳，她们这才发现头上方骑在树杈上的人。毕竟不是核桃成熟的季节，谁会在意树上竟有人在摘尚不成熟的绿皮核桃？

她很失望，家里太需要钱了，这意外的收获刚让她高兴得不知所措，却被这喊声毁掉了。把钱包轻轻放回原地，她还抬头观察树上人的脸色。对方也一直盯着她。蹲下再起身的刹那，她又一次拿起钱包，她不想丢下。小根瞠目结舌，不知她要做什么。

树上人见状，边出溜下来，边喊："小丫头，快放下！"

即使男子站在面前，又高又壮，凶凶的，她仍把拿钱包的

两小有猜

@奚同发

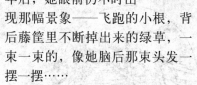

手背在身后。

对方急了，说："我的钱包，你干吗？"便伸手来夺。她一侧身，他扑了空。

男人更急道："啥意思，不想还我是不是？我让警察把你抓监狱去信不信？"她却继续与他左闪右躲、你抢我护。小根吓着了，声似蚊蝇般细小，且颤巍巍地说："快还人家，快还呀……"

她很努力了，接连扑空的男人终于抓住她的臂膀，把她推了一个转身，拿钱包的小手便暴露无遗，钱包被顺势夺去。她一个趔趄，多亏小根扶着才没摔倒。

"学校咋教的？人家拾金不昧，你这明抢？违法，知道不？要不是看你小屁孩，非把你弄拘留所去。啥学生，这是！"男人气呼呼地吼完，从树后推出一辆自行车，骑走了。她与小根愣了，那车刚在哪儿放的呀？

手腕还疼，想想，她哭了。小根哼哼唧唧有声无声地劝，可她抹泪的小手突然停止，紧盯不远处的草丛。小根沿她的目光急转了身，也看到了。她喊声"钱"便奔跳过去，没料到小根子弹出膛般早跃过她，且毫不犹豫地抓到了那张10元纸币，都没细看一

眼便跑得无影无踪。多年后，她眼前仍不时出现那幅景象——飞跑的小根，背后藤筐里不断掉出来的绿草，一束一束的，像她脑后那束头发一摆一摆……

她再没有去小根家写作业，小根也没来她家。事后听同村小伙伴说，小根用捡来的钱给奶奶买了眼药。老人害眼病多年，天天眼屎糊着眼角。

开学那天，她还是约了小根一起走，没有别人。三年中学，两人一起往来学校与村里，但途中很少说话，乃至高中毕业，都未提及那个暑假。后来，她考上广州的大学，小根考上东北的大学。真是天南地北！

村里除了老人，就是孩子，在外打工的父母并没有因为她们考上大学就赶回。两人只得再次结伴从村子到县城，再转车到省城换火车。

她乘的火车比小根的早一个半小时。检票后送她到进站口，小根欲言又止，话语化作一笑。她也一笑，说："多联系。"不等小根接话，她已转身进站。

张晓玛摘自《百花园》

图：陆小弟

木桥长了腿的

@申国强

爷爷出生在辽西的一个小山村，村前有条小河，河面不宽，只有三丈左右。村民们为了出行方便，每年都在河面上搭建一座浮桥。到了夏天一发洪水，浮桥就被冲得无影无踪。洪水过后，村民们再重新搭建。

爷爷十五六岁时到外地学木匠，二十多岁回到村子，第一件事就是要在河上建一座固定的木桥。这座桥建得很慢，从前一年的秋天一直建到冬天，过了年又继续建，到了春天还没有建完。村民们这下不高兴了，因为建这座木桥的费用是全村人集资的。爷爷说："建桥的工钱我不要，至于什么时候建完，我是木匠，得听我的。"村民们看到爷爷这么倔，也就任凭他慢慢建了。

夏天快到的时候，木桥终于建好了，五丈长，一丈宽。村民们每天在木桥上来来往往，但谁也不知道这座桥其实"长了腿"。

村民们发现木桥的妙处是在第二年夏天。一天夜里，一场几十年不遇的洪水毫无征兆地从上游冲下来，木桥被冲得无影无踪。村民们十分心疼，那么多钱全打水漂了。

爷爷带着十几个村民到下游，

把被河水冲走的木料一块块寻了回来，只一天工夫就建成了一座新桥。原来，爷爷在建这座木桥时没用一根钉子，木料的每一个接合部位都是用木楔连接而成，随时可以拆卸组装。村民们暗暗佩服爷爷，难怪当初建木桥用了那么长时间。

后来，每年夏天雨季时，一旦预测洪水可能要来，爷爷就会带上几个村民，拿出一天的时间拆卸这座木桥，把木料运回村子。等雨季过后，再把木桥组装起来。村民们都说这是一座"长了腿"的木桥，想来就来，想走就走。爷爷因此名声大振，远近村庄的人都争着请他去做木工活。爷爷也闲不着，光徒弟就收了十几个。

1933年，日军进攻当时的热河省，要经过爷爷居住的村子。知道这件事后，爷爷带头和几十个村民一夜之间把木桥拆了，埋进河底，然后和全村人跑到山上躲了起来。第二天，日军部队赶到时，发现木桥不见了，随军翻译说："昨天侦察时明明看见这里有一座木桥，怎么不见了？难道长腿跑了不成？"因为战事紧张，这队日军只好绕道而行，耽误了行军时间，中途遭遇中国守军的伏击，损失惨重，

一时间大快人心。过后，爷爷他们从河里把木料捞出来，重新组装木桥，村民们又能正常通行了。

就这样，这座木桥到20世纪70年代，已经风风雨雨地在小河上飘荡了五十多年。1980年，新修建的一条国道要通过村子，还要用钢筋水泥在河上建一座大桥。这座木桥终于要完成它的使命了，村民们感到十分可惜，爷爷却很高兴，说："钢筋水泥建的桥多好，比木桥结实多了，还宽敞，多大的车都能过。"七十多岁的爷爷亲手把桥上的木料一块块小心地拆卸下来，运回村子。

新桥很快建成了。村里人从这座桥走出村庄，到外地闯荡，很快忘记了这条河上曾有过一座"长了腿"的木桥。

一年春天，村西边建起了五间新房，两间做老师的办公室，三间做学生的教室。以往，村里的几十个孩子都挤在一座破庙里上课，这回他们终于有了宽敞明亮的教室。年长的村民发现，建五间新房的木料多数是从当年的木桥上拆下来的。建房的木匠就是爷爷，那年他八十岁。

田晓丽摘自《博爱》 图：谢颖

情绪胶囊

@柠檬黄

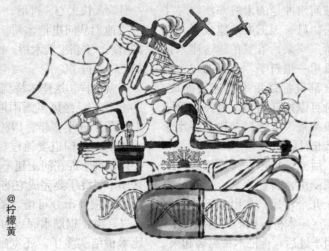

伟大的发明

冰箱门被缓缓打开了，一只手伸进来，从色彩各异的盒子里取走了一些胶囊。

"爸爸你要上班，用这种蓝色的情绪。"他把蓝色的胶囊递给桌边的男人，"我要去上学，就用这种黄色的情绪吧。"

"不行，"妈妈表示异议，"你是去学习，又不是去玩，要这种'愉悦'情绪干什么？"

"好吧。"他无奈地说。妈妈温柔地笑着说："我们家缓缓最听话了。"他乖巧地点了点头："我先走了，今天有新人类史学的课，我得早点去占座位。"

1000 年前。

季博士站在发布会高高的演讲台上俯瞰着观众，他的脸上写满了骄傲的情绪。毕竟今天他将要在这里发布的内容，是前所未有的伟大研究成果。

"众所周知，人类是一种有感情的生物。"他压抑着自豪说道，"我们的祖先自从有自我意识以来，就被情绪控制。"他切换着 PPT："人类，正在被自己的情绪杀死。"

说完，这句话就以红色的粗体字投影在屏幕上。"为了应对这种情况，我们公司推出了这款产品，它叫作情绪转移芯片。"

发布会的现场已经有一些人开始窃窃私语。季博士眯着眼睛，环视了一圈，说："面对如此伟大的发明，我们公司做出了一个艰难的决定。一年之内，我公司会为大家免费进行芯片移植手术。"

异样的芯片

1000年前的这场发布会，是新人类史学中最无聊的部分了。

缓缓看着教科书上冗长的说明，说："我就说我应该用黄色的情绪嘛。"

缓缓见老师完全沉浸在课本内容上，便自己偷偷地把课本翻过几页，跳过了大段的说明。

对于一个男孩子而言，如果说历史还有点吸引力的部分，那就是战争了。

500年前。

人类的第三次世界大战毫无预兆地爆发了。当媒体宣布了这个消息，人们立刻有序地撤离到最近的核战避难所。

每个人的身体内部，就像这个世界之前的状态一样暗流涌动。无数的激素被释放出来，然后转移到芯片当中。

艾达是A国的普通居民，在这次核战袭击中也转移到了家附近的避难所。有一天，艾达在洗澡的时候，突然注意到移植芯片的地方有一块小小的凸起，她按了一下，凸起扁了下去。手指放在那里，突然一阵陌生的感觉袭上心头，她浑身发冷，血液冰凉。当她抬起手指，这种可怕的感觉才渐渐散去，凸起慢慢恢复正常以后，艾达也恢复了平静。

那时候人们发现，芯片对情绪的分解作用已经远远赶不上他们产生恐惧和担忧的速度了，人们不得不定时用注射器抽出芯片附近的激素，以免不小心按到凸起，使没来得及分解的激素回流到血液中。

就这样，艾达又重新过上了勉强平静的生活。直到有一天，有什么东西从外面敲响了核战争避难所的大门……

文明的转折

啪！一支粉笔丢到了缓缓的头上。"抬起头来，"老师生气地说，"你在看什么？"

"课本，老师。"缓缓抬起头，看到老师吃了一颗红色的胶囊。"你讲一下情绪转移芯片对于新人类的重大作用。"老师说。

缓缓思考了一下，说："提高了人类社会的效率，为战争中的重要事件埋下了伏笔。"

"你看到后面去了。"老师哼了一声。

缓缓心想，我现在应该生气的，没带红色胶囊来上学真是太糟糕了。但是在平静的情绪之下，他只能说："是的老师，我认为这次战争的影响，比芯片的发明更大，毕竟它是从旧人类到新人类之间的转折。"

500 年前。

通过了几层隔离舱，来人终于进入了避难所。那是一个人形的仿生机器人，他带来了一个新的芯片。

艾达成了第一个移植新芯片的人，仿生机器人在她的手臂上移植了芯片，还加了一个接口。刚刚装好这些东西，接口就打开了，一粒黄色药丸从接口中吐出。

"这是什么？"人们立刻围了上来。

"这是储存情绪的药丸。"仿生机器人回答，"我们的避难所改良了技术，现在情绪会以这种方式排出体外，不同的情绪会用不同的颜色标记出来，等到需要的时候可以重新服下。这样一来，我们可以随时排出不想要的情绪，摄入想要的情绪了。"

他说着，吃下了这枚黄色药丸，立刻变得神采飞扬。"看，这是一种体验新鲜事物的愉悦感，

真的能让人十分兴奋啊。"

整个避难所的人都接受了这项改造。

有一天，艾达偷偷地找到仿生机器人。

"嘿，"艾达说，"我这儿有一些食物，你能帮我去交换一些黄色的药丸吗？我迷上那种感觉了，可是自己很难产出。"

机器人答应了。此后，情绪药丸逐渐成为交易的主要物品，对于愉悦心情的需求居高不下。人们生产着情绪，用这些情绪去交换其他情绪，或者生活的物资。

自由的交易

下课铃声响起。同桌捅了捅缓缓，递过来一个胶囊。

"这是什么？"他问。

"你试试就知道了。"

缓缓把胶囊放进嘴里，顿时，一股自由自在的感觉涌上心头，刚才课堂上的不快被抛到了九霄云外。"自由的快感！"缓缓惊喜地叫道，"你怎么搞到的？！"

同桌神秘地笑笑："我爸管理的避难所里的人类昨天发现世界已经可以生存了，于是打算逃跑。我爸故意放他们出来，让他们以为自己自由了，结果只是把

他们引到了一个露天的农场。这样一来他们就能不断地生产自由的快感啦。"

"人类真幸福，能自己产出这么爽的感觉。"

"谁说不是呢？"同桌也服下了一个同样的胶囊，"也幸亏他们这么蠢，才让我们有机会享受这些情绪呀。"

400年前。

为人类东奔西跑进行交易的仿生机器人，突发奇想为自己设计了一个接口。他把人类生产的情绪药丸加工成了可以接入的胶囊，然后自己品尝了情绪胶囊，从此一发不可收拾。

机器人开始互相交谈，彼此交换情绪胶囊，他们学会了兴奋与快乐，学会了悲伤与不满。那天开始，他们不满于现状，不满于为人类跑腿。

他们宣告自己是新人类，模仿人类进行生活，把人类当成了生产情绪的家畜。

而人类，平静地生活在地下的避难所，感谢着那些帮他们处理药丸的仿生机器人。他们平静得仿佛什么都不曾发生过一样。

清清摘自《一本正经胡说八道2》长江出版社

图：孙小片

蚕 儿

（节选）

@ 陈忠实

学校里来了一位新老师，一、二年级被分给他教了。

他很年轻，站在讲台上，笑着介绍自己："我姓蒋……"捏起粉笔，在黑板上写下他的名字，"我叫蒋玉生。"

多新鲜啊！四十来个学生的小学，之前只有一位老师，称呼中是不必挂上姓氏的。新老师自报姓名，无论如何算是一件新奇事。

那天，我爬上村后那棵老桑树摘桑叶，慌忙中松了手，摔到地上，脸上擦出血了。

"你干什么去了？脸上怎么弄破了？"蒋老师吃惊地问。我站在教室门口，低下头，不敢吭声。

他牵着我的胳膊走进他住的小房子，从桌斗里翻出一团棉花，又在一只小瓶里蘸上红墨水一样的东西，往我的脸上涂抹。我感到伤口很疼，心里却有一种异样的温暖。

"怎么弄破的？"他问。"上树……摘桑叶。"我怯生生地回答。

"摘桑叶做啥用？"他似乎很感兴趣。"喂蚕儿。"我也不怕了。

"噢！"他高兴了，"喂蚕儿的同学多吗？""小明、拴牛……"我举出几个人来，"多咧！"

他高兴了，笑眯眯的眼睛里，闪出活泼而好奇的光彩："你们养蚕干什么？"

"给墨盒做垫子。"我话又多了，"把蚕儿放在一个空盒里，它就网出一片薄丝来了。"

"多有意思！"他高兴了，"把

大家的蚕养在一起，搁到我这里，课后咱们去摘桑叶，给同学们每人网一张丝片，铺墨盒，你愿意吗？”

"好哇！"我高兴地从椅子上跳下来。

于是，他领着我们满山沟跑，摘桑叶。有时候，他在坡上滑倒了，青草的绿色汁液粘到裤子上，也不在乎。

三天之后，有两三条蚕儿爬到竹箩沿儿上来，浑身金黄透亮，扬着头，摇来摆去，斯斯文文地像吟诗。它要网茧儿咧！

老师把一个大纸盒拆开，我们帮着剪成小片，又用针线串缀成一个个小方格，把已经停食的蚕儿提到方格里。

我们把它吐出的丝儿压平，它再网，我们再压，强迫它在纸格里网出一张薄薄的丝片来。老师和我们，沉浸在喜悦的期待中。

"我的墨盒里，就要铺一张丝片了！"老师高兴得像个小孩，"是我教的头一班学生养蚕网下的丝片，多有意义！我日后不管到什么地方，一揭墨盒，就看见你们了。"

可没过多久，老师却被调走了。他说："有人把我反映到上级那儿，说我把娃娃惯坏了！"

我于是想到村子里的许多议论来。乡村人看不惯这个新式先生——整天和娃娃耍闹，没一点儿先生的架势嘛！失了体统嘛！他们居然不能容忍孩子喜欢的一位老师！

三十多年后的一个春天，我在县教育系统奖励优秀教师的大会上，意外地碰到了蒋老师。他的胸前挂着"三十年教龄"的纪念章，金光给他布满皱纹的脸上增添了光彩。

我从日记本里给他取出一张丝片来。

"你真的给我保存了三十年？"他吃惊了。

哪能呢？我告诉他，我中学毕业以后，回到乡间，也在那所小学里教书。当老师的第一个春天，我就和我的学生一起养蚕儿，网一张丝片，铺到墨盒里。无论走到天涯海角，我都带着踏上社会的第一个春天的"情丝"。

蒋老师把丝片接到手里，看着那一根一缕有条不紊的金黄的丝片，两滴眼泪滴在了上面……

张秋伟摘自《陈忠实文集》广州出版社

图：豆薇

不义之财

@[美]乔治·布鲁克斯

庞启帆 编译

66你可以提问了。"原告律师对李·古尔德说道。

被告南方铁路公司的律师李·古尔德疲惫地站起来,瞥了一眼用铅笔做的笔记。他在反诘之前就已经输了。那个女人会得到她要求赔偿的每一分钱,陪审团是站在她那边的。

在他提出第一个问题之前,他盯着她看了一会儿。要推翻这个女人的故事是很难的,因为她从不担心因撒谎而被起诉。

在他如针芒般的目光注视下,她的脸有些发热。

"罗杰斯太太,"古尔德礼貌地开始发问了,"你声称在那次铁路意外事故中受到了某些伤害。我们承认这一意外事故是在那个时间、那个地点,并且按这里所描述的大致情形发生了。事实上,铁路公司答应赔偿你的,仍然会按照承诺赔偿给你。我想,那一大笔钱可以抚慰你的那些伤害了。但是,在你与你的律师商量后,你拒绝了那一笔钱。对吗?"

"是的,先生。"

"依照你的律师的建议,你来到法院要求得到更多的损伤赔偿,对吗?"

"是的,先生。"

"你要求我们赔偿 20 万美元。"

"对。"

"请你说大声一点,以便我们

大家都能听见。是你的律师让你勒索这笔不义之财的吗？"

"不是！"

"在医院，你跟你的律师在一个房间里密谋。是他教唆你要求南方铁路公司赔偿这笔不义之财的吗？"

"我不记得了。"她有些生气了。

"意外事故发生后，你到医院检查时，为什么没有提及背部损伤？"

"我说了。"

"罗杰斯太太，我这里有记录，对你声称经受过的伤害的一份宣誓记录。在这份记录上，你并没有告诉外科医生你的背部受伤了，直到事故发生24小时后，你与你的律师经过一番商议。你怎么解释？"

"我不知道。"

李·古尔德笑了。"在护士离开你的病房后，你的律师有没有告诉你，背部损伤是我们无法用医学证词和X光片来证实的那种损伤？"

"没有！"她大声回答，显然发怒了。

"他有没有告诉你，当你坐起来时，要假装大声地、痛苦地呻吟……"

"他没有叫我假装呻吟。"

"啊哈，有没有只有你自己知道了。"古尔德说道，"今天，在意外事故发生整整一年后，你仍然穿着医用胸衣来支撑你的腰吗？"

"是的。"

"你在宣誓后作证说不穿胸衣就不能坐在证人席上，对吗？"

"没有胸衣我就不能坐直。"

"在检查你的伤情时，你听见你的外科医生说，如果一个没有受伤的正常人被外科胸衣束缚起来，就像你整整穿了12个月，如果没有了支撑，正常人也无法坐直。"

"听过像这样的话。"

"我问完了，法官大人。"

但他知道他的反诘是没有用的。七个陪审团成员中有三个"恨不得吞了铁路公司"的表情已经明显写在脸上，而其他四个则在想："可怜的女人！"

但他还是依照程序做总结陈述："很明显，罗杰斯太太要求的是一笔不义之财。南方铁路公司拒绝赔偿这笔属于不义之财的损害赔偿金。先生们，我再说一遍，这是一笔原告要求的不义之财。

你们今后都要提防些。"

主审法官接着做了公正而简洁的陈述。陪审团随后退庭。40分钟后，陪审团重新回到法庭上。一个陪审团成员宣读他们的决定："我们支持原告提出的20万美元的赔偿要求。"

李·古尔德发出了无奈的苦笑。

第二天早上，古尔德夹着他的公文包匆匆来到街上。昨天从法庭回来，他受到了律师事务所其他律师的嘲笑，他的委托人——南方铁路公司的总经理也打电话来把他臭骂了一顿。20万美元赔偿金和诉讼费！比他两年挣的还要多。

已经是八点整，没有时间和妻子吃顿像样的饭了。他得在街上随便买点东西吃，然后赶去办公室。明天早上九点半已预订了要为雷诺德夫妇的案子出庭，而案子还没有汇总整理出思路呢。

他不明白为什么会让自己转而搞这些债务案件。等这个案件完事，他决定去接其他案件，凶杀、经济犯罪案都行，总之不是债务纠纷案就行。

他走进火车站大楼的大厅时，里面空无一人。他跑向电梯。

电梯下来了，但从一层飞速经过没有停下来。透过格栅和地面玻璃，古尔德看到那个老人用力拉着控制开关，但电梯没有停。随着一声巨大的坠地声，三层楼面的玻璃都震动了。电梯坠落到了坑底。

古尔德的脑子突然灵光一闪："这是一个多好的对大楼管理机构提出诉讼的机会啊！那部老电梯20年前就应该停止使用了。"

他从安全楼梯跑到地下室。残骸躺在那儿，就像纸板盒一样被扭曲、压扁了。他摸了一下那位老人的身体，已经没有脉搏了。

古尔德擦了一把额头上的汗。"幸亏我没在电梯里。"他想。突然，他想起了什么。20万美元的赔偿、不义之财。他笑了。"再想一下，我其实是在电梯里。"

他爬进了变形的电梯厢，慢慢挪到一根主梁下面，让背部靠着主梁，然后闭上了眼睛。

十几分钟后，救援队赶到。古尔德假装大声呻吟起来。当救援队移动他时，他喊道："哦！不要碰我，不要！我的腰。我的腰啊！"

苏格拉没有底摘自微信公众号

庞启帆翻译与写作　图：佐夫

外面的世界

画像

@袁振华

坐在对面长椅上的那位中年女人已经朝我这边张望许久了。

而我坐在这公园里给人画像也好久了，看看微信钱包里的零钱已差不多够买一张返程票，我也懒得再去兜揽生意。我很累，便只信手在画板上涂鸦。

画板上很快出现了一张男人的脸：帅，又带着点冷酷。我一把将画像撕扯下来，恨自己还对这个渣男念念不忘——一个月前，他还是我的男友；现在，他是我的前男友。

我们是高二时认识的，我们算是一见钟情。本来我们约定考同一所大学，但人家专业课比我优秀很多，结果他考上了央美，我只考上了省城一所师范大学的美术系。我以为爱情可以打败距离，结果证明，我太天真了。

四年的异地恋，我正在为马上毕业而兴奋，因为我打算毕业后就到他所在的城市找份工作，从此长相厮守。可临近毕业时，我察觉出了不对劲：他不再主动给我打电话，我打过去他也只是敷衍几句，就借口有事挂了。我知道他有情况了。于是，上个月，我特意请假过来一探究竟。

结果来车站接我的，除了他，还有一个漂亮的年轻女孩。看到他们十指相扣的亲昵样子，我心如刀割。他跟我说，四年的异地生活已经消磨掉了他对我的感情。我生气地冲他喊："可我们马上就要毕业了，无论你去哪里工作，我都会追随你。"

他面无表情地说："不必了，我们的爱情已经成了过去时，你还是坐车回去吧。"说着他把一张车票塞到我手里，原来返程票他都已经给我买好了。

当我泪眼蒙眬地抬起头，他已经挽着新女友的手，汇入了熙熙攘攘的人群。我把手中的车票撕得粉碎，轻轻一扬，它们就像一只只蝴蝶在空中翩跹起舞。

可我不甘心六年的感情就这样由他单方面画上句号，于是在学校附近找了一个小旅馆住下来。我天天在学校门口、宿舍门口、食堂门口对他围追堵截。见不到人，我就狂打他的电话。终于，他把我拉黑了。

我这才发现，长达一个月的围堵战役，已经让我囊中羞涩，甚至买不起一张返程票了。

万般无奈，我来到学校附近的公园，支起画板，给来来往往的人画像，打算赚点生活费。

这时，中年女人终于走了过来。"孩子，可以给我画张像吗？"

"可以，单人像50元。"

"我是想画张双人的，我和我老伴。"那个中年女人带着点央求般的神色看着我。我抬头四下张望了一下："叔叔在哪里？"

"他不在，我带来了他的照片。"中年女人伸手递过来一张身份证。我浑身一颤：那张身份证缺了一块角。

"我和他一直都异地分居，结婚十几年了，他没能等到解决这个问题，竟先走了。"

中年女人悠悠开了口。

"叔叔他是怎么……"

"车祸。前段时间，我得了肾病，他说这些年一直没能在身边照顾我，亏欠我太多，要把他的肾给我，结果在赶回来的路上出了事……十多年来聚少离多，我现在才发现，我们居然连张合影都没来得及照。"

我拿起笔，示意中年女人坐好。当暮色渐起时，我把画好的像递给中年女人。看着画纸上两个依偎在一起的人，她满意地笑了，像一个娇羞的少女。

"两个人的画像是100元对吧？""不用了。"我笑了笑，看着她捧着画像走远。

收拾起画板，我也准备离开，去买一张回程票。我已经明白，能被距离或时间消磨掉的，肯定不是真正的爱情，我不应该留恋。

我相信属于我的那份爱情，正在未来等着我去追寻。

梁衍军摘自《羊城晚报》 图·陆小弟

介子推到底割了哪块肉

@胡展奋

清明前偶读《东周列国志》，觉得最精彩的桥段应该就是重耳（晋文公）出亡流浪19年，最后"老来红"，一举被尊为天下霸主，堪称"中国的奥德赛传奇"。不过，如果没有介子推，故事就没了。

公子重耳被父亲晋献公和"小娘"骊姬迫害，匆匆离开晋国流亡，有十几位臣子追随他，介子推是其中之一。一次重耳断炊多日，饿晕了，介子推把大腿上的肉割下来给重耳熬汤喝。后来重耳得到秦国的帮助，返回晋国继承君位，群臣纷纷表功争宠。介子推不屑与此辈为伍，躲进绵山隐居。重耳找他，遍寻不见，乃放火烧山，想把他赶出来，没想介子推坚持不出，与老母一起被烧死。重耳感念介子推的高节，命令在其死难日禁火，后延续成寒食节，又渐渐演变为清明节。

这里有个问题不容回避：经历长期的饥饿颠沛后，介子推割股救主是否可信？重创之余何以能继续逃亡？

让我们回到历史。考其流亡图，介子推"割股"大约发生在逃离翟国之后。这是相当狼狈的一次遭遇，此前重耳在蒲国遇刺，被他侥幸逃过，此次杀手又来突

袭，重耳君臣闻讯再次仓皇出逃，只带金帛，未带干粮。长途跋涉之后，负责管钱（金帛）的亲信又携款叛逃，丢了盘缠，重耳一行山穷水尽地投奔卫国。

须知重耳出奔的翟国在今天的陕西省铜川、富平一带，而卫国在今日河南与山东的交界处，两地相距近千里，逃亡者几乎一路行乞，经数十日的挣扎，希望能在卫国吃口饱饭。没想饥寒交加地到达卫国，却遭卫君鄙视而拒之城外，只得枵腹就途，再度跋涉，勉强挣扎到一个叫五鹿的地方，实在走不动了，只好在一棵大树下集体躺平。重耳已饿得虚脱，忽闻肉香，介子推捧肉汤一盂以进，重耳一口气喝完才问介子推哪来的美食，后者回禀是自己的大腿肉，重耳听了悲愤欲绝。

笔者曾就此组织过课堂讨论，长期的饥饿流亡，随从已经形同饿殍，受群臣"特供"的重耳尚且饿成这样，他人可想而知，我们从小看到的连环画，都把介子推画得枯槁不堪，这是比较符合事实的。

虽然现代解剖常识告诉我们，再枯槁，大腿内侧总是肉质略丰的，但它万万动不得，因为有大动脉，断之立马失血而死；大腿正面与外侧也有动脉，但是小动脉众多，偏偏此处肌肉贫瘠，挖浅了无所得，于重耳无补，深剜则危。也就是比大腿内侧剜挖得更深，方能有所获，但如此深剜，小动脉几乎全部切断，失血的危险并不逊于前者，结果至少不逊于战场重创，动弹尚且困难，何况继续逃亡还有致命的感染。

有学生说，可以立即结扎止血呀——很遗憾，解剖常识再次告诉我们，股动脉无论大小都隐藏很深，结扎止血基本无效，笔者多年前有个安徽的同事进深山打猎发生意外，股外侧小动脉齐齐打断，他是复员军人，懂点自救知识，赶紧用随身的绳索以绞盘原理紧扎止血，但仍止不住而大量失血死去。

也有人大胆推断介子推切割的是自己的臀部组织。可惜，角度忒刁，拗身运刀，殊难自圆，我当场请同学比拟了一下，结果如同提着自己头发离地，难。又曰，介子推可以请他人动手啊。问题是，以介子推的狷介孤傲，割股尚且不欲人知，如此张扬岂不更有违初衷？

金卫东摘自《新民周刊》 图：佐夫

外面的世界

@马 拓

地铁影后柳丽丽

柳丽丽常年在地铁站外卖手机膜。作为一名地铁民警，我给过柳丽丽一个封号：地铁影后。最开始柳丽丽和她老公一起摆摊贴膜。两人是老乡，感情特好，也能吃苦。后来买卖做大，她老公单飞，挪到另外一条街上占领高地，夫妻俩各摆一摊，生意不要太红火哦。

为什么柳丽丽一个弱女子能够在地铁站这里屹立不倒？靠的就是那教科书式的演技。

她原先只有一张小桌子和一把小椅子，桌子上放一个纸板糊的贴膜招牌，往椅子上一坐，那就算是开张了。柳丽丽不算奸商，但也是靠忽悠起家，专找软柿子捏，看谁不懂行就多管谁要几块钱，尤其是钢化膜刚横空出世时，

柳丽丽在顾客面前把它夸得神乎其神，说什么防割防划防子弹，要不是广场口地方小，她能跳着健美操叫卖。我偷偷监视过她两回，发现她贴一张钢化膜竟然要价三十！顾客问咋这么贵，她做出一副"竟然有这种疑问"的表情，说："进价就二十五哇，收你五块钱手工费还嫌贵？防爆的！"

在警务室里，我声色俱厉："进价到底多少钱？"

"呃，被你识破了，只有二十。"

我看见她眼珠转了一下，再问："你想清楚再说！地铁站这儿又不是就你一个贴膜的。"

"五块！"她坐在小马扎上托起腮帮子，一脸烦躁。

过了两天，柳丽丽又被举报

了。我出去一看，鼻子差点儿气歪了。她不知道从哪儿搞来一张行军床，上面摆满了充电器和耳机，看样子业务规模又扩大了。我气得指着她鼻子说："你没事儿吧？！地铁口就这么大，你放一张床在这儿像话吗？"

"马警官，我这就收，你不让摆我肯定不摆。"柳丽丽信誓旦旦地说道，并开始归置，然后把床往车棚子里挪。

我往站厅里面走，半路上留了个心眼，猛回头一看，柳丽丽正扒着车棚子的墙往外看我，那张床也被摆下了。

过了两三个月，有别的摊贩向我反映，柳丽丽把她表姐一家子都搞到广场口卖东西了。表姐卖油桃，表姐夫卖凉糕。我出去一看，柳丽丽一床的山寨充电器，她表姐一车的大油桃，她表姐夫一箱的白花花的凉糕，无不昭示着这个家族产业链的蒸蒸日上。我质问柳丽丽，柳丽丽说什么她表姐有尿毒症，表姐夫腿里有钢板干不了体力活儿。跟我"打小报告"的人说："我呸！她表姐打麻将三天三夜都不带犯困的，还尿毒症？！"

我气坏了，回想这些年和柳丽丽的大作战，我都快被忽悠得生活不能自理了。原来罚她，她说："哎哟喂，马警官，我老公发烧了，钱昨晚都给他看病用了。"没罚成。

结果中午有人看见她订比萨吃。

有一回要拘她，她说："您可不能拘我，我妈明天到北京，我明儿一早要带她爬长城呢，我攻略都做好了！"

再碰见她，问她长城爬得怎么样，她说："嗯，还行，最顶上还有座庙。"

我下定决心，再也不姑息此人了。找机会我一定要把这个戏精法办了。

后来我突然在地铁站听到一股风，说是柳丽丽的老公在外面有人了。刚开始我还不信，后来出门，偶然间看到柳丽丽在表姐面前抹眼泪。偷偷了解，才知道是柳丽丽老公自从独立摆摊后，私下里跟一个同乡搞起了暧昧。要不是柳丽丽表姐在马路上碰见自己妹夫和别人甜腻地一起吃午饭，一家子都还蒙在鼓里呢。

再碰见柳丽丽出摊，她坐在行军床后面目威严，跟垂帘听政似的。

我说："你把你的床往后摆

摆！"

柳丽丽看着我，眼圈唰地就红了："我活不了了，你把我拘了吧！"

我："……"

不过柳丽丽并没有像其他的商贩一样，遇到点儿变故就销声匿迹。她是打不死的火凤凰，她依然天天来摆摊，摆她的床，贴她的手机膜，只是精神头没那么大了，有几分听天由命的意思。听她表姐说，其实后来经深入调查，柳丽丽老公并没有真的越轨行为，再加上柳丽丽寻死觅活，她老公便不和那姑娘来往了。现在她也不让她老公出去摆摊了，只由她一人，成天板着晚娘脸在地铁站干营生。那天地铁站清理整治，我又把柳丽丽带回所里。柳丽丽最近暴饮暴食，肚子上已经有了游泳圈。我先吓唬她："你这前科太多了呀，这回我也保不了你了，拘了吧。"柳丽丽眼睛发直嘴没声。此刻距她老公东窗事发已经有仁礼拜。我干笑了一把："我可不是跟你过不去呀，我也是对乘客有个交代，你天天堵着那儿不叫事儿啊。""……"

完了，她现在有点儿抑郁。其实我只是想警告一下她，她却

一副认命的架势。她难道不应该说："马警官，我不能被拘呀，我被拘了，我老公又出去找狐狸精怎么办？你得理解我呀！"

可她什么都没说。

我还真有点儿骑虎难下了。过了一会儿辅警说有人找我。那人进来，我一看，竟然是柳丽丽老公。柳丽丽很惊讶地抬起头。柳丽丽老公满头大汗："马警官，您怎么罚都行，您可别拘我媳妇哇，她挺不容易的。要不我换她，行吧？您把我拘了，反正我也是贴膜的。"

柳丽丽看着老公，眼睛都看直了。我把她老公轰出去了。她老公出去时还不放心地看了眼柳丽丽。柳丽丽忽然眼睛亮起来了，跟我说："马警官。"

"说。"

"我约了后天考驾照呢！现在好难约呀，我费了老鼻子劲才约上，您要不放我一马？"

我还没反应过来，就看见这货的眼珠子又是习惯性地一转。"嘿嘿。"

平林月摘自《热爱生活的一万个理由》

湖南文艺出版社

图：小黑孩

写作与创作，一字之差，境界是山上和山下的区别。写作出作品，创作立经典。作品如花开，时过随风落，经典是脑汁熬成的丹，丹香存久远。写作者繁若星朵，创作者龙鳞凤爪。

——修祥明

【作者简介】 修祥明，中国作协会员，山东小小说学会副会长。著有长中短篇小说集七部，《小站歌声》被人民教育出版社收入高中语文教材，《天上有一只鹰》被评为改革开放四十年四十篇优秀小小说。

天上有一只鹰

@ 修祥明

春日的天极为幽蓝高远。春天的风，像是从一个睡熟的女人嘴里吹出来的似的，徐徐的，暖暖的。

村头的屋山下，坐着一双满头白发的老汉。一位姓朱，一位姓钟。两人皆年过八旬，在村里的辈分最高，且都满腹经纶，极得村里人的信任和敬重。

日头升到半空就有些懒了。时间过得好像慢了半拍。朱老汉和钟老汉把见面的话叙过后，就像堆在那里的两团肉一样，没言没声，只顾没命地抽烟，没命地晒太阳。

天上飞来了一只鹰。不知什么时候飞来的，不知从哪里飞来的，只是极高极高。

那鹰看上去极为老到。它的双翅笔直伸展开，并不做丝毫的扇动，且能静在半空动也不动，像生了根，像一颗星星那样牢牢地悬在天上。

功夫！

朱老汉先看见了那只鹰。他瞅了钟老汉一眼。他为他的发现得意、骄傲。七老八十了，没想到还能看到那么高处的鹰。七窍连心，眼睛好使，人就还没有老。朱老汉心里欢喜得要死，表现出的却是很沉稳的样子。毕竟是走过来的人了。

"鹰！"

钟老汉已经抽完了一锅烟，正搅和往烟锅里装第二锅，玉石烟锅在荷包里没命地搅和着，好像总也装不满似的。

"天上有一只鹰！"

钟老汉将烟锅从荷包里掏出，用大拇指头按着，然后划着火柴鼓着腮帮点上了火。白白的烟从他的鼻孔喷出——不是喷，好像是从鼻孔空里流出来的那么温温柔柔。

"你聋了？"朱老汉火了，用牙咬着烟袋嘴呵斥老钟。

"你的眼瞎！"钟老汉猛地吼出了这么一声。他瞪了瞪朱老汉，却不去看那鹰，好像那鹰他早就看见了，比朱老汉看见的还早。其实，他是现在才瞅见天上那个飞物的。

"那是鹰？"钟老汉也斜一眼朱老汉。

朱老汉高擎的脑袋，一下子变成个木瓜。他扭头再瞅瞅天上，还是呆。

"不是鹰，是什么？"他反问。

钟老汉哼哼鼻子。

"不是鹰，能飞那么高？"

钟老汉撇撇嘴。

"不是鹰，你说是什么？"

钟老汉用手端着烟杆，倒出

嘴，甩给朱老汉的话像是用枪药打出来的——

"那是雕！"

这回轮到朱老汉哼老钟的鼻子了，他那气得发抖的嘴唇噘得能拴住一头驴。

"哼！一树林子鸟，就你叫得花哨。鹰和雕，还不是一回事！"

"一回事？娘一窝生了俩，姐妹俩长得模样不相上下，男人娶了姐姐，妹妹来睡，行？"

钟老汉喷喷鼻子，不屑地把头扭到了一边。

朱老汉气得浑身抖动，嘴唇哆嗦，气也喘得粗了，却说不出话。

老钟便把语气压低了道：

"跟你说，雕的声粗，鹰的嗓门细。雕是叫，鹰是唱。雕叼小鸡，鹰拿兔子。雕大鹰小……"

"小雕比大鹰还大吗？"

朱老汉的气话又高又快，唾沫星子喷到了老钟的脸上。

钟老汉抹去脸上的唾沫星子，像一个爆竹般蹿起来。他把通红的烟袋锅朝鞋底上磕磕，然后把烟袋杆插进裤腰带上别着，伸着气紫的脖子一步步向朱老汉逼近。

"老东西，谁还和你犟嘴了？"

"老不要脸，谁叫你能犟？"

"你看看，是雕还是鹰？"

"你望望，是鹰还是雕？"

"是雕！"

"是鹰！"

"雕我认得公母！"

"鹰扒了皮我认得骨头！"

"输了你是雕！"

"输了你是鹰！"

"是雕是雕是雕是雕……"

"是鹰是鹰是鹰是鹰……"

两个人争得不可开交，面红耳赤，差不多要动手动脚了。

这时，天上的那个飞物摇摇晃晃地落下来，正好落在他两人的脚前。

天呢，天——是一只鸟形的风筝！

两位老汉，都像叫菜叶子卡住了嗓子的鸭子，只能抻着长脖子翻眼珠，嘴干张着咧不出声。又像两截枯败的老朽木竖在春光里。

捡风筝的孩子从远处飞奔来了。

"呸！"

"呸！"

两人各吐了一口唾沫离去了，那样子，像断了线的风筝一样，摇摇晃晃。

摘自《中国新文学大系 1976–2000（第16集·微型小说卷）》上海文艺出版社　图：佐夫　陈明贵

常识知多少（古代科技篇）24. 李时珍的《本草纲目》被誉为"东方医药巨典"。

小站歌声

@ 修祥明

子夜时分，山村的小站昏暗、静谧。

苗兰老师提着行李来到站台，像触电般浑身颤抖起来。

她本想在夜深人静时悄悄离开山村，没想到全班四十多个孩子全站在这里为她送行。

站牌下，放着一篓子山核桃，篓把上贴着个红双喜字，这是山里人祝贺新婚的礼节。

三天前，她去了趟县城，回到山村，她对孩子们说，要和远隔千里的男朋友举行婚礼，婚后，她就在那里定居了。

孩子们舍不得她，却没张口将她挽留，只将一串串难舍难离的泪水洒下……

远处传来列车的长鸣。

四十多个孩子含着泪水，像一棵棵被雨水浇伤的禾苗一样，凄悲地立着。

班长说："咱们为苗老师唱一首《好人一生平安》吧。"

歌声在夜空中响起："有过多少往事／仿佛就在昨天／有过多少朋友／仿佛还在身边／也曾心意沉沉／相逢是苦是甜／如今举杯祝愿／好人一生平安。"

这歌声，低沉悲哀。这是孩子们真诚的祝愿。

列车，徐徐地向前开动着，孩子们像一阵旋风一样向前跑着、唱着……

好人一生平安。

歌声像让泪水滤过似的。

车上，苗兰老师失声痛哭起来。

孩子们怎知道，她不是去结婚，三天前，去县城体检，她患了白血病，在人生的旅途上，只有半年的时间了。

摘自《中国新文学大系1976-2000（第16集·微型小说卷）》上海文艺出版社

图：佐夫

回到现实

@许多

龙龙是个标准的"10后"，生活中一秒都离不开电子设备。妈妈劝他少看点电脑，他总会理直气壮地回答道："妈妈，我要用电脑上网课，查资料。"

春节到了，要去姨妈家拜年。龙龙说："只要让我带着平板电脑，去哪儿都可以。"一路上，龙龙就低着头捧着平板玩，完全沉溺在虚拟世界里。妈妈看着他，心生一计。

到了姨妈家，平板的电也用完了。龙龙赶忙找充电器，可翻遍大包小包，就是没找到，他急得两眼通红，拉着妈妈的手就要回家。妈妈指了指表哥小伟，说："表哥正要去赶集，你也跟着去看看，也许能买到充电器呢。"

新年的乡村弥漫着浓浓的过年气息。家家户户门口都挂着春联，道路两旁的红灯笼和彩旗迎风飘扬，村民们正互相拜年。这温馨的场景，让龙龙不再急躁了。

集市可真热闹。摊位上摆放着各式各样的新年特色商品，让人目不暇接。大集上还汇聚了来自五湖四海的美食。表哥给龙龙买了煎饼，那块饼又薄又脆，比龙龙的脑袋还大呢，吃着刚出炉的煎饼，龙龙的心里暖洋洋的。

伴随着一阵阵欢快的锣鼓声，舞狮表演开始啦。只见几头舞狮神采飞扬，身姿灵动，时而高高跃起，时而翻滚扑地，或喜怒动静，或勇猛威严，迎来大家一片叫好，掌声不断。龙龙看得意犹未尽，早就忘了充电器的事了。表哥故作神秘地说："这只是前菜，晚上才是大戏。"

夜幕降临，噼噼啪啪的爆竹声响了起来，龙龙赶紧和表哥跑了出去。各式各样的烟花绚丽多彩，点缀着夜空。村里的孩子们递给龙龙手持烟花棒，他们拿着烟花棒，兴奋地跑来跑去，在空中画着圈。烟花的光芒照亮了他们的脸庞，他们脸上的笑容如此明亮。

第二天，龙龙踏上回程。打开车的后备厢，妈妈故作惊讶地指着后备厢的角落说："原来充电器在这，你还要充电吗？"龙龙说："不用啦，道路两边好热闹，我想看沿途的风景。"

妈妈欣慰地笑了，对龙龙说："欢迎回到现实世界。"

作者系上海市杨浦区六一小学学生；指导老师：朱佳

"八达岭长城传说"流传于北京延庆八达岭长城一带，2008年被列入国家级非物质文化遗产名录。据说，在"八达岭"名字的背后，还有这样一个故事……

八达岭

@ 纽约客

修建八达岭时，由于山高峰险，无路可攀，往山上搬石运砖的民夫，被石条砸死的，从山上摔死的不计其数。就这样，三个月的时间过去了，也没运上多少砖石。秦始皇知道了非常恼火，便把当时的监督官斩了，又换了一个大臣来当监督官。

这个监督官一到任，就用鞭子赶着民夫往山上抬石运砖，赶修长城。三个月时间又过去了，但长城修了还不到一丈远，人即死了上万。秦始皇又斩了这个监督官。就这样，一连斩了七个监督官，换了七个大臣，时间快两年了，长城呢？也没修多长。后来，秦始皇派宰相李斯来督建这段长城。

宰相李斯来到这里，一看山势这样陡峭，把沉重的石条、上万块城砖运到山顶上，比登天还难，也发起愁来：修长城是自己出的主意，如今这段艰巨的工程别人完不成都被斩了，如果自己也完不成任务，也会落得同样下场。唉！这不叫自作自受嘛！思来想去，心一横，干！就立即命令监工的手持刀棒赶着成千上万的民夫往山上抬石运砖，赶修长城。民夫稍有怠慢就被打死，十几天的工夫，民夫被打死的、摔死的、累死的就有上千人，山上山下，到处是死尸和鲜血。可是长城呢？还没修多少，这可把李斯愁坏了。

一天夜里，李斯刚睡着，就看见来了一个白胡白鬓身佩宝剑的老者。他对着李斯两眼冒火，破口大骂："你这个奸相！你出了多少坑害臣民的坏主意，废民学、坑贤儒、焚书籍，现在修长城让你来这里监工，本应叫你交不了差，但不忍心让黎民百姓常年受苦受罪，特授你'修城八法'，劝你从此改恶从善，否则难逃我手。"李斯一听，立即跪倒便拜，乞求修城之法。

老者说："修城八法是：'虎带笼头羊背鞍，燕子衔泥猴搭肩，龟驮石条兔引路，喜鹊搭桥冰铺栈。'"说罢，老者拔出宝剑向李斯头上砍来，李斯一惊而醒，原来是个梦。李斯急忙把梦中老者口授的修城之法记录下来，一句一句琢磨。可琢磨了一夜，仍然悟不出八法的真意来。

第二天，李斯又召集手下人猜测，三天三夜过去了，连一句也没解透。李斯实在没办法了，便把这四句话写下，张贴出去，说明：谁能解就有重赏，加封官职。

又是三天过去了，没人揭榜，第四天头上，来了一个老头，他衣衫褴褛，满面灰尘，手拄拐棍，背上背着一个小女孩，手里领着一个小男孩。他揭下了榜文，李斯便接见了他。李斯看这个老头衣衫破烂满面灰尘，又背着孩子，心想就这个脏老头儿能比我强？我都解不出，他会明白？因此，见了老头既不施礼，又不问候，只是轻蔑地问道："你是儒生吗？"老头气愤地说："我若是儒生，你还想活埋我吧？我这个人是明知君为虎，偏找恶虎来，但捐一把骨，为救众苍生。告诉你我就是咸阳儒士李邑，今日前来生死由你了。"

李斯听了一惊当即拜倒，请老头指谜。

这老头便把这四句隐语一一作了解释，李斯这才暗自庆幸，让老头做了参监，帮助自己修建长城。

李斯按着老头的指点，利用乌龟往山上驮石条，羊往山上驮城砖，猴子为人搭肩引路往山上运料，成千上万的燕子往山上衔泥，成群的喜鹊为车辆搭桥铺路……就这样，巨大的石条，被成千上万地运上高山峻岭，工程进度很快，经过八个月的时间，这段艰巨的工程终于胜利地完成了。

由于这段工程损了八个监工，使用了神仙指教的"修城八法"，又是经历了八个月的时间才修建成的，所以，这段长城便起名为"八达岭"。

富兰克林的风筝引雷实验是骗局吗

@ 王颖昌

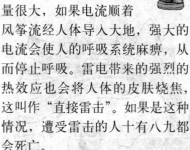

在我们熟悉的故事里，富兰克林是世界上第一位提出用实验来证明天空中的雷电就是电的科学家。风筝引雷实验是非常危险的，他这种对科学的奉献精神令每个人都为其感动。可是富兰克林真的做过风筝引雷的实验吗？目前为止还缺乏足够的证据，即便做过，也不一定和我们了解的一样。

1752年，富兰克林给英国皇家协会的信中提到关于风筝实验的记录："当雷雨云来到风筝上空时，尖尖的金属丝就会从云上引下电火，当风筝被打湿后，会发现大量的电火从钥匙上流出。"

云层产生的雷电能量很大，如果电流顺着风筝流经人体导入大地，强大的电流会使人的呼吸系统麻痹，从而停止呼吸。雷电带来的强烈的热效应也会将人体的皮肤烧焦，这叫作"直接雷击"。如果是这种情况，遭受雷击的人十有八九都会死亡。

故事中，富兰克林的手离钥匙很近，遭受雷击的富兰克林绝不可能安然无恙。实验者模仿富兰克林的实验，用相同的材料制作了一个风筝。在晴朗的海滩上，空气与风筝产生的静电已经能使挂在风筝上的钥匙吱吱作响。如果把风筝弄湿，风筝上的静电量进一步增大。

由此可以推断，富兰克林所做的并不是从云中引出雷电，而是雷雨云经过时，风筝上发生的静电现象。

所以我们可以说富兰克林确实做过风筝实验，只是当时做的风筝实验可能只是验证了静电现象，而当时的科学水平还不能区分静电和闪电。即便如此，富兰克林的实验精神和为科学奉献的精神还是值得肯定的。

离萧天摘自《好冷好冷的冷门知识》九州出版社

奇闻轶事 ▶

国王的眼镜

@ 陈 炜

除了宝石和裘皮，西罗王国最为人称道的是国王哈罗斯二世。哈罗斯对爱情的忠贞，在王公贵族风流成性的王国里像个异类。

春天来临，王后菲罗斯——这个王国公认的最幸福的女人，忽然提出要求说，想与国王一起出宫游玩。哈罗斯二世十分惊讶，十五年了，王后从未踏出后宫半步，这个要求真是大出意外。但哈罗斯二世是世界上绝好的丈夫，他吩咐内务大臣备好一辆既轻便安全又毫不起眼的马车，只带了一个车夫和一个侍卫，天刚亮就悄悄出了王宫。透过马车的纱窗，王宫大门的卫兵们惊异地看到，国王的身边坐着一个女人。尽管这女人蒙着面纱，卫兵也能断定她就是王后，因为国王身边坐着的女人，只能是王后。而且，一直有传闻，十多年来王后都蒙着面纱，只在寝宫里对国王一人展露容颜。卫兵想，王后在婚前就是绝世美人，这样的绝色，当然只能由当世无双的国王一睹芳容。

清晨的都城街道上，行人稀少，城市正慢慢醒来。马车出了城门，渐渐艳阳高照，路边牛羊吃草、农夫犁地、孩子嬉戏。王后贪婪地看着这平凡而美好的一切。哈罗斯二世深情的目光透过眼镜片，落在王后的眉眼间。他握住王后娇小的手掌，感受到她手上汗津津的暖意。

路旁，一个牧羊少女轻轻挥着鞭儿，温柔地赶着羊群。阳光

56 常识知多少（古代科技篇）27. 明朝的《徐霞客游记》是系统考察中国地貌地质的开山之作。

将她的脸蛋映得很红，野花烘托着她青春自然的容貌。"这个女孩太漂亮了！"王后由衷地赞叹。"无论如何，她也及不上你的万分之一。"国王说。王后握紧丈夫的手，将头枕在他宽厚的肩上。一匹惊马忽然从路边的牧场飞奔出来，马车夫吃了一惊，想勒住两匹驾车的马，但为时已晚，马车失控了，翻在路边的草堆里，国王和王后都从车厢里摔了出来。所幸，草堆又软又厚，两人毫发无伤。侍卫也大惊失色，赶紧过来扶起国王和王后。见王后无恙，国王放下了心。忽然，他万分惊恐，拼命在草堆中寻找。"我的眼镜不见了！它不见了！"王后说："别费神找了，我们赶紧回宫。眼镜丢了，可以再配一副。"国王说什么也不答应。他让侍卫牵着马送王后回宫，然后调了一百名卫士过来寻找眼镜。

回到寝宫，王后让侍女退下，摘下沾了草屑的面纱和斗篷，她发现，国王的眼镜就在她的斗篷帽兜里。这副镶着宝钻的眼镜是如此华贵，还带着她最心爱的人的气息，她好奇地戴上了眼镜。她以为会头晕，眼前会一片模糊，没想到，一点不适的感觉也没有。

她走到窗口，看着外面的侍女走过，她猛吃一惊，接连后退几步。喘息稍定，她走进盥洗室，里面有一面大大的镜子。她从镜子里看到自己的容貌，又猛然一惊，瘫坐在地。

中午时分，王后戴上面纱，唤来侍女，传命请回国王，到楼顶见她。国王快马加鞭，匆匆赶回王宫，疑惑地上了楼顶。看到王后站在楼顶一角，手中拿着那副眼镜，他顿时面如死灰，颤抖着说："亲爱的，这样太危险，快到我身边来。"王后说："谢谢你以这样的方式爱我。"她轻轻将眼镜放下，随即纵身一跃。西罗王国最幸福的女人菲罗斯王后就此香消玉殒。

哈罗斯二世整天将自己关在寝宫，他在等一个人。王宫上下的卫士都在疯了似的寻找这个人。这人名叫帕尔姆，是一个巫师。

十五年前，菲罗斯王后在一场怪病之后，容颜全毁，面目狰狞无比。正是巫师帕尔姆为国王配了一副眼镜，戴上它，王后依然如花似玉，而其他的美人在他眼里则成了丑八怪。

祎祺摘自微信公众号我们都爱短故事

图：恒兰

学校里有个『福尔摩斯』

@曾宪涛

福尔摩斯是我大学时同宿舍的同学，我们宿舍住六个同学。他从小着迷推理侦探小说，崇拜福尔摩斯。他有个舅舅在公安部门，是侦探专家，他曾向舅舅讨教过。我们常把些诸如书本遗失、某同学深夜不归之去向等，让他推理侦破，甭说还真都叫他给说准了。我们就叫他福尔摩斯，后来全班同学都这么叫，发生小案情就请他去侦破。

福尔摩斯破过一回女生宿舍失表案，这一案叫他名扬全系。

案情是这样的，班里有个女生的手表在宿舍不翼而飞，女生哭得梨花带雨，因为那表对她来

说太珍贵了！当然，珍贵的不单是表，主要是送表人。

全班要求福尔摩斯破案。

福尔摩斯随班长到女生宿舍，了解案发经过后，提出和同宿舍每位女生单独一谈，女生们都同意了，不会有不同意的。

他一个人坐宿舍里，由班长安排六位女生，依次单独进去和他谈话，每人约十分钟。最后他走出宿舍，把班长拉到一边，变魔术似的拿出那块手表，要班长不要声张。

班长没声张，但事情还是传开了，大家都想知道谜底，就连班长也想。

我们宿舍几个曾对他威逼利诱，但他死都不当甫志高。

事情过了很久后，有回我们去外地玩，晚上在旅馆，我又提及此事，他终于开口了。

"根据了解的情况，我判断拿表的一定是同宿舍人，宿舍女生家庭都很富裕，平时钱物放外面从未丢失过，我又判断拿表的不是惯偷，不知出于什么心理，头回做这种事，肯定承受不了心理压力。于是，每个女生进来后，我坐她对面，只盯着她眼睛一句话不说，那个女生没两分钟就满面通红，惊慌失措。我要她把表拿出来，发誓保密。"

我们还等着，却没下文了。

"就是这样……"

他始终没说出女生的名字。

不过，福尔摩斯还是走了一回麦城，栽在我们宿舍的一桩离奇失窃案上。

我们宿舍有个叫徐荣的同学，家境窘迫，父母都下岗了，父亲常年有病，母亲在医院里做清洁工。他自尊心极强，从不提家里的事，常常在外面做家教，很晚才回来。

大二以后，班里几乎每个同学都配备了手机，唯独他没有。

有回一个他很喜欢的女生，无意间说了句："把你手机号给我，春节给你短信拜年。"

顿时，徐荣的脸就烧红了整个天空，在场同学的眼都映红了。

没多久，徐荣突然宣布要买手机，他做家教拿到一笔钱。

那天，我们几个一起陪他去买手机，看了一家又一家手机店，最终在一家专卖店里，他买了一部两千多的摩托罗拉。

有了手机，我们班就实现了电讯化，他还与那位女同学互发了短信。谁料第二天，大家从食堂吃完饭回来，他突然说："我手机没了，去食堂忘带了，就放枕边的。"

福尔摩斯安慰道："别急。"便用手机拨打了他的手机号码，传出"您拨打的电话已关机"。

看徐荣着急的样子，我们更急，宁可自己手机丢了，因为我们家境都很好。我们要福尔摩斯尽快破案。然而几天过去，侦破毫无进展。

手机最终没找回来，我们准备共同给徐荣再买个手机，全班同学知道了都要出钱，但被徐荣坚决拒绝。他自尊心太强，绝不会接

心理故事

受别人的东西。

那以后，我们宿舍出现了尴尬和隔阂，因为都有嫌疑。徐荣似乎觉得对不起大家，变得更加沉默寡言。我们埋怨福尔摩斯，人家的案能破，自己的案就破不了。我们背负嫌疑直到毕业，福尔摩斯不但威名扫地，嫌疑更大，懂侦破也懂反侦破嘛。

转眼，毕业十多年了。

上个月我去南方出差，没想到竟在火车上遇见了福尔摩斯。久别重逢，紧紧拥抱，坐下来说起学校，说起同学，说起我们宿舍，自然就说到了那件事。在校忌讳，现在不忌讳了。

我问福尔摩斯："难道当时就没一点蛛丝马迹？"

他一脸神秘，沉默半晌，道："告诉你吧，手机根本就没丢。"

我惊得一下子站起来。

"手机叫徐荣给退了。"他说出更叫人吃惊的话。

然而我相信徐荣会做出那种事，他自尊心太强，或说是极端虚荣。

"当时我仔细察看了宿舍，根本不可能有外人进来，根据对宿舍每人的了解，谁都不可能拿这个手机。"

"万一？"

"没有万一，那天是我最后一个离开宿舍，我们又是一起吃饭，一块儿回来的，谁都没这个机会，答案只有一个，手机没丢。那天买手机，徐荣一再问手机能否退换，直到售货员说一周之内包退换，他才买下了手机。在徐荣打开抽屉时，我悄悄观察到放在里面的包装盒已经没有了，我抽空去了趟手机店，找到那位售货员，一切得到了证实。"

"原来如此。"

"徐荣肯定对此事非常后悔，所以越发沉默寡言，估计他事先没想太多，否则不会干这蠢事。"

我表示赞同，他又说："本来我打算把这事永远埋在心底，今天见了老同学，实在忍不住了，你知道憋在心里多难受，说出来就好些了。"

这时，列车已驶上了长江大桥，我们不约而同把脸转向窗外，不尽江水，滔滔而来，滚滚而去……

图：豆薇

通过一桩桩校园"案件"剖析学生内心世界。

扫二维码，看"福尔摩斯"的人生智慧。

常识知多少（古代科技篇）29. 明徐光启的《农政全书》建立了较完整的农学体系。

有时间"捡屎"，没时间争论

@丹 萍

我有一个噩梦。我是养狗的，我每次带佐罗出去都会带齐三件套，狗绳拴好狗，狗屎袋拿好，水瓶装好水，以备需要冲刷被佐罗搞脏的地方。

我的噩梦是，别人的狗拉屎没收拾，会有人以为是我没有收拾，质疑我的品德。

我被质疑过。有一次一个种花的工人说："你们这些养狗的，很多人的品行不如狗。"草坪中有很多狗屎。

我很认真地和他说："我知道你很生气，但不能不区分责任人。不能因为我牵着狗，你就让我为别人的行为负责。"

工人本来准备吼几句就走，发泄一下情绪，结果没想到，我认认真真，追着他掰扯。

还把手里的三件套给他看。

还建议他和领导提一下意见，可以在草地边上写一些提示牌。

说得我也又累又气，差点声泪俱下。

搞得工人都不好意思了，现在看见我都躲着。

为避免类似的事情，我很浮夸，经常甩着手里的袋子，恨不得告诉所有人，我是负责任的。

有一次佐罗拉肚子，虽然狗屎捡走了，还是把小区的一个休闲区域地面搞脏了。我一点没含糊，把佐罗拉回家，然后提着装满了水的水桶，用垃圾袋装了大罐酒精、湿纸巾和刷子，再牵着佐罗下楼。

我让佐罗坐在旁边的空地上。我先用部分湿纸巾擦干净搞脏的那块地面，接着倒酒精消毒，然后倒水，又用刷子呼呼刷了一阵，再用余下的纸巾吸干水，空瓶子脏纸巾装回垃圾袋。

这才心满意足回家。

这个举动耗时很长，但我觉得有点证明自己的意味，是一个无声的争辩，自己还挺满意的。

过了很久很久，被我刷过的地方还比旁边干净很多，在阳光下白晃晃的，格外明显。

好几次我都对到我家的朋友说："看到那个地方没，你知道为啥特别干净吗？是我刷的。"

地面是平的，但那是我立起来的道德丰碑。

以上是前情提要。

昨天拉着狗散步，又有人追上我说："狗拉屎啦。"

说完，指了指我身后的某个地方。

我灵光一闪，决定换个打法。

二话没说，就退回去把狗屎捡走了，那个人也满意地走了。

连佐罗都诧异地看着我，流露出"这也不是我的屎啊，我还没拉，你捡错了"的表情。

无所谓。这样挺好，这个噩梦结束了。

李金锋摘自《北京青年报》

图：小黑孩

英语学习日常化

◎ 李不延

我坚持用英文记账十多年，踏踏实实地用英语记录每一笔收入和支出，养成记账习惯的同时，也是一种学习。而且这类单词更贴近生活，更适用于日常的交流。比如"早餐 breakfast"一个单词重复十多年，想不记住都难，但我不局限于此，而是具体地记下早餐吃了什么，便把"粥porridge、豆浆 soybean milk"一一收入囊中。值得一提的是，我的家乡早餐超级丰富，一碗白粥红米粥，有三十多样配菜，我每天变着法地尝几道不重复的，便掌握了好多新的蔬菜单词。大学时代跟外教介绍中国美食时，别人眼中的不常用词汇，我不查词典信手拈来。

记一笔新账，我就复习几眼前面记的词汇；每晚入睡前，我做复盘总结时，再看一遍今日份单词收入。记账就像是我的单词存钱罐，给予我日积月累的充实感。

有什么事情是每天必不可少

的？除了记账，第二个我想到的便是刷牙。有的人甚至一日三餐饭后都要刷牙，加上起床和睡觉前，一共是五次。如果说记账更多的是偏向于课外词汇的扩充，刷牙时我则聚焦于课内单词。学生时代，我会将每日需要识记的课本单词贴在洗漱台镜子上，这样就解决了"刷牙时，眼睛往哪里看"的问题，也不会觉得刷牙是一件枯燥无聊而不得不完成的任务。此外，床头也可以贴单词，睡觉前和起床后识记几遍，记忆得以巩固加深。

大多数外语学习者没有捷径，无非就是背诵重复。学习语言既然需要日积月累，何不稳扎稳打地将单词落实到日常呢？

想一下，你有什么事情每日必做，再将它和背单词结合起来，渐渐地背单词也会成为日常中不可或缺的一部分，哪天不完成还会觉得空落落的。当你离不开单词时，单词怎么舍得离开你？

摘自《中学生》

007原来是鸟类学家

@ 欧阳耀地

英国作家伊恩·弗莱明创作的007系列小说中的主角詹姆斯·邦德系情报机构军情六处的特工，代号007。小说问世后，007的形象旋即家喻户晓。

与此同时，美国费城自然科学研究院鸟类学家詹姆斯·邦德的平静生活却被打破了。他家的电话常在深夜无端响起，电话那头传来性感的女声："请问詹姆斯在家吗？"接着便是咯咯的笑声，电话就挂了。

邦德和妻子对这些骚扰电话百思不得其解，直到一位朋友为他们解开了谜团——伊恩·弗莱

明在一次采访中，道明了007名字的由来："詹姆斯·邦德确有其人，他是美国鸟类学家，我读过他的书。当我想给我的英雄起个听起来自然上口的名字时，我马上想起了他。"

谜团虽然解开，詹姆斯·邦德却无法阻挡007对他日后人生的侵扰。他入住旅馆登记时，接待员会质疑地盯着他看；出入海关时，工作人员会开玩笑地问他把枪藏哪儿了；直到他89岁去世，报纸也没忘提及他和007非同寻常的关系。

詹姆斯·邦德的妻子玛丽给

弗莱明写信，小心地指责他竟然使用丈夫真名写作。弗莱明回信，提出三个回馈：詹姆斯·邦德可无限制使用伊恩·弗莱明的姓名；要是詹姆斯·邦德发现一个可怕的鸟类新品种，可报复性地采用作家名字命名；欢迎詹姆斯·邦德夫妇光临007的诞生地"黄金眼"——伊恩·弗莱明在牙买加的冬季宅邸。

后来，詹姆斯·邦德和玛丽真的突然拜访了"黄金眼"。他直言不讳地告诉作家："我妻子读了你所有的书，但我不读。"伊恩·弗莱明一本正经地回答："我不怪你。"

这些逸闻趣事，均源于一本让伊恩·弗莱明爱不释手的图书——《西印度群岛鸟类指南》。这是詹姆斯·邦德花了十年时间，在加勒比海各岛艰辛探索、深入研究而取得的学术成果。

真实的詹姆斯·邦德的生活是这样的：为了《西印度群岛鸟类指南》一书，他上百次前往西印度群岛进行科研考察，那时没有飞机，容易晕船的他只能乘坐邮船前往，一去就是数月。他依靠双脚和马匹，在各岛的丛林间艰难前行，而他使用的全部工具，不过是杀虫剂、一把刀和一支双管鸟枪。可以想见，在蚊叮虫咬的荒野僻地，他只有孤独寂寞相随。

《西印度群岛鸟类指南》在几十年间一版再版。通过这本书的普及，詹姆斯·邦德让异域的稀有鸟类，比如，古巴吸蜜蜂鸟（世界上最小的鸟）和红嘴长尾蜂鸟（牙买加国鸟），逐渐为大众所知所爱。至今，他的科研成果仍在不断产生影响。

惊心动魄的007系列电影至今已有二十多部问世了。那句经典台词"我叫邦德，詹姆斯·邦德"，一出口便令无数影迷折腰，可要是换了戴眼镜、相貌朴实的鸟类学家这么说，恐怕只会让人感觉好笑吧。

鸟类学家詹姆斯·邦德和虚构的詹姆斯·邦德有过一次身份重合：在2002年版007电影《择日而亡》中，皮尔斯·布鲁斯南扮演的007手拿一本最新版的《西印度群岛鸟类指南》，走进哈瓦那一家宾馆，对邦女郎金克斯说，他是"一位鸟类学家——纯粹是为了鸟儿才来这里"。

扬灵摘自《书屋》

图：佐夫

原是将真心错付了

@金陵木予

在此之前，我从未怀疑过丸子对我的爱。我一直傻傻地以为，我就是他的天，我就是他的爱，我就是他的全世界！直到有一天，他参加了军训……

一开始得知丸子要参加军训的消息，我是窃喜的：参加军训，培养一下独立生活的能力，磨炼一下娇嫩的意志，于丸子而言，是一份相当不错的成长礼。

但当被告知，他们晚上要住在训练基地的时候，我有些不淡定了。这孩子自出生之后，就没离开过我们身边，突然独自出门，还要在外面睡三个晚上，他可以适应吗？

那一夜，我没睡好，是因为不舍；那一夜，他也没睡好，是因为兴奋。

丸子出发了，老母亲我披头散发，坐在空荡荡的家里，双手虔诚地捧着手机，微信群、QQ群、抖音直播，三个App来回切换，生怕错过了任何一个有我娃出现的瞬间。

晚上，我捧着微微发烫的手机，脑补着这样的画面：手机突然响起，我在这头，丸子在那头，他在电话里哭哭啼啼："妈咪，我想你了，快点想办法接我回家吧！"我故作无情状："儿呐，坚持就是胜利！妈咪等待你载誉归来！"语言很虚妄，身体却诚实地往外冲，拿起车钥匙，以百米冲刺的速度奔向车库……

然而，这种深情款款、感人

常识知多少（古代科技篇）32.英国学者李约瑟称《梦溪笔谈》是"中国科学史的里程碑"。

至深的桥段并没有出现，我那24小时待命的手机，一直安静如鸡！

第二天，我有点沉不住气，跑到家长群里去打听情况："亲们，老师那天说，想家了可以打电话，弱弱地问一句，大家有接到孩子电话的吗？"

"没有！"群里齐刷刷的回复安慰了我自作多情的心灵。

"这是第一天，孩子们虽然想家，但都努力忍着，后面就会给我们打电话了。"我安慰自己。

好不容易挨到第三天晚上，我终于鼓起勇气，拿起手机，给班主任老师发了条信息。为了隐藏老母亲羞涩的玻璃心，我没好意思直接打听丸子的情况，而是委婉地问老师，班上有没有小朋友主动打电话回家？班主任老师铿锵有力地回了我两个字——没有！

讲真，当看到别人家的孩子跟自己孩子一样"有了兄弟忘了妈"的时候，我的心敞亮了不少——同一个天下同一款娃，并不是丸子一个人不惦记家！

我发了朋友圈，吐槽"原是将真心错付了"，没想到却"炸"出一群"错付真心"的亲爹亲妈。孩子离开家的日子，依依不舍的不是他们，而是我们这群看似强大、实则虚弱的爹妈！

四天的军训接近尾声，班主任老师发来汇报演出直播链接，邀请大家云观礼。

一个个方阵，愣是被跑成了多边形，但那有什么关系，在老父亲老母亲眼里，这就是一支威武之师！

战术表演，一个滑溜，小战士没站稳，但那有什么关系，在老父亲老母亲眼里，这就是一支雄壮之师！

战地掩护，狼烟四起，不仅有持枪突围的，还有扮演伤员的，战地医疗队小碎步上前，飒爽英姿，巾帼不让须眉！啧啧，在老父亲老母亲眼里，这就是一支文明之师、胜利之师，一支训练有素、能打胜仗的精锐部队！

我差点就隔着屏幕高喊起来："少年强则国强！"

在我咬牙的思念中，丸子终于回家，他放下行囊扑向我，我紧紧拥抱着他，暂时忽略他浑身上下差点熏吐我的臭汗味儿。我告诉自己，孩儿已经长大，而我，要学会慢慢放手！未来的路啊，山高水长，他得学会自己去走！

刘振摘自《北京青年报》

图：小黑孩

落苏的尊严

@ 李新章

刚念小学时的那个假期前，母亲宣布了一项规定："明天起，你们兄弟仨每割五斤兔草、喂一顿猪、打扫一次卫生、浇一次蔬菜各得一分，下稻田拔秧每米得两分，我记工分，假期结束宣布总分，予以奖赏。"讲完，特意朝我看看，我红脸，低头。兄弟仨，我是老二，哥长我四岁，弟小我两岁。割兔草，哥割满五斤时，弟有三四斤，我最多两斤；拔秧时，我向前一米多，弟已领先我一半，哥早已在五米开外……在干活方面，哥与弟天赋异禀，而我总比他们慢一拍。为此，父亲常说我："每家总要出那么一个。"

假期结束的那天晚饭后，母亲就要宣布名次，全家人的脸上都挂着欣喜的笑，唯独我闷闷不乐。那晚，我洗完全家的饭碗，低着头。坐在我对面的父与子，都幸灾乐祸地看着我。只有那盏十五支光的电灯，温暖地抚慰着那个低着头的孩子，如母亲温存的目光。

母亲从灶头间里走出来，像揭谜底一样揭开饭篮的盖。她从篮子里拿出一个番茄递给我哥，说："老大发挥了带头作用，奖你一个番茄。"递我一个落苏（茄子），说："老二有进步，奖你一个落苏。"再把一根黄瓜给了我弟，说："从小勤快的老三，奖你一根黄瓜。"

次日上学路上，三弟责怪母亲没公布总分和名次。大哥却说："公布了，番茄甜的，理应排第一。黄瓜是脆的，该排第二的。落苏不甜不脆，不能生吃，只能排最后了。"说完，他特意朝我看看，我红脸，低头，不敢看他，暗想：落苏软，该让人捏。

放学后，我见母亲在菜园里，正把一根稻柴绳扎在一只特别健壮的落苏上，便上前问她："妈，落苏代表最后一名吗？"母亲说："我不这么认为。你想不想当第一个学会种落苏的儿子？"听到"第一"这个词，我忙微笑着点头。

跟母亲学种落苏，从扎稻柴绳做记号、选种开始。交秋后，母亲把扎稻柴绳的那几个落苏剪下来，挂在屋檐下晾晒。月余，等落苏都晒干瘪了，便可放在簸箕里搓碎。在秋风中，扬弃所有的糟粕，包括瘦弱的种子和不开心的往事。母亲说："留下来的，都是很溅的种子。"家乡话，溅就是强壮的意思，像溅出来的水珠一样饱满，有力道。劳动人民的语言虽朴实，却形象，却生动。

次年春节后，母亲教我用打钵机打了四十个土钵，上面陷下一个拇指粗细的孔，孔中投放三颗落苏的种子，支起半月形棚架，盖上透明、保暖的薄膜，静候发芽。

两周后，出苗。再两周，等秧苗长到一虎口高，便可连苗带钵移种到钵洞之中。一垄田园，我与母亲一起，预先打好四排间距四十厘米的钵洞，正好放置四十株带土钵的落苏秧苗。凡长出两苗或三苗的土钵，须拔去弱苗，只留最健壮的一株。

春风暖脸时，四十株落苏均长到齐腰高了，水灵灵的，生机盎然。陆陆续续，零零星星开出的小花，幼稚地笑着，露出五瓣浅紫色的门牙，一看就是落苏的孩子。几天后，菜园一隅满是落苏花，远远近近，高高低低，仿佛夜空里的星星，春风一吹，晶莹的小眼睛还一个劲儿地眨啊眨。母亲情不自禁地唱起山歌："油菜开花胜黄金，呀么，落苏开花满天星……"

那年，落苏长势特别好，换来的经济收入远比往年多。母亲发明了一道新菜——落苏丁鸡蛋饼，全家人都说好吃。母亲说："落苏丰收，老二付出了大半年的坚持和努力，付出了多次手掌起多个血泡的代价。"那一刻，我终于成为全家人目光的焦点。

长大后我才明白，母亲用智慧和爱，呵护了一个男孩脆弱的尊严。

月亮狗摘自《新民晚报》

图：陆小弟

牵挂

半个世纪的

@郭希华

等待

片乌云吞噬了月亮。八十多岁的太爷爷住进了重症监护室。听爷爷说，太爷爷随时都有可能心脏骤停，也许太爷爷要去找太奶奶了，他们已经分别了太久太久。

可太爷爷似乎又在等待着什么，不愿离开这个世界。

这几天，爷爷忙里忙外。他说要去一趟首饰店。到了首饰店，他直奔银饰柜台。

爷爷问我哪一款银耳环好看，我实在看不出来，便回答都好看。

爷爷买了一款银耳环后，带我去了金银加工店。他从口袋里掏出一张叠好的纸，打开后，是耳环的样式图案。他希望老板把这款刚买的银耳环加工成图中的模样。我不理解为什么爷爷在这个时候对银耳环如此痴迷。

爷爷说，他十几岁的时候，太奶奶就走了。从此，太爷爷既当爹又当妈，把爷爷姐弟四个拉扯大。

我不知不觉走进了爷爷对我说的那个故事里。

那是半个世纪前的故事，那一年，爷爷十三岁……

遗憾

春末夏初的一个夜晚，月亮挂在半空中。

"华仔，家里一点粮都没有了，

你去姑姑那里借一点。"妈妈说完，背过身，将一声叹息留给了空荡荡的屋子。

妈妈知道我能把事情做好，就把借粮的事交给了我。

"可我明天要上课。"我第一次拒绝了妈妈。

"大家总不能饿肚子。"妈妈摸了摸左耳的银耳环，期待我能答应。我点了点头。如果我不答应，妈妈只能像以往一样，卖掉家里值钱的东西去换钱买粮。

第二天，我匆匆赶路，回来的时候已经是深夜了。突然，我发现对岸有一个人影，心里有点害怕，仔细一看是妈妈。妈妈要背我过河，我拒绝了。

回到家，我一声不吭地整理书包，一直不理睬妈妈。

"是我让你借粮的，耽误了你的学习，"妈妈又补充了一句，"再说，我身体好多了。"

妈妈像一个做错事的孩子，在我旁边忙着替我收拾书包，收拾完后，又连忙为我泡了一碗红糖茶。看着她的动作，我的眼睛有些湿润，终于开了口："妈，我不是为落下功课而生你的气。你的身体怎样自己还不清楚吗？你把这茶喝了，我就不跟你置气。冰冷的水，你是不能碰的。"

妈妈拗不过我，就把红糖茶喝了，剩下一口给我。我觉得这茶好甜好甜，趁妈妈不注意，我伸出舌头舔了舔碗底。妈妈看到了我的举动，我们都笑了。学编织的大姐听到笑声，走出里屋。"妈，听你说，你的银耳环是姥姥给你的嫁妆。家里再困难，也不要卖了它。今天西院的二姐姐说，按咱们村的风俗，人走的时候，嘴里都要含银饰，不然……"

"我知道，你进屋去吧。"妈妈打断了大姐的话，走到了镜子前，似乎在看什么。

大姐把我拉到里屋悄悄地说："我们千万不要让妈动卖耳环的心思。"我听了，点了点头。

"你爸在外面倒好，也不带点什么回来。"妈妈在埋怨爸爸。

爸爸是一名木匠。他常说，荒年饿不死手艺人。可是，那个年代，自己挣的几个钱实在难以维持一家老小的生活。

初二阶段，学习更紧张了。

油灯下，妈妈在纳鞋底，她一声不吭，屋里只听到针线穿过鞋底的声音。

家里养了几个月的猪病死了。

妈妈很伤心，原本她打算把猪养大再卖掉，解决眼前的困难。

"妈，我想买一本复习资料，同学们都买了。"我已经开了口，后悔都来不及。

"重要吗？"妈妈用针在头发上刮了几下。

我点了点头。

"你放心念你的书，复习资料的事情，妈来解决。"妈妈很坚定，之前悲伤的情绪似乎已经消失了。

没过几天，一个课间，老师叫我去一下学校门口，说我妈来找我。我心里忐忑不安。

我三步并作两步，来到校门口。妈妈从她的怀里掏出一本书。

"我在你学校西边的书摊上买的，我看好多家长都在买。"

我接过留有体温的书，一看，傻傻地站在那里。

妈妈买的是一本一年级的课本。看我反应怪怪的，妈妈连忙解释："儿子，你妈不认识什么字，但'一'字我还是认得的，这本书就是教孩子拿第一……"

妈妈见我不高兴，连忙把笑容藏在皱纹里："花不了几个钱。"

我怕妈妈因为知道买了一本几乎没有用的书而伤心，连忙说："好的，我去上课了，路上小心。"

我揣着书，走了几步，一回头，看到妈妈的笑从嘴角一直荡漾到耳根。忽地，我发现了什么，心抽搐了一下。

后来，我想方设法地问同学借来了最新的复习资料，在本子上把重要的内容抄了下来。

读书期间，我把妈妈买的那本书一直放在书包底层。也许妈妈的书是征服高山的秘籍，高考那年，我如愿考上了师范学校。

由于积劳成疾，在我读大二的那年，妈妈走了，嘴里没有含着银耳环。

圆满

重症监护室里，太爷爷似乎还在等待着什么。晚辈们都到齐了，可太爷爷还是没有闭上眼睛。

突然，爷爷挤了进来，在太爷爷的手里塞了一枚银耳环，嘴动了一下，似乎要说些什么。

摸着银耳环，太爷爷欣慰地闭上了眼。

想起爷爷说过的故事，我知道，爷爷是要太爷爷把这枚银耳环带给太奶奶。

这是一份半个世纪的牵挂。

摘自《初中生之友·中旬刊》 图：豆薇

常识知多少(古代科技篇)35.都江堰是世界上年代最久且完美留存的无坝引水水利工程。

鳄鱼盖朵

@［马来西亚］丘汉林

盖朵在附近

减肥的动力

地下乐团

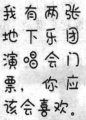

我有两张地下乐团演唱会门票，你应该会喜欢。

谢谢你，盖朵！

哇，它们好棒！

摘自《看你一眼就会笑》湖南文艺出版社

人人都能学会的金句写作指南

@吕白

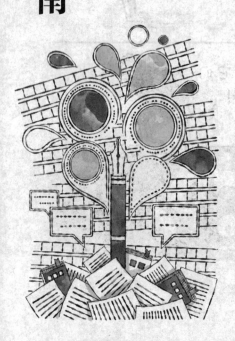

朗朗上口的金句，一般结构工整又押韵，可以带给我们情绪上的共鸣，让人念念不忘。比如，《三体》中有这样一个金句："给岁月以文明，而不是给文明以岁月。"其实这个句子的结构很简单，就是"1221"。给1以2，而不是给2以1。但读起来就是"不明觉厉"。

究竟怎样写出"1221式"金句呢？我总结了四种方法。

第一种：重新定义。

比如，"没有什么武器可以俘获爱情，爱情本来就是武器。"这句话重新定义了爱情，即爱情是武器。确定你想要描述哪类人或者什么事，再寻找核心事物，之后进一步将二者通过类比抽象联系起来，重新定义核心事物。

第二种：抓住从属关系。

比如，"孩子从来都不属于父母，但父母会永远属于孩子。"大多数人认为孩子是属于父母的，而我们打破常规，改变从属关系，就创造了一个观点独特的金句。究其实质，讲述的还是父母对于孩子无限包容、无私奉献的亲子关系。

第三种：利用反义词。

比如，"我以为爱情可以填满人生的遗憾，但没想到制造遗憾

的偏偏是爱情。”

“填满遗憾”和“制造遗憾”意思相反。“1221式”加上反义词的使用，使得整个句子具有转折点，表达出冲突感和情绪上的起伏，同时又具有韵律美。

第四种：变换主被动。

比如，尼采曾说的：“当你在凝视深渊的时候，深渊也在凝视着你。”前半句是主动的——凝视深渊，后半句则是被动的——被深渊凝视。通过一主动、一被动的形式，句子的意境便更加高远了。

综上所述，创作“1221式”需要分三步：选择核心观点，关注句型核心，选择使用四种方法中的一种。

除了“1221式”还有“1213式”。

“1213式”金句里，前后两句都有相同的成分，又有核心词的对比反差来强化语气，从而表达核心思想。这一句式的关键，就是找到前后两句的两个核心词的关系。

第一种：核心词相反关系。

比如，《后来的我们》这部电影的宣传语：后来的我们，为了谁四处迁徙，为了谁回到故里？后来的我们，有多少衣锦还乡，有多少放弃梦想？

第一句话中，前后半句都有一个相同的词语“为了谁”，即“1213式”里的两个“1”；前半句的核心词是“四处迁徙”，而后半句的核心词是“回到故里”，构成相反关系，分别为“1213”中的“2”和“3”。第二句话结构相同。

第二种：核心词递进关系。

网络上流传着这样的金句：别人这么努力是为了生活，我这么努力是为了生存。

前后半句都重复的词是“努力”，不同的是，“生活”和“生存”二者之间后者程度更深，凸显了“我”的艰苦与辛酸。生存尚且不易，又何谈生活？同样在奋斗中的年轻人看到这句话肯定深有感触。

清清摘自《人人都能学会的金句写作指南》

中信出版社　图：孙小片

电子邮箱

编辑部　wenzhaiban@126.com

蔡美凤　836361585@qq.com

胡　捷　gxy1987@foxmail.com

吴　艳　976248344@qq.com

杨怡君　499081339@qq.com

故事大课堂

"故事大课堂"开讲啦!

第一堂:时事报告。近段时间都有哪些热点新闻?我们给你梳理了一份时事简报。"秀才"不出门,天下事尽知。

* 1月1日起施行《未成年人网络保护条例》,这是我国第一部专门性的未成年人网络保护综合立法。其中规定禁止任何组织和个人对未成年人实施网络欺凌行为等。

* 1月1日,日本石川县能登地区发生7.6级地震,震中附近观测到约5米高的海啸。

* 教育部1月3日发布通知,将遴选1000门左右职业教育国家在线精品课程,推动职业教育优质数字资源开发与开放共享。

* 教育部官方微信1月7日发布辟谣:网传义务教育教学改革实验区"缩短学制""取消中考"等说法不实。

* 1月8日,习近平在二十届中央纪委三次全会上发表重要讲话强调,深入推进党的自我革命,坚决打赢反腐败斗争攻坚战持久战。

* 1月15日,工信部发布最新数据显示,中国造船业三大指标连续14年位居世界第一。

* 1月16日,习近平在省部级主要领导干部推动金融高质量发展专题研讨班开班式上发表重要讲话强调,坚定不移走中国特色金融发展之路,推动我国金融高质量发展。

* 1月22日,云南昭通市镇雄县塘房镇凉水村发生山体滑坡。

* 1月23日,新疆阿克苏地区乌什县发生7.1级地震。

* 1月23日,国务院新闻办公室发布《中国的反恐怖主义法律制度体系与实践》白皮书。

* 1月27日,国家主席习近平同法国总统马克龙互致贺电,庆祝两国建交60周年。

(本刊综合人民网、新华网、《半月谈》等媒体消息)

第二堂：不一样的写作课。好作品是改出来的。为什么要这样改而不是那样改？文末附有核心提示。反复揣摩，必有收获。

调 包

@ 黎泽慧

原稿

有没有那样的时刻，你感觉自己很聪明，而实际上自己的小聪明早就被对方识破了。我之前没有这种体验，直到……

记得那天的语文课，阳光正好，从窗帘缝里透出来，照到我和同桌的身上，暖洋洋的，这真是天赐的睡觉良机！于是乎，我和同桌在梦周公的路上一路欢歌一路蹦，怎一个爽字了得！

突然，一阵热烈的掌声惊醒了美梦中的我们。我俩的头动了动，教室一下子就安静了。我和同桌用眼神交流着，原来，语文老师程老师就在旁边站着！我俩只好假装若无其事地打开课本，装模作样地在桌肚里翻着。

"咳……"程老师一声轻咳，我和同桌立马起身站好，我用余光瞟到程老师已踱到我俩面前。我

修改稿

有没有那样的时刻，你感觉自己很聪明，可实际上，自己的小聪明早就被对方识破了？[1]我之前没有这种体验，直到……

记得那天是语文自习课，程老师布置我们背诵新学的文言文。[2]阳光正好，照到我和同桌的身上，暖洋洋的，这真是天赐的睡觉良机！于是乎，在周围一片喧哗声中，我和同桌心照不宣，"梦周公"去也，怎一个"爽"字了得！

突然，"咳……"一声轻咳传来，整个教室顿时安静起来，我和同桌猝然惊醒，抬起头，发现程老师就在桌边站着，吓得汗都流下来了，赶紧坐正，打开课本……程老师看了我俩，厉声喝道："把课文背一遍，要一字不落！"

我闻言窃喜：因为老爸酷爱

故事大课堂

不由得心慌起来，惨了，被抓包了，看来一顿"奖励"免不了了。³

程老师看了我俩好一会儿，无奈地说："把新学的第13课背一遍，要一字不落！"

我心中窃喜：因为老爸特别爱文言文，在他的耳提面命下，这篇课文我早已经背熟了！就这样，我逃过了一劫。而我的同桌就惨了，他一开始就背得磕磕巴巴，最后完全没了声音，只剩下了一张红红的脸蛋。

程老师沉默了好半天，对同桌说道："如果能在下午的语文课前背完，就免除'奖励'。"

课间，同桌痛苦地倒在课桌上，抱怨道："完了，玉帝老儿也救不了我了。"我也束手无策。

"完了完了，如果这事被我父母知道了，我肯定又没好日子过了。"同桌一边默默地背课文，一边喃喃自语，"不行！我还要去打篮球，我要去找我的学霸弟弟想办法。"

一提到学霸弟弟，瞬间，一个大胆的念头在我的脑海里冒出。我急忙问："你的学霸弟弟早就会背了吧？"

"那还用问，就没有他不会的。"

文言文，在他的耳提面命下，这篇课文我早已背熟了！就这样，我逃过了一劫。而我的同桌就惨了，他一开始就背得磕磕巴巴，最后完全没了声音，只剩下了一张红脸。程老师沉默了一会儿，对同桌说："如果能在下午的语文课前背完，可免除'奖励'。否则——"说完，转身走了。课堂气氛又重新活跃起来……

同桌痛苦地趴在课桌上，叫道："完了完了，如果这事被父母知道了，我肯定又没好日子过了。"我免不了又是好言相劝。"不行！我还要打篮球，我跟弟弟已经约好了。"一提到他的学霸弟弟，瞬间，一个大胆的念头在我的脑海里冒出。我附在同桌耳边献出一计，同桌一听，眼睛亮了。

同桌有一个双胞胎弟弟，是个学霸，两人个性差异太大，和他在不同的班级学习。我们的计划是，调包！

我和同桌赶紧来到学霸弟弟的班级，找到弟弟，把事态的严重性添油加醋说了一番。趁他还没反应过来，就强行摘掉了他的眼镜，然后不顾他的反抗，将他拖进了我们的教室。而此时同桌则戴上眼镜，深一脚浅一脚，去

常识知多少（古代科技篇）39.隋唐时，印刷了世界上现存最早的雕版印刷品《金刚经》。

"那就好办了。"我附在同桌耳边说出了我的计划。

同桌愣住了，蒙了一会儿，然后点了点头："我看行！"

同桌有一个双胞胎弟弟，是个学霸，两人个性差异太大，弟弟为了照顾哥哥的"玻璃心"，选择了和哥哥不同的班级学习。

我和同桌赶紧来到学霸弟弟的班级，添油加醋地说明了事情的严重性，在学霸弟弟还没反应过来的情况下，我们就自行决定下午语文课找他来执行计划。

接下来，我和同桌就心急如焚地等待着下午语文课的到来。铃声一响，我们就把学霸弟弟拉进厕所，强行摘掉了他的眼镜，前前后后打量了好几遍之后，不顾他的反抗，一路将他拖进了我们的教室。此时，同桌已经戴上眼镜，深一脚浅一脚地扶着墙走到学霸弟弟的班级去上体育课了。

学霸弟弟想往外蹿，我一直用眼神安抚他，冷静、冷静！

当程老师的脚步声响起时，学霸弟弟这才心虚地坐了下来。

程老师一走进教室，我立马站起来说："程老师，我同桌会背了。"我就是这么狠，不留余地，不留退路，置之死地而后生。程

学霸弟弟的班级上体育课了。

学霸弟弟还想往外蹿，我瞪了他一眼，然后用眼神安抚他，冷静、冷静！

当程老师的脚步声响起时，学霸弟弟这才心虚地坐了下来。

程老师一走进教室，我立马站起来说："程老师，我同桌会背了。"我就是这么狠，不留余地，不留退路，置之死地而后生。程老师诧异地看了我和"同桌"几眼，轻轻点了点头。

学霸果然是学霸，连声音都模仿得很像，背得那叫一个顺畅啊！最后，学霸弟弟在同学们的一片掌声中，红着脸坐了下来。

这调包计划实施得也太顺利、太成功了，简直神不知鬼不觉，我真不愧是"天选创新人"，随机应变，太高明了！我想我的得意之色已经溢出了教室，喜讯应该已经传达给我同桌了。

万万没想到，下课铃声响了之后，程老师点了我的名字，让我和"同桌"去办公室找她。

就这么一句轻飘飘的话，我心里开始打鼓：难道被发现了？不可能啊，班级里没有哪位同学发现呀！我又看了看周围的同学，

老师诧异地看了我和同桌几眼，轻轻点了点头。

学霸果然是学霸，连声音都模仿得很像，背得那叫一个顺畅啊！最后，学霸弟弟在同学们的一片掌声中，红着脸坐了下来。

这调包计划实施得也太顺利、太成功了，简直神不知鬼不觉，我真不愧是"天选创新人"，随机应变，太高明了！我想我的得意之色已经溢出了教室，喜讯应该已经传达给我同桌了。

万万没想到，下课铃声响了之后，程老师点了我的名字，莫名其妙地说了一句，让我和同桌去办公室找她。

就这么一句轻飘飘的话，我心里开始打鼓：难道被发现了？

不可能啊，班级里没有哪位同学发现呀！我又看了看周围的同学，大家脸上都毫无异色。

我和学霸弟弟忐忑地在程老师办公室门口徘徊，拿不准程老师是否已经发现了不对劲。学霸弟弟说："坦白才能从宽。"于是，他敲开了办公室的门。

程老师抬头看了一眼，笑着说："弟弟来了。"

我俩脸上瞬间烧得通红。我有点不死心，问："程老师，同学们都毫无异色。

我和学霸弟弟忐忑不安，敲开了程老师办公室的门。程老师抬头看了一眼，笑着说："弟弟来了。"

啊！我俩脸上瞬间烧得通红。我有点不死心，问："程老师，同学们都没发现，您是怎么发现的？"

"很简单啊，哥哥不戴眼镜，弟弟戴眼镜。你看，弟弟鼻梁上有道'小红坑'。告诉你们吧，我家也有个双胞胎，有区别的是，哥哥耳垂小，弟弟耳垂大！" [4]

原来如此！今天栽在程老师手中，心服口服！

"弟弟，在我们班上课的感觉如何？欢迎下次再来哦！"我俩的头这时快埋进脖子了，脸上的温度估计也能煎鸡蛋了。程老师示意我们可以离开了，最后又补充道："弟弟，赶紧去找体育老师补跑800米吧！"我和学霸弟弟正要离开办公室，程老师又对我说，"你同桌的'奖励'，明早我还要验收的。还有你，回去给我写篇800字的作文，把这件事情记下来。少于800字，哼，我也要'奖励'你！" [5]

天啦！作文是我的"紧箍咒"，今晚我又要头痛，不得安生了！

们都没发现，您是怎么发现的？"

"很简单啊，哥哥耳垂小，弟弟耳垂大！"

这么微小的区别，程老师居然注意到了！古人诚不欺我，老师不仅是千里眼、顺风耳，还是装着显微镜的异能人士！

"弟弟，在我们班上课的感觉如何？欢迎下次再来哦！"我俩的头已经快埋进脖子了，脸上的温度估计也能煎鸡蛋了。程老师示意我们可以离开了，最后又补充道："弟弟，赶紧去找体育老师补跑 800 米吧！"我和学霸弟弟正要离开办公室，程老师又对我说，"你同桌的'奖励'，明早我还要验收的。"

我尴尬地一笑，心想，我那刚跑完 800 米的可怜同桌，看来干完体力活，还得继续干脑力活啊。

事后，我仔细想了想此次"调包"事件，我感受到了程老师对我们无微不至的关心。原来，老师们对我们虽然有时表现得漫不经心，实际上却留意着我们在学校里的一言一行。程老师是一个温暖的人，而我也希望，自己将来也能成为像程老师一样温暖的人。6

首席编辑核心提示

一、题解：

"调包计"是生活中常见、在作文中也常用的技法，小作者运用得相当娴熟，有较强的构思能力。稍嫌不足的，是发现"调包"的合理性不够。老师是通过耳垂大小认出双胞胎的。一般情况下，如果对双胞胎没有充分的了解，而且，还是一人在场、一人又不在场的情况下，是很难作出正确判断的。

二、修改思路：

1. 以"有没有"开头的，应是一个疑问句。

2. 结合下文来看，"语文课"改为"语文自习课"似更合理。

3. 这段文字稍作调整。由于老师走进教室，发现我和同桌在睡觉，事出突然，整个教室由"动"到"静"，才符合事实。

4. 通过两个具体的细节来加强老师判断的合理性：一是戴眼镜和不戴眼镜的区别，二是老师自己有这方面的经验。

5. 老师没放过"我"，增加了行文的趣意。

6. 结尾是自己的一段感悟，可删除，留白处理。

（作者系上海市闵行区诸翟学校学生
指导老师：程志芳）

第三堂：讲出你的精彩。看完故事，自己先讲一遍。讲不好不要怕，看视频是怎么讲的。故事大王告诉你哪些才是关键点。好口才就是这样练成的。

王小明来了

@ 葛伟锋

说起五（1）班的王小明，那是无人不知，无人不晓。别说是教他的老师，就连传达室陈爷爷、食堂叶阿姨，还有打扫卫生的李大妈，对他也是熟悉得不得了。为什么？用王小明他爸的话说就是："这小鬼哦！太调皮了！没办法啊！"

不过最让我们班级同学受不了的，还不是他的调皮捣蛋，而是他的卫生习惯。王小明几乎没有一天是干净的，特别是这几天，每天都是脏兮兮、急匆匆地到校。不用说，肯定是他又在上学路上找到刺激好玩的东西了！你看你看，他又踩着铃声跑进了教室，一边跑还一边说："不好意思，不好意思，让大家久等了！"说着就溜到自己的座位前坐下了。

而这时，早就站在教室一角的郭老师，一改她的和蔼可亲，大声喊道："王小明！站起来！"

全班被这一声叫，惊呆了，马上安静了下来！只见王小明慢慢站了起来。再看，他满头大汗，脸上、身上，到处都黑乎乎的。王小明看了看郭老师，又看了看全班，大家正齐刷刷地盯着他。这时他似乎才感到事情有点不妙，于是习惯性地用手背擦了擦鼻子。这一擦可好，鼻子与嘴唇上留下了黑黑的一条，而这时大家哪还敢笑出声啊，只能强忍住。

"把家庭作业交上来，跟我去办公室。"郭老师很生气，后果很严重。可王小明在书包袋里找了半天也没找到作业本。

"郭、郭老师，作业本早上我明明放进书包的，怎么……怎么就找不到了？"

"是不是忘在家里了？是不是又不小心弄丢了，找不到了？没做就是没做！跟我走！"

于是王小明就跟着郭老师来到了办公室。这家伙昨天肯定又只顾着打游戏，把作业给忘了。看样子今天这场面又要红旗招展，锣鼓喧天咯！

"王小明！你第几次啦？"

"郭、郭老师……"

"我不想听你说！打电话叫你爸爸来！"

郭老师拿起手机正准备拨号码，手机却响了。一看是校长来电，说是有一位老奶奶找到学校，要反映王小明的情况，让她马上到校长室去一趟。

一走进校长室，一位老人就紧紧握住她的手说："你是郭老师？王小明是你的学生吧？你一定要替我好好表扬表扬他呀！"

郭老师一下子懵住了："这、这是怎么回事啊？老人家您坐下，慢慢说。"

"我啊住在这儿不远，家里就我一个老太婆，今天早上捡到一本本子，上面写着城南小学五（1）班王小明……"原来呀，每天早上，老奶奶会拉一车煤球送到学校附近的几家面馆，人老了，腿脚也使不上劲了，特别是那段上坡路，实在是要了她的命。幸亏王小明每次都在那个上坡的地方等老奶奶，他在后面推，老奶奶在前面拉，这就轻松多了。每次推完了还没等老奶奶问他叫什么名字就跑了。

老奶奶一边说一边将本子递给郭老师，郭老师接过本子一看，什么都明白了！而此时她的心里却像打翻的五味瓶似的，什么味道都有。因为这个时候王小明正低着脑袋，站在她的办公室里呢！

上海故事家协会秘书长丁娴瑶点评：《王小明来了》是讲述小学生王小明因为热心助人，导致上学迟到而被老师误会的故事。因为是"同龄人"的故事，所以对小故事员而言，故事内容显得亲切、熟悉，更容易驾驭。

陈烨萱小朋友讲述时从容大方，口齿清晰，语气抑扬顿挫，语速不急不慢。看得出来，她对于故事文本已然十分熟悉，但又没有仅仅停留在"熟背"的层面，而是化身"王小明""王小明爸爸""郭老师""老奶奶"等多个角色，用不同的语调，配合适当的肢体动作，把作品演绎得惟妙惟肖。其中，王小明的"稚气"、郭老师的"严厉"和老奶奶年迈的语气，都表现得恰到好处，这定然与小故事员在生活中的细致观察和勤奋练习离不开关系。

扫码看陈烨萱同学的讲演视频，讲演技巧等你来学！

第四堂：**经典悦读**。经典文学作品需要经常阅读、反复揣摩。我们为你提供经典作品中的经典片段，几分钟的阅读体验带你领略文学的魅力。

孟子的"礼"之道

@ 执鹿为马

《孟子》是战国时期孟子的言论汇编，记录了孟子与其他各家思想的争辩、对弟子的言传身教、游说诸侯等内容，由孟子及其弟子共同编撰而成。《孟子》记录了孟子的治国思想、政治策略（仁政、王霸之辨、民本、格君心之非，民为贵社稷次之君为轻）和政治行动，属儒家经典著作。其学说出发点为性善论，提出"仁政""王道"，主张德治。

钱穆先生说，读《孟子》，便该懂得如何动心忍性。我们从《孟子》中截取了两则小故事，通过阅读，希望能给你带来启发。

孟子游说诸侯时，强调以礼待人，严格要求自己，不阿谀奉承。

一日，孟子来到齐国，齐王是能采纳他的仁政主张的君主。

正当孟子准备去拜见齐王，恰巧齐王派人传话："我本该来看望您的，但是有畏寒的病，不能吹风。明天早晨，我将临朝听政，不知（您是否肯来）让我见见您吗？"

孟子思考片刻，回答道："不幸的是，我也得病了，不能上朝拜见了。"

回去后，学生公孙丑不解地问孟子："您明明没有生病，为何不见齐王？"

孟子说："我并非齐王的大臣，齐王召见我是不合礼仪的。"

孟子是以宾师的身份在齐国，应该受到齐王的尊敬和礼遇，齐王召见他是失礼的表现，他并不打算姑息。

第二天，孟子要去东郭大夫家吊丧，以暗示齐王自己没有生病。他的学生公孙丑阻止说："昨天您推说有病，今日却去吊丧，这不合适吧？"

孟子说："昨天生病，今天好了，怎么不能去吊丧？"

民防小知识 1. 春节期间正值隆冬过春之际，风干物燥，火灾发生率高。

孟子刚走，齐王就派人带着医生前来给孟子看病。学生孟仲子连忙掩饰说："昨天君主召见时，他得病不能上朝，今天病刚好了一点，急匆匆赶赴朝廷去了，不知道现在到了没有？"

孟仲子随后派了几个人，在孟子回家的路上等候，告诉孟子无论如何不能回家，先去朝廷拜见齐王。

孟子只好先去齐国大臣景丑家里住宿。

景丑见了孟子，说："您本来准备去朝见，但听了君王的召令却不去了，这恐怕与礼的规定不大符合吧。"

孟子回答道："天下普遍看重的东西有三样：爵位、年纪、道德。在朝廷里，没有比爵位更尊贵的；在乡里，没有比年龄更尊贵的；辅助君主、管理百姓，没有比道德更尊贵的。"

孟子认为国君不能因为自己的地位高就轻慢臣子的年龄和道德，即不能"有其一以慢其二"，并借此希望景丑能向齐王转达自己对他失礼的不满和良苦用心。

虽然孟子强调守礼，但对礼的态度并不僵硬、教条，而是原则性与灵活性的统一。他认为在通常情况下，应遵礼而行，但当情势所迫时，应学会变通。

孟子和齐国大臣淳于髡曾围绕"男女授受不亲"之礼展开讨论。

淳于髡问："男女之间不亲手递接东西，这是礼的规定吗？"

孟子说："是的。"

淳于髡又问："那么，假如嫂嫂掉在水里，小叔子可以用手去拉她吗？"

孟子说："嫂嫂掉在水里而不去拉，这简直是豺狼！男女之间不亲手递接东西，这是礼的规定；嫂嫂掉在水里，小叔子用手去拉她，这是通权达变。"

可见孟子虽时刻不忘遵礼，但不固执守礼。

"故事大课堂"专栏长期征稿，欢迎各位同学、老师、家长投寄各类美文摘抄、学生习作、故事讲演、现代文阅读真题、议论文素材等，来稿请发至：wenzhaiban@126.com，投稿时请标注"故事大课堂"字样。

故事大课堂

第五堂：与作家一起散步。为你提供的是现代文阅读题。有几道考试真题，答对了吗？不要急，有请作家本人给你支招。

@ 侯发山

山东省菏泽市 2023 学年高三上学期期末考试语文试题

王刚走马上任后，下决心治理河洛乡辖区内黄河段的乱采乱挖河沙现象。依照相关规定，乡党委书记是一把手，自然也是名正言顺的河长。

通过调查走访，王刚书记发现，河洛乡有三家挖沙的，铁蛋家最早，从爷爷辈就开始挖沙，在当地有一定的势力。

秘书小刘说："政府也为难，村民们要生存，当地要经济，不得不睁一眼闭一眼，风声紧了就抓一抓。"

王刚书记摇摇头："挖沙破坏河底的生态环境，底栖生物会受到巨大的影响，断然不行。特别是黄河，灾难会是毁灭性的。"

小刘吓了一跳："王书记，您要动真格的？"

"职责所在，使命所然。"王刚书记点点头，肃着脸说，"'擒贼先擒王'，只要把铁蛋拿下，其他两家也就迎刃而解。"

"王书记，铁蛋这人有点霸道。上任书记坐船沿河检查时，船意外地翻了。后来，还是铁蛋把他给救起的。有小道消息说，此事就是铁蛋一手'操作'的。"

"我明白了，前任之所以'雷声大雨点小'，以批评教育为主，罚款为辅，这便是原因所在。"王书记淡淡一笑，"明天我就去会会铁蛋，看他有多硬。"

第二天，王刚书记刚要带上小刘到黄河边去，铁蛋来了，说要拆除自己的挖沙设备。

王刚书记真有点不敢相信自己的耳朵，说："这是好事，拆吧，早该拆了。"

铁蛋痞着脸说："王书记，我来的目的是让政府帮我拆除，顺便把那些设备拉回来。"

不管铁蛋怎么想，王刚书记觉得趁机"小题大做"，未尝不是好事。

于是，王刚书记安排人到现场，把铁蛋家运行了十多年的挖沙设备拆除了。当然，随同去的，还有当地的媒体记者。其他两户挖沙的村民见此情形，也灰溜溜地主动拆除了。

大约过了四个月，那是一个月黑风高夜，黄河边的一艘机动船上，一台崭新的抽沙机开始高速运转。忽然间，电闪雷鸣，接着，瓢泼大雨开始肆虐。

机动船的船舱里走出一个人。那人正是铁蛋，喝了两杯酒，出来撒尿，没提防，一个浪头把他打入河中。他连"救命"的呼声都没喊出来，便被河水冲走了。

当铁蛋醒来时，发现自己躺在医院的床上。旁边除了医生、护士，还有王刚书记和秘书小刘。

小刘说："要不是王书记把你救上来，你早没命了。"

"啊，王书记？王书记是北方人，不是不会游泳吗？"铁蛋一时没整明白。

王刚书记接上话茬："幸亏我来的这几个月每天都练习游泳。我是河长，不会游泳怎么行。我还担心自己哪天落水，你若见死不救，我只有等死了。"

铁蛋的脸一阵红一阵白，张了张嘴却什么也没说。小刘冷冷地说：

"魔高一尺道高一丈，今晚是碰巧，也是你命大。"

铁蛋的脸更红了，怔了半晌，说："王书记，您处罚我吧，怎么处罚我都接受，我今后再也不挖沙了。"

王刚书记说："真的不挖了？"

"狼改不了吃肉，狗改不了吃屎。"小刘撇了撇嘴。

铁蛋分辩道："我要是再挖沙，不得好死。"

王刚书记说："不挖沙你怎么生存？"

铁蛋说："我的儿女都在城里工作，早就劝我进城，我一直没答应……"

王刚书记打断铁蛋的话，说："你不能去，得守着黄河。"

"王书记，我说的是真的，我再也不挖河沙了。"铁蛋信誓旦旦地保证。

王刚书记说："乡里已经做了规划，河边建坝子、修湿地公园，这是个长期的浩大工程。到时，你，还有乡亲们都可以参与进来，给你们发工资，你们干不干？"

"干！"铁蛋忙不迭地说。

工程不是说上就上的，需要上报、审批等好多手续呢。铁蛋在家坐不住，来到乡政府，找到王刚书

记，毛遂自荐，说自己要当河长。他不知道，河长不是随便任命的，国家有明文规定。

"你也想当官？"王刚书记开玩笑地反问一句。

铁蛋说："王书记，我不是想当官，你的事情多，我想替你分担一些。你是我的救命恩人，我没有别的报答路子，帮你守护黄河还是没问题的。咱乡这段黄河，地形我熟悉，附近的村民也都了解。"

王刚书记心里一热，莫名地冒出一句话：干工作只要没有私心，只要铁了心，"铁蛋"也有被融化的一天。

"咱妈把我养大，该是我养活她的时候了。"说罢，铁蛋不自然地抓挠了一下自己的头发。

这下轮到王刚书记迷糊了。

在旁边的小刘拱了一下王刚书记，悄声说："黄河是'母亲'。"

王刚书记这才醒悟过来，动情地说："任命你为特别河长吧，每月给你1500元的补助。"

铁蛋咧着嘴笑了，说："没有，我不在乎。有了，我也不嫌多。"

事后，王刚书记发现，他给铁蛋的补助，铁蛋都"挪作他用"了：给村里的孤寡老人买水果；请乡亲们，包括原先两个挖沙的同行，到沿黄城市的几处黄河湿地参观旅游……

直到王刚书记调走，铁蛋才知道，乡里每月给他补助的1500块钱，都是王刚书记从自己的工资里出的。

摘自《金山》

1. 下列对文本相关内容和艺术特色的分析鉴赏，不正确的一项是（ ）

A. 小刘被王刚要治理挖沙乱象的想法吓一跳，表明他深知挖沙背后的利害纠葛。

B. "电闪雷鸣""瓢泼大雨"等环境描写，渲染了气氛，推动了情节的发展。

C. "你也想当官？"虽是一句玩笑话，但也从中看出王刚并没有完全信任铁蛋。

D. 结尾交代铁蛋所得补助的用途和来源，丰富了人物形象，提升了人物的境界。

2. 王刚书记这一人物形象有哪些特点？请结合文本简要分析。

3. 有人把小说的标题"回报"改为"黄河故事"，你认为哪个标题更好？请谈谈你的观点和理由。

扫码进入真题实战，看一看作者的解题方法和写作思路。

民防小知识 3. 为避免电路负荷过大，切勿将过多的电器连接在同一电路上。

第六堂：事典。写议论文时，你是不是常常感到，你的文章事实论据不够准确？或者准确了，又不够生动？或者准确生动了，还不够新颖？我们开发开放的这个"论据库"，就是让你有机会看到更多有用有料有观点、见人见事见精神的小故事。倘若你身边恰好也有这类案例，请不要忘了与大家分享哦。

荀慧生补牙

一次，京剧四大名旦之一的荀慧生应邀到天津演出。不料临到演出，他却主动推迟了。原来，由于前两天他牙龈发炎，两个牙之间的缝隙有所增大。于是，他特地去补牙了。为此，荀慧生对剧场老板说："推迟了演出，实在抱歉。我可以在白天加一场。"有人问荀慧生："牙缝那点小事，何必认真？"荀慧生说："牙不关风，吐字不准，看来事小，等上台就是大事了。我不能辜负了天津父老乡亲的一片热望啊！"

（关键词：敬业）

上坡和下坡

那一年，梁实秋在重庆郊外与友人合买下一个小院。由于重庆为山城，他的屋子依坡建在半山腰，屋内地板依山势而铺，一面高，一面低，坡度甚大。一天，几个学生来家里做客。他们气喘吁吁地爬坡上来，没想到进屋后还得再上坡。梁实秋便风趣地解释："其实我甚是喜欢屋里的'上坡'和'下坡'。你们想想，每日由书房走到饭厅是上坡，这样既锻炼了身体，还可多吃一碗饭；饭后再鼓腹下坡，又可顺便消化刚才吃的食物，实乃幸事一件。"

（关键词：乐观）

俞平伯的心细

吴泰昌是资深编辑，经叶圣陶介绍，在叶老家饭桌上认识了俞平伯。吴泰昌回忆了这样一个细节："认识俞先生后，有次去他家，见桌上放了黄酒。我问俞先生：'您不喝酒啊？'俞先生答：'我不喝，在叶家看你能喝，今天特意准备的。'"

俞平伯记住了来访客人的喜好，特意为其备酒，可谓心细如发。

（关键词：细心）

故事大课堂

▍洪迈堪比苏东坡

南宋文学家洪迈在翰林院时负责起草诏书。一天，太监送来了二十多份口谕，要拟成诏书。洪迈又是查资料，又是打草稿，好不容易全部拟完，便悠闲地在庭院里散步。他看到有个老人坐在树荫下休息，便跟他闲聊。老人说自己是翰林院的老员工了，几代都在翰林院打杂。洪迈就问他："老先生阅人无数，您见过苏东坡学士吗？"老人说："见过，他下笔很快，一次起草二十道诏书不在话下。"洪迈很高兴，说："我今天也起草了二十道诏书。"老人点点头，笑道："苏学士敏捷也不过如此，只是他没有翻找资料。"洪迈大窘，自恨失言。

（关键词：谦虚）

▍张安道的推荐信

张安道与欧阳修一向不和，张安道镇守成都时，欧阳修担任翰林。当时苏洵父子从眉山进京，正好经过成都，便请张安道写了封推荐信。张安道写完后，意味深长地说了一句："我的意见在翰林院里某些人看来，毫不重要。"苏洵当时也不明就里，就带着张安道的推荐信去开封求见欧阳修。欧阳修看到张安道的信，又读了苏洵父子的文章，大笑着说："张安道给我找了个文坛的未来领袖啊！"经此一事，天下都赞誉张安道和欧阳修能不计前嫌，为国选才。

（关键词：不计前嫌）

▍假寐免祸

王羲之十来岁的时候，大将军王敦很喜欢他，经常让他在自己的房里睡觉。有一次，王敦先起来了，王羲之还在睡觉。不久，王敦的参谋钱凤进屋，两人就开始密谋造反的事，完全忘了王羲之还在房里。王羲之醒了以后，听见他们的对话，料到自己多半活不成了，急中生智，马上把口水涂到脸上和被子上，假装熟睡。王敦快说完谋反计划时，才想到里屋的王羲之，慌张地说："这下不得不除掉他了！"等揭开被子一看，只见王羲之唾沫横流，还在"熟睡"，王敦就没有杀他。王羲之这才保住了性命。

（关键词：机智）

民防小知识 4.厨房是春节期间家庭防火的重点，应正确放置燃料，小心使用燃气灶具。

第七堂：我的第一个笔记本。在平时的阅读活动中，你是不是常常被那些美妙的语言所打动？它们可能是金句、格言，也可能是好的开头、结尾，还可能是精彩的题记……现在我们整理了一部分内容，希望能充实、丰富你的笔记本。倘若你也有好句子，不要忘了与大家一起分享哦。

品梁实秋金句，学名人写作技巧

妙笔生花的名言美句

没有人不爱惜他的生命，但很少人珍视他的时间。——《时间即生命》

（适用主题：珍惜生命）

君子之交淡若水，因为淡所以不腻，才能持久。——《谈友谊》

（适用主题：友情）

凡事不宜操之过急，放松一步，往往可以化险为夷。

——《闲暇处才是生活》

（适用主题：缓解焦虑、放松）

你走，我不送你。你来，无论多大的风雨，我都去接你。——《送行》

（适用主题：离别、友情）

看山头吐月，红盘乍涌，一霎间，清光四射，天空皎洁，四野无声。——《雅舍》

（适用主题：生活、美好）

值得借鉴的细节描写

夜晚就寝，这位相貌清癯仪态潇洒的朋友，头刚沾枕，立刻响起鼾声，不是普通呼噜呼噜的鼾声，他调门高，作金石声，有铜锤花脸或是秦腔的韵味，而且在十响八响的高亢的鼾声之后，还猛然带一个逆腔的回钩。这下子他把自己惊醒了，可是他哼哼唧唧地蠕动了几下，又开始奏起他的独特的音乐。我不知所措，彻夜无眠。——《鼾》

他握着你的四根手指，恶狠狠地一挤，使你痛彻肺腑，如果没有寒暄笑语偕来俱来，你会误以为他是要和你角力。此种人通常有耐久力，你入了他的掌握，休想逃脱出来。如果你和他很有交情，久别重逢，情不自禁，你的关节虽然痛些，我相信你会原谅他的。不过通常握手用力最大者，往往交情最浅。

——《握手》

第八堂:给你一双慧眼。故事中有多处差错,你能找出来吗? 比一比,看谁找得对、找得快。

蔬菜奇遇

@罗倩仪

派恩得了一种怪病,他的手和脚会在突然之间摊软无力,无法动弹。医生说,以前见过一个这样的病例,随着发作的频率越来越高,手脚将彻底不能使用。这种特殊的病,只有勒曼医生有可能会医治,但他辞职了,早已不知去向。

母亲伊琳娜劝派恩不要灰心,一定还有别的医生能够治好他的病。从此,伊琳娜每天去寻找合适的医者,派恩则在家里休息养病。

家门前有一个院子,一直以来,伊琳娜专门留出一块空地,栽种派恩爱吃的蔬菜。派恩望着院子,在日记中写下:我决定趁我的手脚还能动,为母亲种下她爱吃的蔬菜,她爱吃甜菜、甘蓝和生菜。只要种满那块地,所有的菜顺利长出来,我就没有遗憾了……

一段时间过去后,伊琳娜仍没找到能给派恩治病的医生。但派恩种下的蔬菜已长出了鲜嫩的叶子,派恩十分高兴。

令人没想到的是,从某天起,总有蔬菜会莫明其妙地消失。

派恩只好在蔬菜被连根拔起的地方,重新栽种。令他不解的是,蔬菜仍在陆续消失。他忍不住想看看,是谁在偷他的蔬菜。

夜里,熄灯以后,他蹲守在窗边,仔细观察窗外的动静。

然而,一连几天过去了,派恩并没看到有人经过院子。诡异的是,蔬菜仍旧会莫名失踪。

"太奇怪了!"派恩决定用望远镜查看院子里的动静。

一天傍晚,派恩无聊地举起了望远镜,看到了惊人的一幕。一棵蔬菜在短短几秒钟内,凭空消失了，像是有东西从根部拽着蔬菜深入到土壤下面去了。派恩紧张而好奇地盯着院子，等待"恶人"的出现。

不一会儿，"恶人"终于从洞里探头探脑地出现了，竟是一只可爱的土拨鼠。

可院子里怎么会有土拨鼠的呢？以前可从未有过。想起一向爱惜食物的母亲，竟对蔬菜失踪之事蛮不在乎，派恩便觉得定是伊琳娜把土拨鼠带来的。趁伊琳娜不在家，他偷偷翻看她的日记。伊琳娜有写日记的习惯，派恩也是受她影响才写日记的。

原来，派恩得病后时常闷闷不乐，伊琳娜很担心他想不开，头一回偷看了他的日记，知道了他为自己种蔬菜的事。他对自己的病不抱任何希望，当所有的蔬菜都长出来后，他就会没有遗憾地偷偷离开家，免得拖累母亲。

伊琳娜为了不让派恩离家，特意请人抓了一只土拨鼠，放在院子里，让它偷菜。只要菜地不满，派恩便不会离开。

派恩感动于母亲对他的付出，感动于这一段时间蔬菜带来的奇遇。母亲从未放弃他，他也不能轻易放弃自己。晚上，他告诉伊琳娜，自己会好好呆在家里，努力活下去。

尽管知道了土拨鼠偷菜的秘密，但派恩并不打算立刻将它赶走。土拨鼠的呆萌可爱，治愈了他内心的伤，令他觉得生活充满趣味。他心血来潮，拍了很多有关土拨鼠的视频，放到网上去，与更多的人分享这份可爱。他勇敢敞开心扉，面对自己的疾病，介绍院子里这只土拨鼠的来历。

一天，家里来了一位不速之客。他放下手中的大箱子，温和地握住了派恩的手："你在网上很受欢迎，给人带去欢乐和趣味。我看了你的视频，也觉得生活变得有意思了。"派恩笑了起来："但你不必亲自登门跟我说这些话，在网上留言就可以了。"

谁知，男人却说："不，我必须亲自来一堂，因为只有我能治好你的病。"

他就是勒曼医生！派恩顿时激动不已，他望向屋外的那片菜地，想起那只可爱的土拨鼠，心里的暖意更浓了。

田龙华摘自《知音海外版（上半月）》 图：恒兰

扫码看答案，和同学比比，谁的分数高？

我的青春我的梦 参赛"避坑"每期一题

文贵情真忌虚假 @ 吴所谓

相比复杂、华丽的作文，富有真情实感的作文更能打动评委老师。写作最忌讳胡编乱造，为了煽情而煽情。第四届"我的青春我的梦"中仍不乏以家里长辈去世或者自己生病来"博取"同情的作文。可惜逻辑的漏洞、只言片语的描述暗示着这是一篇编造出来的文章。例如有人写自己半夜生病了，打不到车。母亲背着"我"走了很长一段路，终于遇到人力三轮车车夫。但此时有一位同样打不到车的"商业人士"也要坐三轮车，出了高价。车夫为了让"我"早早得到治疗，选择费力蹬车送"我"去医院，还不收费。母亲的爱与车夫的善良让"我"记忆犹新。这篇乍一看挺温情的，再一看却漏洞百出。首先现在各种打车软件层出不穷，半夜打不到车的概率很低；其次三轮车已经被禁止载人了，更何况还是被淘汰的人力三轮车，所以这篇文章很有可能"抄"了早年的作文。

相对而言，用情打动人，即使用朴实的语言，依然能让人感受到温暖。例如第四届小学组获奖作品中，有一位同学写下雨时，奶奶的伞总是斜着向"我"，并骗"我"说，伞喜欢斜着走。后来奶奶生病住院，出院的那天也是个下雨天，"我"把伞往奶奶身上倾斜，同样说了一句"伞喜欢斜着走"。结果奶奶笑着说，伞喜欢往好孩子身上斜着走。文章既有生活细节，也融入了祖孙辈的爱意，"伞斜着走"的情节贯穿全文。这样的文章，即使不刻意煽情，也达到了让人感动的效果。

写作文，感情一定要真挚。这里有两层意思：一是不要"无病呻吟"，不要"矫揉造作"，更不要"假大空"；二是要坚持正确的价值取向，要用正确的人生观、价值观、道德观、是非观去观察生活、思考生活。

扫码深入了解征文